U0951681

阅美文

宣纸上的繁华

吴光辉 著

西苑出版社
XIYUAN PUBLISHING HOUSE

图书在版编目（CIP）数据

宣纸上的繁华 / 吴光辉著 . —北京：西苑出版社，2017. 12
ISBN 978-7-5151-0658-8
Ⅰ. ①宣… Ⅱ. ①吴… Ⅲ. ①散文集—中国—当代 Ⅳ. ①I267

中国版本图书馆 CIP 数据核字（2017）第 316989 号

宣纸上的繁华
XUANZHI SHANG DE FANHUA

出 品 人 赵 晖
责任编辑 康志刚 曹亚楠
责任印制 陈爱华
责任校对 刘 娟
书装设计 徐慧芳
出版发行 西苑出版社 XIYUAN PUBLISHING HOUSE
通讯地址 北京市朝阳区和平街 11 区 37 号楼 邮政编码：100013
电 话 010 -88636419 传真：010 -84281520
E -mail：xiyuanpub@ 163. com
印 刷 固安县京平诚乾印刷有限公司
经 销 全国新华书店
开 本 880 ×1230 毫米 1/32
字 数 192 千字
印 张 8. 25
版 次 2017 年 12 月第 1 版
印 次 2017 年 12 月第 1 次印刷
书 号 ISBN 978-7-5151-0658-8
定 价 48. 80 元

（凡西苑版图书如有缺漏页、残破等质量问题，本社邮购部负责调换）
版权所有 翻印必究

内容提要

本书共收入历史文化题材的散文随笔力作26篇。

作者通过对历史事件的思辨叩问、对近百年发生的史实记叙、对古代名人的生动描绘和对文化现象的评述漫谈，分别描写了宣纸、宋词、书法、园林、地方戏、淮扬菜、淮河、废黄河等独具中国特色的意象，叙述了湘西古镇、边城黑河等历史事件发生地的故事，描绘了老子、张衡、李清照、郑板桥、米芾、翁同龢、沈从文等一批历史人物的传奇经历，突出地表现了作者对中国两千余年封建历史的哲学思考和文化批判。

本书在艺术手法上，与其他历史文化散文侧重资料的叙述罗列迥异，作者注重场景还原和气氛渲染，追求诗化、悲情的审美风格，通过中国特色的唯美表达、厚重大气的情感担当和震撼人心的悲情力量，使其在我国历史文化散文随笔的创作中独树一帜。

目　录

第一辑

第二辑

第三辑

第四辑

第一辑

边城绝恋

一

一秋的碧云天，一秋的五彩树，边城黑河的十月是个色彩斑斓的艳秋。然而，在这样的场景里却要上演一出夫妻诀别、家破人亡的悲剧，五彩树也就在北方辽阔大气的蓝天下，摇摆出生离死别的悲情来。

五彩树的惊艳只有到了深秋季节才能呈现，金黄的桦叶发出一阵阵哗哗的叹息，激情如火的山里红沾满了相思的雨露，樟子松则更加矜持更加深沉也更加墨绿，粗壮沧桑的柞树似乎想一下子落尽千万片白褐色的愁苦。这漫山遍野五彩缤纷的树叶，正在准备着一场悲壮宏大的集体飘逝。

边城的秋天正装扮着一个千古悲剧的唯美背景。

边城的天亮得早，笨鸡们早就不约而同地伸长脖子一起报晓。黑龙江北岸的东大营早已站满了戎装待发的东北军将士，那面战旗高扬在大营的练兵场号令台前。

身材矮小、穿着将服的马占山命令部队出发。就在这时，号令台上闪现出穿着白色戏服的姨太太筱荷来，只见她一身虞姬的扮相，尖伶伶地道白：“妾妃出丑了……”她将“了”字拖得很长，就像是剥蚕抽茧一般，抽得很长很细。旋即从马占山的腰间拔出长剑，边舞边唱起了西皮二六板：“劝君王饮酒听虞歌，解君忧闷舞婆娑。嬴秦无道把江山破，英雄四路起干戈！”她又舞了一番长剑，满脸泪水地哭道：“哎呀……愿以大王腰间宝剑，自刎君前，免得挂念妾身哪！”马占山一把夺过了长剑，将她紧紧地抱在怀里，两眼终于忍不住涌出了两行泪水。可筱荷嘴里还在唱着“哎呀，大王啊！妾身岂肯牵累大王……”全场将士被她这么凄凄惨惨地一唱也全都红了眼睛。

这筱荷是个闻名东北的京剧刀马旦，是喜欢京剧的马占山到此出任黑河警备司令、步三旅旅长之后认识的。一来二去有了感情，他就续了筱荷作了自己的姨太太。

马占山原本是个绿林好汉，后来被东北军收编，一路提升上来，1931 年“九·一八事变”后，日本关东军兵不血刃地侵占了我国东北的辽宁、吉林两省，接着又集中兵力向黑龙江省大举进犯。10 月 10 日，马占山接到张学良任命他代理黑龙江省主席兼军事总指挥的电报后，面对大片国土被拱手让出的形势，面对蒋介石的不抵抗政策，他决心要与日寇血战一场。他知道装备精良的日军数倍于己，自己又是孤军奋战，所以早就做好了战死沙场的准备。因而，被人称为“马小个子”的马占山对全体将士说：“吾奉命为一省主席，守土有责。只要一息尚存，绝不敢使半寸土地沦于异族！”也就在 10 月 19 日这天清晨，他亲率步兵团从黑河出发，去齐齐哈尔宣布就职，然后出征迎敌，在江桥打响了中国武装抗日的第一枪，毙伤日伪军6000多人，最终因寡不敌众而失败。

这是一支抱着赴死决心的复仇之师，他们全都知道自己踏上征程后就会一去不回，他们也都明白此战必败，但他们没有一人退缩不前，也没有一人临阵脱逃。他们就是为失败而战，他们就是为悲壮而战。

然而，事过境迁，马占山“抗日第一枪”的英雄壮举，似乎慢慢地淡出了国人的记忆，人们更热衷于“霸王别姬”的爱情故事，而对“将军别妻”的悲剧历史早已遗忘了。恐怕今天没有人会记得1931年10月19日那天清晨，在中国东北黑龙江边黑河东大营的那场生离死别，恐怕更没有人会记得那场出征前凄凄惨惨的京剧清唱了。

鲜红的太阳已经升起，出征的将士早已远行，号令台上筱荷还在凄凄惨惨地甩着她洁白如银的水袖，咿咿呀呀地说着唱着：“哎呀，大王啊！此番出兵，倘有不利，且退往江东，再图后举。”然后又凄厉地唱起来：“汉兵已略地，四面楚歌声。君王意气尽，贱妾何聊生！”在一段无穷无尽、婉转凄戚的长调过后，她用手比作长剑，向自己的脖子抹去。

随着她的一声声凄厉钻心的道白，随着她一声声撕心裂肺的清唱，无边无垠的五彩树叶便不约而同地从无数枝头悲壮地飘逝而下，浩瀚无边的五色落叶很快铺满了大地，也落满了全身素色的筱荷四周。一阵西风烈动，吹起落叶在苍茫的天地之间狂舞起来。

边城黑河的艳秋是一个悲壮的季节。

二

有人认为马占山妻妾成群，曾经落草为寇，又一度变节投敌，就试图贬低他民族英雄的形象。然而，同样是自封为王，同样是妻妾众多，甚至滥杀降卒20万的项羽，却为何能够流芳百世？究其根本，还是马占山没有像项羽那样让自己心爱的女人成功地自刎。马占山不想出这个历史的风头，只是默默无闻地为民族牺牲了自己的妻儿，牺牲了自己的家庭，甚至牺牲了自己的名节。

1932年冬天是个委曲求全的冰雪季，北国的雪花浸染着痛苦的寒风，阴灰的天空豪放地飘洒着寒冷的悲情。穿着一身伪军将服的马占山，在嫩江边的一家俄式酒馆里，与手下的军官们在悲放狂饮。他肯定不是在饮酒，而是在饮恨。几天前，他被日本关东军任命为伪黑龙江省省长。此前，日军采取各种手段对马占山进行诱降，甚至威胁要掘他原配夫人的坟墓、杀他的妻妾儿女，而此时马占山领导的抗日军队，在没有任何援军的情况下，已经陷入日军的重重包围之中。马占山决定以假投降的方式逃过此难。然而，对自己的诈降，全国百姓不能理解，这些日子声讨他的浪潮席卷了全中国，激怒了的爱国民众向他讨还爱国捐款，驻黑河的部队还发生集体哗变，黑河马占山公馆也被抢劫一空。马占山回想起自己3个月前打响抗日第一枪后全国的声援盛况，想起全国各地寄发的电文和慰问信有如雪片飞来，想起全国各界慰问团奔赴前线慰问自己的官兵，想起著名的教育家陶行知为自己写的那首《敬赠马占山主席》：“神武将军天上来，浩然正气系兴衰。手抛日球归常轨，十二金牌召不回。”就情不自禁地落下了委屈的眼泪。这时，他“神武将军天上来”的英雄气概已经荡然无存。

一杯浊酒，霜雪满地。他觉得自己为了抗日已经家破人亡了，如今反而落得个汉奸的骂名，想到此，端起那杯苦酒一饮而尽。酒入愁肠，化作清泪，一股委屈的泪水便哗哗地从他的眼眶奔流而下。

大雪在江边石道和塔塔木的屋顶积了半人深，嫩江上结了一层几尺厚的坚冰。马占山望着雪景便想起了那年冬天，第一次见到自己的原配妻子杜赞义的往事。那个冬天也是大雪封山，一对白发苍苍的老夫妇领着一个10岁的小女孩，来到马家乞讨，还要将这小女孩送给马家当童养媳。这个小女孩就是杜赞义。马占山家一贫如洗，比马占山大3岁的杜赞义与他一起同甘共苦。马占山12岁那年，母亲在饥寒交迫中去世了，杜赞义就盘起了辫子，算是过了门，承担起了繁重的家务。杜赞义见家中无粮下锅，就挎上篮子到处乞讨。有一次，她不但没要到饭，反而被人家一番辱骂，回家后和马占山抱头大哭了一场。

马占山后来当上了东北军的高官，先后娶了四房姨太太，但他对杜赞义始终感情深厚。他要求妻妾们不能忘本，勤俭持家。他穿的衣服全都是妻妾们缝的，家里吃的腌咸菜也全都是妻妾们做的。马占山外出上班，家中大小事务全都由杜赞义负责管理。每次外出回家，他首先到杜氏房中洗脸、进食，调查了解家里发生的大小事务。1929年，杜氏病危时，马占山正在外地检查指导工作，得知妻子病危后，立马星夜兼程赶回家中。不久，杜氏去世了，马占山极度悲痛。他给妻子磕头、守灵，一直送到坟地，还为妻子买下了14亩地，墓坑用青砖砌成，并在墓边建了3间房，作为守墓之所，四周又遍栽杨柳，以表对亡妻的思念之情。

对于马占山和杜氏的深厚情感，日本关东军特高课得知之后，威胁他要掘开杜氏的坟墓，这也使马占山找到了诈降的由头。他再举抗日大旗后，日军四处搜寻他的家属，有汉奸出卖了葬在柳家沟的杜夫人坟墓，也就上演了一出掘坟刨尸、鞭骨扬灰的惨剧。

马占山的“将军别妻”与项羽的“霸王别姬”相比，更有历史意义。因为他不像项羽那样为自己争夺王位而战，而是为了中华民族抗击外族入侵。就这个意义上说，他显然应该是永垂青史的伟大民族英雄。正如毛泽东在1938年称赞他是“始终如一，抗战到底”的民族英雄。这里的“始终如一”就是指马占山在诈降期间也是一心一意地抗日，而绝非叛国投敌。

东北的冰雪异常地坚厚，东北的冬天异常地寒冷。这一天，大雪依旧在纷纷扬扬地下着，狂风依旧在呼呼啦啦地刮着。日军将马占山原配夫人杜赞义的坟墓团团围定，又将远近的百姓押到坟前。然后开始掘坟，将棺木扒开，把杜夫人的尸骨浇上汽油，放一把大火点燃，血红的火焰呼啸而起，燃起的青烟被狂风吹得呼啸作响。片刻过后，狂风将化成灰烬的尸骨吹得无影无踪，墓穴里只剩下烟熏火烧过后的一片焦土。

这时，漫山遍野的冰雪都长出翅膀乘风盘旋而下，大地落满了白色的悲哀。忽而惊巢的黑色晨鸦铺天盖地从白桦林海一跃而起，成千上万只乌鸦狗娃子便飞翔着、鸣叫着，惊心动魄，悲凉之至。它们环绕着这座空坟，反反复复地盘旋着，反反复复地嘶鸣着，经久不息。

几天后，马占山在接二连三地收到全国各地发来声讨自己的汉奸污点、指责自己出尔反尔电函的同时，又收到了自己心爱的原配夫人被掘墓焚尸的消息。他跪倒在雪地上，痛不欲生。他觉得自己这一辈子亏欠她太多太多了，当年要不是她四处乞讨，自己早就饿死了。后来自己当了官，她却病死了。她生前没过一天好日子，死后还因为自己而被小鬼子掘墓焚尸！想到此，他面对夫人坟墓的方向，深深地叩了三个头，泪水流满了他清癯的脸颊。

这时，从天边飞来成千上万只夜鸦，反反复复地盘旋在黑龙江的江面上，久久不肯离去，发出一声又一声凄惨沙哑的长鸣。

那是在为马占山的亡妻招魂。

三

边城黑河的白桦，是送别的树，悲情的树。

这里的白桦林随处可见，密密实实的林海一眼望不到边，它们全都抬头挺胸地矗立在天地之间，像是向远行的亲人挥手告别，也像是向远行的亲人深情凝望。白桦笔直的树干雪白雅致，有冰肌玉骨的美感。

马占山将自己的那匹枣红马系在一株白桦的树干上，站在那片白桦林的尽头，与他的女人作最后的诀别。那片白桦林的尽头就是宽阔的黑龙江，江的对岸是苏联，江边正停泊着一艘行将远去的木船。

在诈降两个月之后，觉得时机成熟时，马占山毅然决然地将战争物资偷运到了黑河，然后带领亲随连夜离开齐齐哈尔，于4月7日回到了黑河，重新举起了抗日的大旗。为了表示破釜沉舟的抗日决心，他处理了家产，把地契文书分给了佃户，把商铺粮店分给了股东，连最心爱的战马也分给了亲友，最后又含泪遣散了妻妾。这就出现了在1932年5月15日这天清晨“将军遣妻”的悲情一幕。

小小的木船上李秀芳和筱荷，全都哭成了泪人儿，她们站在船头向马占山挥着手。船上的白帆正在哗哗地升起，船工正在叮叮当当地起锚。马占山的眼睛模糊起来，他知道这次分别就是永别了，再也不可能重逢了。

这天春光惨白，好似白绸一般的瀑布流泻过茂密交错的桦树林。流淌遍地的不是白亮亮的一片春光，而是白惨惨的一片悲伤。伫立白桦林边，林间吹来一股乱世的风，他那饱经风霜的脸上多了两行诀别的泪。

马占山一生共娶了五房夫人。此前，原配杜夫人和另两位夫人先后病故了，眼下就剩下李秀芳和筱荷了。为了表示自己抗日的决心，也避免家属对抗日的拖累，他决定遣散妻妾，将她们送出国境，而且明确向她们说明自己这次出征凶多吉少，让她们各奔前程，自找婆家改嫁。

正如马占山所料，他的“二次抗战”只维持了 8 个月就彻底地失败了，他不得不踏上一条艰苦的流亡之路。马占山一路奔逃，爱将兼义子韩家麟为了掩护他突围，带领一队人马引开日军，在与马占山分手后的第六天，在一个叫七八道林子的地方，全部壮烈战死在一座小屋内，鲜血溅红了粗糙的墙壁和潮湿的地面。韩将军身中数弹，脸部已被子弹打得血肉模糊。日军看到他像马占山一样留着胡须，身材也酷似马占山，又从他的身上搜出马占山的印章和文件，欣喜若狂地断定这就是马占山，便残忍地将韩将军的人头割下，悬于海伦的城头示众。

李秀芳后来听说马占山被鬼子打死了，又因为没有经济来源无法生活，只好改嫁给做俄语翻译的徐子平。可李秀芳总是无比敬重地说：“马占山是个英雄，他去打鬼子了。”一直到 20 多年后病故之前，还珍藏着一张她与马占山的合影。照片上马占山穿着西服站在后面，穿着旗袍的李秀芳幸福地坐在他的前面。再说另一位姨太太筱荷，在马占山诈降、黑河驻军发生兵变抢劫马占山公馆时被吓疯了，从此变得精神失常。

就这样，马占山为了抗日从“将军别妻”到“泪别亡妻”，再到不得不“将军遣妻”，给中国的历史演绎了这样一幕接一幕悲壮的人生大戏。然而，人们何以这么快就将这感人肺腑的“将军别妻”给遗忘了呢？

人们追求完美的历史观，将遥远的“霸王别姬”人为地打造成完美的爱情宝典，流传千古；而对近前的“将军别妻”又人为地放大其缺点，去故意地渐渐淡忘。“将军别妻”的悲剧也就在这种历史选择中，成为更大的悲剧。

其实，有缺点的英雄才是真实的英雄，我们当然不是去欣赏他的缺点，而是欣赏他的英雄之举。我们并不是欣赏马占山的三妻六妾，而是欣赏他的抗日决心，欣赏他为民族为国家，从“将军别妻”到“泪别亡妻”，再到“将军遣妻”的英雄壮举。

马占山一直到死都记得那天黑龙江边白桦林下送别的场景。那时，他听到从远去的帆船上传来一阵尖厉悲戚、疯疯癫癫的京剧清唱：“哎呀，大王啊！妾身岂肯牵累大王……愿以大王腰间宝剑，自刎君前，免得挂念妾身哪！”马占山举起望远镜看到已经发疯的筱荷正边唱边舞，用一根桦树枝作剑，最后向自己的脖子抹去，慢慢地瘫倒下去。马占山站在桦树林边，望着渐行渐远的帆船，再也控制不住自己的悲痛，哇地一声长嚎起来，泪水如同泉涌一般奔流而出。从此，他与她们再也没有见面。

边城黑河的桦树就是相思的树、永别的树。

一座竹林的爱情暗喻

一

这一天，大宋朝惨白阴柔的冬雾一直缠绕着四川眉山的这座竹林，絮絮叨叨，喋喋不休。

这时，一群阳光在墨绿色竹林的上空快闪，寒风在层层叠叠的竹林四处吐槽，所有的竹被那群深沉多情的雾亲密地缠绕。千万竿长竹便从白雾里探出头来，将它们的竹梢化作无数只手臂在不停地炫酷。有一竿颜值极高的雄竹，修长、飘逸，像是竹林里的高富帅，那坚韧的竹干便是它颀长的身肢，青翠的竹梢就是它高贵的王冠，而它身边的雌竹们全都环绕着它在不停地卖萌。

这天是宋神宗熙宁元年（1068）的腊月。苏轼便是从这座竹林出发告别故乡的。

离乡之前，苏轼设下祭坛，祭奠双亡的父母。

苏轼之父苏洵，与苏轼、苏辙并称为“三苏”，“擅长散文，尤擅政论，议论明畅，笔势雄健”。嘉祐二年（1057），22岁的苏轼和19岁的苏辙，一起高中进士。接着，北宋文坛领袖欧阳修，又狂顶起苏洵的散文，从而使“三苏”一举走红，迅速成为文坛大咖，“一日父子隐然名动京师，而苏氏文章遂擅天下”。可是，苏洵上了“唐宋八大家”的榜单之后不久就驾鹤西归，而苏轼的原配妻子王弗也在此前病逝了。因此，苏轼辞去了公职，把苏洵以及王弗的灵柩运回故里，在苏家坟地（今四川眉山东坡区乡公益村）安葬。

1068年7月，苏轼在家乡为父守孝两年，居丧期满后迎娶了王弗的堂妹、21岁的美眉王闰之。到了这年冬天，他将看管父母坟茔的重任交给堂兄之后，便携带家小，返回京城了。

文友们为他举办了送别主题的PARTY，在一片竹林前面设坛焚香，抚琴吹箫。一曲古琴声便在竹林的上空飘荡起来了，淋漓尽致地渲染着他们的离愁别绪。

PARTY高潮时，大家狂饮起饯别的酒。只见年轻气盛的苏轼，峨冠博带，谈笑风生，简直酷毙帅呆了。他端着一杯米酒，连连举杯，一阵豪饮。

大家全都知道苏轼对于竹林有着特殊情感。他是在竹林里邂逅原配妻子王弗的。或许正是因为这个原因，或许由于竹子清高脱俗的特质，使苏轼一生“宁可食无肉，不可居无竹”。所以，他在远离故乡之前，来和家乡的这片竹林作最后的亲近。

眼前，那直耸云霄的雄竹和袅袅婷婷的雌竹互相依偎着，缠绵悱恻着，一同展现出一种摄人心魄的凄美。缥缈的白雾围着这片青竹在秀恩爱，妖娆的雌竹又围着它们的高富帅在诉衷肠。

二

我觉得这片竹林的凄美或许就是给苏轼一个未来的暗示，抑或就是给他一个现实的提醒。然而，才华横溢的苏轼是个楞头青，还有点二，居然一脸懵懂地离开了这片竹林，义无反顾地离开了故乡，向着他坎坷崎岖的仕途，像飞蛾扑火一般飞奔而去。

看着家乡熟悉的一草一木、一山一水，他肯定想起了自己16岁那年一段悲催往事。

那是个秋天的傍晚，苦风凄雨，落叶纷飞。

他和弟弟苏辙正在家中聆听父亲演奏古琴，那曲在苏家庭院飘荡回旋的曲调也成为苏八妹伤逝的挽歌。就在这曲哀婉揪心的古琴声里，苏八妹的公婆程家派人来报丧了。坐在凉亭里的父亲心中一惊，手中正在弹着的琴弦随之而断。琴弦的断裂使原来的乐曲产生了变声，发出一阵撕裂人心的颤音。就在这决绝的音乐声里，全家人被这突如其来的噩耗惊呆了，苏轼手中的毛笔坠落在宣纸上，一颗悲伤的泪珠便滑落在墨砚里。

这一年，苏八妹只有19岁，就这样莫名其妙地离开了人世。苏轼二话没说，一步蹿上前去，一把抓住报丧人的衣领，急急火火地责问道："我姐姐刚刚嫁过去，怎么就突然死了？"苏辙则悲痛至极，立马泪奔。

程家是名门望族，标准的土豪，户主曾经担任过大理寺的高干。苏轼的母亲就是程家之女，而苏八妹前些日子又嫁给了程家，本来这样亲上加亲，应该使两家的关系更加亲密。然而，苏八妹嫁到了程家之后并不快乐，不久就不明不白地死了。

苏洵被激怒了，抓狂至极，竟然召集苏姓全体族人举行批判会，义愤填膺地抨击，狠狠地拍砖，历数程家种种罪行，指责程家倚仗权势，勾结官府，宠妾压妻，纵情淫乐，嫌贫爱富，道德沦丧，并当场宣布和程家断绝一切关系。

这件事虽然已成往事，但苏洵这样敢于向豪门宣战，显示出他疾恶如仇的个性，给少年苏轼留下不可磨灭的记忆，使他学到了父亲不畏权贵、敢于抗争的品性。

事实上，苏轼一生清廉、刚正不阿的品德，就是在家乡眉山养成的，而对他影响最大的自然是他的父母。

苏轼于 1036 年 11 月 19 日出生，至 1059 年举家迁往京都，其中减去 1056 年进京殿试的一年，另外加上 1066 年父亲病逝回乡守孝的两年，共有 25 年时间是在眉山度过的。这二十多年也正是苏轼清廉正直性格形成的关键时期。

苏东坡的母亲程氏是一位十分典型的贤母，在中国历史上和孟子母亲、岳飞母亲一起，被并称为“三大贤母”。苏轼 8 到 10 岁时，父亲苏洵进京赶考，落第之后，成为驴友，到江淮一带游历，母亲便在家里承担起家教的重任。苏轼后来在《记先夫人不发宿藏》一文中，记载了母亲对自己的引导。文中说家人发现院里有一处窖藏瓮罐，大家都十分欣喜，觉得发了意外之财。可母亲告诫家人，君子不得贪财，故“夫人命以土塞之”。苏辙也在《亡兄子瞻端明墓志铭》中，记载了母亲教育苏轼的一段往事。有一天，母亲读到《范滂传》时感慨不已，站在一侧的苏轼问，我如果成为像范滂一样的反贪英雄，母亲会点赞吗？母亲立马狂顶起苏轼来：“我有一个刚正不阿、清正高洁的儿子了！”

苏轼就是在父母这样的教育下，形成了青竹一般高洁的品德。他也正是带着这样的品德，拜别祖坟，离开故土。

三

在苏轼的眼里，这片竹林不是深沉的墨绿，而是艳丽的朱砂。这片竹林全都是红的竿，红的叶，红的枝，红的梢，它们全身上下是一片赤红。所有的竹全都在朝阳的映衬下，闪动着红色的光芒；所有的竹全都在晨风里，摇曳着红色的身影；所有的竹全都在白雾中，展现出红色的激情。

苏轼便是浴沐着这片竹林的红光离开家乡的。

如果说家乡的这片竹林是一片纯净的圣土，那么苏轼从这片竹林出发，就像是堂吉诃德一般，去迎战整个大宋王朝的腐朽时代了。

此时的北宋王朝已是千疮百孔，宋朝开国皇帝留下的弊端到这时已充分的暴露。司马光主政之后，辽国兵力强盛，国内贫富分化，各地灾荒连连。北宋想要强兵可又非一日之功，想要救灾可国库又十分的空虚，想要整顿吏治而买官卖官已蔚然成风。正因为此，王安石变法才应运而生。然而，他变法的本来目标是强国，结果却落得个事与愿违。政府要抑制私商，贪官们就用官商代替私商；政府要用交钱代替差役，贪官们就拼命敛财。这样一来，各级机关红包现象比比皆是，全国出现无数官倒，贪污受贿层出不穷，贪官逃官屡见不鲜。

面对这样无官不贪的官场形势，清正廉洁的反腐达人苏轼自然坚决抵制。他不管贪官是谁，哪怕是皇亲权贵，他都敢于与之叫板。因此，苏轼此番离乡的结局也就可想而知了。

在王安石当权时，苏轼完全可以利用王安石这个老同学的关系平步青云，可他不赞成王安石这样的变法，指责王安石是在胡搞，纵容国家大大小小官员腐败，所以被王安石等新派所不容。王安石变法失败后，司马光旧党上台了，自然拉拢反对新派的苏轼，如若苏轼能够依附司马光，也可以说前程似锦。然而，苏轼又很任性地反对旧党极力维护既得利益的做法，自然又开罪了旧党。而正是这种清高廉正的品格，使苏轼历经磨难，结果也只有“心似已灰之木，身如不系之舟。问汝平生功业，黄州、惠州、儋州”了。

苏轼这种清高脱俗的品格，恰恰就是那片竹林为何会被他视为红色的根本原因了。这也是眉山市诗书城公园的那组红色雕塑被命名为“高风亮节”，雕塑的内容就是红色方竹的缘由了。当你了解了苏轼的这种“反潮流”品格，对拔地而起的三根方形红竹，对喷水池里通体赤红色的竹叶、竹笋，也就不足为奇了。

正因为此，当年苏轼离开家乡之前，在这片竹林和文友举行笔会画竹时，其他人全都按照传统套路画出一幅幅墨竹，而苏轼偏偏标新立异，拿出朱砂作为颜料，画出一幅红竹图来。

四

在一片幽香飘拂的竹林之间，有一条蜿蜒的小路，两侧鲜花妖娆，竹叶摇荡，尽溢清新味道。四处都是楠竹、桂花、绿草，花草丛生。在这片翠竹香草之间，那竹叶味的清香空气便穿越整个竹林，向四处飘散开来，浸透了人们的五脏六腑。

这便是在眉山刚建成不久的东坡竹园了。

这座竹园以季节特色造景，强调堆坡造型，点缀亭廊、景墙、叠水的精致景观，从而在一片竹叶的清香里，凸显出苏轼清高廉洁的精神品质，也表达出苏轼与竹林有着不解之缘的人生内涵。

其实，苏轼的初恋故事就是发生在一片清香扑鼻的竹林里面。

那一天，一位 16 岁的少女来到郊区游玩，手里采集了一大束鲜花。她忽而想起父亲常说起眉山苏轼是个学霸，经常在山水之间读书，便悄悄来到竹林中静静观看，果然看见一个英气勃勃的帅哥正在摇头晃脑地背诵着古文。

这时，苏轼猛一抬头，一眼看见一位白富美亭亭玉立于绿竹之间，轻盈飘逸，如诗如梦。她本来没有想到自己会被发现，惊慌失措之间，闪动着双眸，羞红了粉脸。她那少女特有的娇媚，尽显一身的纯情。

于是乎，在这片香竹之间，就顺理成章地发生了一段千古流芳的拍拖传奇。

这位美眉就是苏轼的结发之妻王弗。

王弗 16 岁嫁给了男神苏轼，然而只和他生活了 11 年就去世了。苏轼在埋葬王弗的山坡上，亲手种植了无数松树，以寄哀思。又过了 10 年，苏轼为亡妻写下了被誉为“中华悼亡诗词千古第一绝唱”的《江城子·记梦》，“十年生死两茫茫，不思量，自难忘”，字字泣血；“相顾无言，惟有泪千行”，声声是情；“料得年年肠断处，明月夜，短松冈”，更是句句含泪。

当然，苏轼的婚恋史并未就此打住，在王弗逝世后的第三年，他又娶了第二任妻子王闰之。接着，在王闰之病逝之后，他又娶了比他小 26 岁的王朝云。更令人诧异的是，除了这三位妻子之外，苏轼还是一个标准的大叔控，有一批只有十几岁的侍妾常常环绕左右。南怀瑾先生就曾说过："宋代大文豪苏轼，文风豪迈，一代大家。其一生姬妾众多，风流韵事层出不穷，而他对这些姬妾的态度，则完全如宗法制度而无情无义。"

对王弗的爱情感天动地，却又是三妻四妾；为人做官清正高洁，却又被贬流放。这便是苏轼人生的双重心塞了。

苏轼的清廉在被贬期间表现得尤为突出。他参与了惠州东新桥和西新桥工程的规划、筹款、建造、落成的全过程。他不但没有出现工程腐败，反而主动把朝廷以前颁发给他的奖金全部捐献出来造桥。后来，他又被贬谪到黄州担任团练副使，他穷得一度过着"向人乞米何曾得"的贫困户日子。在朋友的赞助下，在城东弄到一片坡地，他便开荒种田，以解决全家人的温饱问题，这才算是脱贫。因此，他自称"东坡居士"，"苏东坡"三个字也就成了清官的象征。

苏轼虽然是这样的清正廉洁，可到头来还是在"乌台诗案"中被诬入狱，而且三次贬官流放，最终被官场 OUT，落得个客死他乡的悲惨结局。

由此看来，在婚恋生活上，苏轼对王弗的感情再深，最终也 PK 不过封建礼教制度，落得个风流文人的历史评判；在政治生涯上，不管苏轼是怎样的清正廉洁，最后也 PK 不过整个官场权力体制，也落得个流放边陲的政治结局。所以说，苏轼的双重悲剧产生的根本原因都是因为体制，官场仕途与婚姻爱情一样，根本逃脱不了体制的束缚。因此，这座竹林和在竹林里发生的爱情故事，其实就是对苏轼官场斗争的一个绝好暗喻。

然而，作为官场标准菜鸟的苏轼离开家乡的时候，肯定没能领会这些，还是豪情万丈、斗志昂扬地走了，从此就再也没能回来。

这时，那团雾还在大宋朝的头顶焦虑地徘徊着，给这座竹林蒙上一层充满悲情的霾。

从上古流淌而来的河

一

我觉得老子走出函谷关之后，肯定将那片一望无际的黄色大漠看作是黑，将大漠之上那片湛蓝湛蓝的天幕看作是白。因为在他的眼里，只有在这大漠蓝天里才能将色彩缤纷的世间万物，完全精减成黑白的世界本源。他只能选择这片荒漠走向他的人生终结。

凄厉的北风吹过，漫漫的黄沙掠过。有气无力的老子独自一人，孤单地骑着一头泛青的老牛，蹒跚在无边的旷野上。狂风将沙尘吹起，形成的弧线在黑与白构成的天地之间涡旋。夕阳放射而来的逆光，将他和他的坐骑全都过滤成黑色的剪影。唯有他的一头白发被狂风刮起，所有白色的毛发便顺着狂风的路径放飞起来。那肯定是他纷繁的思绪。

无限的沙漠，无限的黑；无限的天幕，无限的白。由黑和白组成的无限，便抽象成了哲学的永恒。只有在这样辽阔的无限里，他的思想才能得以纵横捭阖。他肯定将这唯余白与黑的世界，推理成生与死。他在一步一步地从白走向黑，也就是一步一步地走向死亡。当然，他也一步一步去另一个世界拜见他那早已逝去的老母。他在这个时候肯定想起了故乡的那条大河。

老子出生在淮河的支流涡河岸边，据司马迁《史记》所言："老子者，楚苦县厉乡曲仁里人也。"司马迁所说的地方，就是现在的河南周口鹿邑县太清宫镇。当然，还有一些专家考证出老子生于现在的安徽涡阳县或是亳州市。但不管怎么说，老子这三个出生地，全都在淮河流域，全都佐证了老子确实是一个地地道道的"淮民"。

老子在13岁那年，离开了地属淮河流域的楚国的家乡赴周国国都深造。他的父亲早亡，是母亲一手将他拉扯大的。这一天，母亲见到儿子要"出国留学"，远去他乡，一股不舍之情便从心底油然而生："儿呀！这么小就孤身一人北漂，真的让为母放心不下呀！"说到这里，母亲一阵心酸，不禁潸然泪下。老子也红着双眼扑进了母亲的怀里哭泣着说："娘呀，您不要难受，儿子绝不会辜负您的希望。等我拿到毕业证书，我一定会回来接您的！"母子二人又相拥而泣起来。母亲一直将他送到了淮河岸边，他才依依不舍地跪别母亲，乘着一只小船缓缓离去。老子回望着母亲伫立在岸边那棵老柳下面，不停地摇摆着她的手臂，一直到看不清为止。他泪眼模糊地望着老母在淮河岸边站立成一株思儿的垂柳。母亲的手臂随着柳枝一起，挥动出慈母对游子的无限思念。

老子来到周国首都洛阳学习3年，后经指导老师的推荐，到图书馆当研究员，又过了3年，被提拔为守藏史，成为国家图书馆的馆长。自从离开淮河流域的家乡，泪别老母，北漂到这里留学、工作，一晃就是30年过去了。他也曾回乡省亲，劝老母随他一起去洛阳，可是老母在淮河边乡下生活惯了，不愿到大城市生活，老子也没有办法，只得让老母一人住在老家。然而，老子这一天得到家书说老母病危，立即请了假，再等赶回淮河之滨的家乡时，老母已经离开人世了。

上次离家时，老母还对自己有说有笑，可今天回来时老母已经埋在黄土之下，阴阳两隔了。想到这里，一股对不起生他养他的慈母的愧疚之情涌上心来，老子悲痛欲绝地号啕大哭起来，一下子长跪不起。

此后三天，老子全都“寝食俱废，席地而坐”。然而，他在沉思冥想后，“忽发自己愚钝。顺理追索，恍然大悟，如释重负，愁苦消解，顿觉腹饥体倦。于是饱餐一顿，倒头大睡”。这时，老子对生与死进行深入的思考，得出了“道法自然”的结论，认为“人之生，皆由无而至有也；由无至有，必由有而返无也……骨肉之情难断矣，人皆如此，合于情也。难断而不制，则背自然之理也。背自然之理则愚矣！”因此，他认为生老病死全都是自然之道。

多少年后的今天，老子知道自己也将随风西去，“由有而返无”，便满心欢喜地走向大漠的深处。因为在他的眼里，大漠与蓝天早已构成了哲学的本源，在这里它们换算成了白与黑、生与死、兴与衰、存与亡、阴与阳。他面对这个哲学的世界，望着黑白分明而又浑然一体的画面，再一次说了一句“道法自然”，便永远地消失在他的哲学世界里。

对于他最后给世界留下的这个箴言，在我理解就是对人与自然的一种哲学思考，当然也包括对家乡的那条淮河的担心和忠告。否则，像老子这样的高人，为什么非要选择这样的一片荒漠，作为自己的最后归宿？我推想他肯定是不想再见到家乡的那条河了。

二

荒诞、诡秘、怪异。我在位于淮河北岸的涡阳县城北的太清宫里，从那幅《老子降生图》上，看到的环绕于老子头上的光环，想必就是一种神圣的象征；刚刚出生的老子居然长着白发白眉白须，想必就是一种神秘的变异；为老子正在洗浴的母亲注视着老子时吃惊的表情，想必就是一种心理的夸张；而老子那深不可测的目光，想必就是一种先贤的传神了。我敢肯定这幅由黑白两种色调绘制而成的中国画的主题，肯定就是用“超自然思维”去神化老子。

其实，像这样充满神秘气氛的老子降生图，全国各地比比皆是，而且还不止是国画，还有浮雕、壁画，文字的描述就更不用说了。这恰恰表明了国人的这种“超自然思维”的根深蒂固。试想，老子一生所奉行的“道法自然”，首当其冲的就是强调人的生死完全是一种自然现象，生死不可抗拒，“背自然之理则愚矣！”章太炎就明确地说过：“老子并不相信天帝鬼神和占验的话。”老子的“道法自然”思想之所以伟大，就是因为他强调了宇宙自然生于道，而破除了宇宙神造之说。然而，国人真的“愚”起来了，居然将老子本人的生死，全部虚构出种种神话来，将“道法自然”的圣言早就忘在了九霄云外，这确是一件具有十足讽刺意味的事情！

关于老子的出生与死亡的时间，司马迁在《史记·老庄申韩列传》中写道：“盖老子百有六十余岁，或言二百余岁，以其修道而养寿也。”胡适认为，《史记》的这个叙述有失实之嫌，完全不符合老子自己说的“道法自然”。更可叹的是，先人还虚构出老子许多故事，将他人为地神化妖化。这位在世时作为思想家、哲学家的读书人，却被后世奉为“太上老君”的老子，被胡编为彭祖的后裔，还是寄胎于玄妙王之女理氏的腹中，后来降世于人间。相传理氏那天在村头的淮河边洗衣服，忽然看见一只黄澄澄的大李子从上游漂浮而下。理氏用树枝将这个黄李子捞了上来，又把它给吃了，之后便有了身孕。那理氏居然怀了81年的胎，才生下了老子。这是“吃黄李怀孕说”。我在想，像理氏这样的皇亲国戚，居然还要亲自到河边洗衣服，这肯定是胡编者的一个重大疏忽。那理氏可是西王母的母亲太元玉女呀，身份是何等的显赫高贵？她还真能勤劳朴素到这种地步？另外还有一种神话是“吃红李怀孕说”，只是将李子的颜色改成了红色，将老子的母亲改成了富家千金，又将地点改成为天降流星至富豪别墅的后花园。

当然，仅仅有老子出生的神话，似乎还远远不能满足人们“超自然思维”的心理需求，古人便从《列仙传》开始，正式将老子列入了神仙的编制。东汉王阜撰写的《老子圣母碑》，也视老子为化生天地的神灵。汉桓帝更是亲自祭祀老子，把老子作为仙道之祖。唐代皇帝则尊封老子为太上玄元皇帝，宋代又对老子加封号称太上老君混元上德皇帝。

从此，早已作古的老子，不但摇身一变成了一方神仙，而且变成了皇帝，他的长相也不再是一个干瘪白毛的小老头，而是变成了如东晋葛洪在《抱朴子内篇》所描述的那样：身高达到九尺，金黄皮肤，大鼻梁高高地隆起像鸟嘴似的形成弧状，白色的秀眉长达五寸，肥厚的两耳长达七寸，放光的额头上长有三道金纹，如金柱一般的足下踏着阴阳八卦图，身上穿了一件由五色云彩做成的道袍，头上居然戴了两顶巍峨的金色皇冠，腰间还挂了一柄锋利无比的宝剑。当然，他被列入神仙的编制之后，还配发给他一张神龟做成的大床，让他享受起长生不老和美女如云的生活待遇，简直比当下的土豪还要快活自在。

像这样的神话版本还有很多，全都将老子蒙上一层神话的色彩，从而迎合了当权者愚民、民众又心甘情愿地被愚的“超自然思维”。然而，神化老子却从根本上否认了老子的“道法自然”，后来在特定的历史时期里，又必然会发展到“反自然”，带来无限的灾难。

三

当行走在位于亳州城里的老子殿街时，我就深深地感受到老子是怎样对生命与自然的哲学叩问，更能深刻地感受到后人又是怎样用“超自然思维”去曲解老子的那种思维了。

踏上那条两千多年前孔子走过的问礼巷，便会从心底产生一种求取“真经”的虔诚渴望。悄然穿过那条被历史的烟尘反复掩盖的石板小径，最终到达那座高大巍峨的道德中宫时，便会觉得这座始建于唐代的古建筑，似乎一直在对人们心底的困惑在娓娓地诉说着什么。而我看到大殿前的巨型香炉里正在冒着浓浓的烟雾，无数的香客正在顶礼膜拜时，心底那种忧虑便会像香炉上不断升腾的烟雾一般缭绕不散。已经两千六百多年过去了，老子当年倡导的“道法自然”唯物主义理论，不但被古人用唯心主义观点所曲解，而且被今人同样用唯心主义所误读。否则，我眼前的这些人也就不会将老子当作一位大神去无比虔诚地供奉了。

道德中宫的大殿门上高悬着“道法自然”的匾额，似乎变成了一种宗教的装饰。殿内的屏风上绘制的一个阴阳太极图，也变成了一种得道成仙的画符；而殿内高塑的那尊三米多高的老子塑像，和墙壁上一组老子史迹的壁画，便是将老子完全奉为神灵的一种精神象征；那院内的西墙上镶嵌《道德经》的石刻，也就变成信男善女们梦想得道成仙、医病疗伤的灵丹妙药了。

宫殿里高悬的那幅《老子授经图》壁画，在向我们描绘老子当年讲经传道的同时，也给我们叙述着道骨仙风的绘画语言。只见老子端坐于青牛的背上，显现出一副鹤发童颜、神安气闲的仙气来。画面上一只香炉焚香的青烟正在袅袅升起，一把木琴正在弹奏着高山流水的古曲，一棵老松的长枝从空中无言地曲展而下，一阵微风吹拂起老子的长袍裙带。国画的线条简逸灵动，墨色清淡飘逸，给人一种神秘莫测的高深感觉。

我推想，这时的老子肯定正在与前来求教的孔子侃侃而谈他的“道法自然”：“人生天地之间，乃与天地一体也。天地，自然之物也；人生，亦自然之物；人有幼、少、壮、老之变化，犹如天地有春、夏、秋、冬之交替，有何悲乎？生于自然，死于自然，任其自然，则本性不乱。”这便是老子对于人的生死的看法，哪里有一丁点儿得道成仙的意思？老子又对孔子说：“天地无人推而自行，日月无人燃而自明，星辰无人列而自序，禽兽无人造而自生，此乃自然为之也，何劳人为乎？人之所以生、所以无、所以荣、所以辱，皆有自然之理、自然之道也。顺自然之理而趋，遵自然之道而行，国则自治，人则自正。”老子在这里明确地提出了按照自然规律去治理国家，压根儿就没有什么君权神授的意思。

孔子听了老子这两段高论之后，不知到底真懂还是似懂非懂，便趴在地上叩谢而去，回他的鲁国讲他的《论语》去了。

令老子失望的是，时人对“道法自然”的兴亡观，和孔子一样，没有真正的理解，更没有真正地落实在行动上。老子所处的晚周天下纷乱，“贵族骄奢淫腐，法令繁如牛毛，苛政暴如猛虎，各国互相侵夺篡杀”，哪里还有什么“顺自然之理而趋，遵自然之道而行，国则自治，人则自正”可言？

这时，周室又发生了历时 15 年之久的“王子朝之乱”，公元前 516 年 11 月，王子朝兵败，挟周王室列祖神主、祭祀重器、史料典籍，一路南逃。而在这批亡命天涯的队伍中，就有身为“国家图书馆馆长”的老子。公元前 506 年，王子朝被杀，老子的后台倒了，他只得退出政坛。这时，因为战乱，老子的家乡正处于列国争霸战火的前线，他有家不能归，特别是周敬王追剿王子朝残余势力，追寻失踪典籍下落，作为王子朝老部下的老子难逃其责。这些原因迫使他不得不隐居江湖，四处逃亡，这也就使他的足迹能够遍布淮河沿岸。

由此可见，老子的“道法自然”的治国理念，压根儿就没有被当权者采纳，所有的诸侯没有一个能听得进老子“夫兵者，不祥之器，物或恶之，故有道者不处”的至理明言。不仅如此，诸侯们还一而再、再而三地发动违反老子“道法自然”理念的战争，从而导致战国时代的到来。

因此说，老子在世时哪里有后人所描绘的仙风道骨的飘逸？更谈不上后来遍地都是老子庙被尊为太上老君的无限风光了。

四

在我看来老子出关、亡命天涯，根本不是什么得道成仙，而是对当时社会现状彻底绝望后的政治避难。

就是带着这种绝望，老子开始了流亡生涯，独自一人骑上一头青牛，沿着家乡的那条淮河一路流浪。当然，就是因为老子的这次淮河远行，才给沿途留下了许多老子的足迹。淮河的上游至今还留存有三座道德宫，分别是河南鹿邑的太清宫、亳州市的道德中宫、涡阳县的天静宫。淮河的下游江苏洪泽还有一座老子山，据传就是老子当年流浪到这里修道炼丹时留下的。淮安市区的那座钵池山，相传也是老子当年到此写《道德经》初稿的地方，至今还有一座高达 18 米的老子铜像，记录着老子创作时的情景。我在推想老子走完淮河这条漫长的河岸，是不是表明了老子对家乡的这条大河的忧虑以及对世事的无奈？

无可奈何的老子到达函谷关之后，并没有直接去通往关口的大道，却把青牛一勒，转入一条岔路。然而，他没有料到当自己走进岔路的时候，已经被探马发现，并且去报告了关官，所以一群人马就从后面追赶上来了。把当时的情境还原一下，大概是这样的：那个探马引着关官尹喜，拦住了老子的去路。“老师是到城外来蹓蹓弯吗？”作为老子粉丝的尹喜问道。“我想出关，城里确实噪声太严重了，想换换新鲜空气。”“机会难得，我想请老师到我们关上去住几天，给我们开个讲座。”老子还没有回答，四个巡警就一拥而上，将他连拖带拽着进了关口。

结果，老子开讲座时操着一口淮腔，根本不会说普通话，北方的干部群众没有一个能听得懂的。尹喜只好请老子手写一份讲稿让大家学习，老子因为急于出关，也就一口答应下来，住进了宾馆，花了一天工夫将《道德经》背写下来，最后拄着拐杖，送到尹喜的办公室里交差，还领了 3000 元钱的讲课费，又骑上那头青牛，摇头摆尾地出关去了。

老子在他的论文里，以王朝兴衰成败、百姓安危祸福为鉴，溯其源，论其道，著有上下两篇，共五千余言。老子以“道”解释宇宙万物的演变，认为“道生一，一生二，二生三，三生万物”，因而“人法地，地法天，天法道，道法自然”。除了朴素的唯物主义观点，还包括大量朴素辩证法观点，认为一切事物都具有正反两个方面，“反者道之动”，并能由对立而转化。老子试图建立一个囊括宇宙万物的理论。老子所说的“自然”不是神，万物之道完全由自然来约束，也就是“道法自然”。当然，老子的学说肯定还存在着诸多的局限和问题，但就尊重自然规律这一点而言，确实是我们应该给予充分肯定的。

然而，老子“道法自然”的观点，不但没有让他所处的时代接受，就在多少年后他的家乡淮河子民还是没能接受，人们不但没有“道法自然”，反而一方面运用“超自然思维”去神化老子，另一方面又在行动上做着“反自然”的事情，使素有“走千走万，不如淮河两岸”和“江淮熟，天下足”美誉的淮河流域，在1128年宋朝将军杜充掘开黄河大堤、1938年国军师长蒋再珍炸开黄河大堤，先后两次人为的造成黄河夺淮，对淮河流域的自然生存环境进行了人为的大破坏，给淮河大地带来了一派“赤地千里，饿殍载道”的惨景。直至今日绿水青山，依然是我们向老子尚未提交的课业。

在我看来，自然界的这条淮河简直就是从上古流淌而来的那条思想大河的翻版。老子的“道法自然”是这条大河清沌的源头，可后来却被“超自然思维”搅成了浑水，再后来又被“反自然”的破坏带来了泥沙俱下的浊流与污染。

两千多年前，无比智慧的老子肯定已经明白自己的学说，对于当时周王朝完全是对牛弹琴，他肯定也明白人们在无数年之后还是不能理解自己的良苦用心。因此，他只得垂头丧气地离开了这个不能理解他的世界，一步一步地离开了函谷关。

老子向着茫茫的大漠缓缓而去，那头青牛放开了脚步，眼睛里放射出一股迷茫的光彩，远方正是那片荒无人烟的天地。尹喜亲自检查了老子的行囊，没有发现任何危禁物品，便命关警放行，然后站在关口的高处，目送着老子的背影，看到老子走了半里远，还能辨得出他的白发、黑袍、青牛。接着，一阵沙尘暴席卷而来，将老子和青牛笼罩起来了，所有的一切全都变成了灰色。再过一会儿，老子就被滚滚的沙尘暴所淹没，什么也看不见了。

一个王朝的挽幛

一

一笔长横是风。一笔斜点是雨。一笔卧钩是泪。

1898 年 7 月 8 日这一天，整个江南山景就如同一幅黑白相间的书法作品，被开除公职、遣送回乡后去祭祖的翁同龢，就一路悲伤地向着这幅作品深处跌跌撞撞而去。一片墨黑的天正下着细雨，刮着阴风。69 岁的翁同龢早已脱下一品朝服，穿上一件玄色长袍，全身被阴风吹得瑟瑟发抖，雨水早已淋湿了他花白的头发。

风黑。雾白。雨清。常熟虞山西麓祖坟四处的垂柳飘拂着无奈，祖坟前新插的白幡飘展着悲苦，白色纸钱在四处飘飞着惆怅，焚香的青烟从土坟前升腾起忧伤。白发玄衣的翁同龢还没走到父母的坟前就痛哭流涕起来："父母大人呀，儿子不孝，对不起你们呀！"他是一路喊着哭着，踉踉跄跄地奔到坟前的。他流着泪在坟前祭桌上供上祭品，点烛烧纸，吹手们也吹起了唢呐。一曲凄凄惨惨的苏南民间悲调便从坟间传出，呜呜咽咽，凄惨动人。

翁同龢跪倒在黑白相间的水墨山景里，跪倒在撕心裂肺的绝望中。

一夜的漫天阴雨随风扫过留下了点点愁苦，一夜的孤雁在林间盘旋留下了沙哑的长鸣，一夜的寒霜无声地撒落留下了一片揪心的惨痛，一夜的无边悲愁使翁同龢白了一尺胡须。悲苦。惆怅。绝望。这便是翁同龢挥毫写下的《祭祖》手札的情感由来了。这恐怕也是我翻开他的《松禅老人遗墨》，就感到从那一幅幅白纸墨迹的字里行间，流泻出无限的愤懑与忧伤的原因吧？

我觉得那本在他去世后出版、现已发黄、陈旧斑驳的书法作品集，早已不仅仅是他削职为民、归隐山林时的艺术陶冶，而是一种封建知识分子理想破灭时的情感发泄，又是一种封建王朝从兴盛走向没落时的历史笔录，更是一种 1894 年甲午战争失败后的时代挽幛。渗透纸背的不仅仅是他晚年的墨迹，而更多的是他报国无门、忧国忧民的无限惆怅。

我不知道翁同龢是不是色盲，但他肯定将他的归隐地江苏常熟虞山那原本五颜六色的景物，全都精减成黑白照片似的图像，然后用他的书法思维，将这座远离县城的寂山静水，勾勒成黑白相间的泼墨，从而写下了《黄昏犹作》《虞乡续记》《山居闭门》《春江渌涨》等一幅又一幅书法佳作。他让眼前的世界全都变作笔下的黑白与线条，又让线条的墨色在白纸上化作一种无奈与叹息；同时，他还让世间的刁乖钻滑全都变作笔下的朴拙敦厚，又让人世间的忠奸是非化作一种黑白强烈对比的独特形态。翁同龢就这样将自己在这书法的黑白世界里化作永恒。

我敢断言，翁同龢选择书法是他人生的一个必然，因为在书法的黑白世界里，他内心深处的这种非白即黑思维方式，才能得以充分的表达，而他的人生又一步一步地迫使他选择了这种表达。然而，正是这种非白即黑的思维方式，成为大清王朝的国家悲剧和翁同龢的个人悲剧产生的一个重要思想根源。

翁同龢在甲午战败后积极参与戊戌变法，想通过变法来挽救国家的危亡。他私访康有为，随后又在光绪帝面前举荐“康有为之才过臣百倍，请皇上举国以听”，从而揭开了中国近代史上“百日维新”的序幕。然而，结果却是在“百日维新”的第四天，他就被以“言语狂悖，渐露跋扈”的罪名“开缺回籍”了。这恐怕便是这种非白即黑思维方式造成的结果了。正是这种非白即黑，非忠即奸，非好即坏的思维模式，认定了这位两代帝师能一下子由忠变奸，他也就逃脱不了削职为民“交地方官严加管束”的下场，后来一大批维新人物也惨遭血腥镇压。

就是在这样的背景下，翁同龢黯然神伤地回到家乡常熟后的第二天，去翁氏墓园上坟祭祖。那里安葬着他的祖母、父母和兄嫂等亲人。翁同龢经历了开缺回籍，满怀着落魄伤感。这时，他长长地叹了一口气，朝祖坟深深地叩下头去，两行老泪潸然而下。

墨黑。纸白。泪浊。他当日挥毫写下手札一幅：“伏哭毕，默省获保首领从先人于地下幸矣，又省所以靖献吾君者皆尧舜之道，无骫骳之辞，尚不致贻羞先人也。”这就是我们后来看到的那幅《祭祖》墨迹了，他在字里行间给我们哭诉着一代精英忠心报国却被黜回乡的无限悲伤。

一笔长横是风。一笔斜点是雨。一笔卧钩是泪。

二

孤寂。黯然。神伤。翁同龢踟蹰在残阳西斜、枯叶乱舞、哀鸿长鸣的山景中，沉思在一百多年前晚清王朝的那个悲伤季节里。良久，满怀怨恨的翁同龢，缓缓地提起那支饱蘸悲愤的狼毫，渐写渐快，渐写渐浓。我在想他笔下的这幅墨迹《一笔虎》岂止是书法作品？分明就是一代文化精英在经历甲午、戊戌打击后的最后企望，分明就是一个王朝在甲午战败后垂死挣扎的时代梦想。

我觉得翁同龢一生的分水岭就是甲午战争。他从“春风得意马蹄疾，一夜看尽长安花”，一下子变成了“此去闭门空山里，只须读易更言诗”。由此，他的人生也“从白而黑，从忠而奸，从好而坏”了。

如果按这种非白即黑的思维模式来判断，他的大半生全都是白的、忠的、好的，一直活到了69岁，突然就变成了黑的、奸的、坏的。翁同龢（1830—1904），字声甫，号叔平、均斋、瓶平，晚号松禅老人、瓶庐居士。他20岁选为拔贡，22岁中举人，26岁中状元，从此官运亨通，一路高升，成为同治、光绪两代帝师，被皇上和太后誉为“讲授有方，入值甚勤”。与光绪的感情达到了难舍难分的地步，成为皇帝最亲近的股肱大臣，“帝唯师傅翁公之言听计从”。他曾积极赞同开设为国家培养人才的同文馆，他曾奏请停止圆明园工程建设，他曾平反杨乃武与小白菜的冤假错案，他曾在中法战争中积极主张抗战。在甲午战争中，他又声斥李鸿章的求和软弱，力主“以战求和”。在甲午战败后，他又积极组织和参与了戊戌变法，想通过变法来探求中国富强之道，改变中国落后挨打的局势。也就在这时，他一下子变成了“言语狂悖”的奸党，被革职返乡，原本“难舍难分”的光绪皇帝，这时居然一下子变得“回顾无言”了。

我觉得，国人就是因为有了这种非白即黑的思维模式，才选择了京剧、国画、书法等形式作为外在的表达方式。国人就是运用这种思维模式，去解读京剧里的脸谱人物、国画里的水墨对比、书法里的白纸墨迹。而翁同龢本人也肯定认为在这样黑白相间的世界里，他面前的所有政敌全都是黑到心肺的奸臣，而视为白色光亮的肯定是他自己。

可怕的是，这种思维模式表现在官场上形成的忠奸之辩。在朝野里将大臣们划分为忠臣奸臣，在甲午战争中划分为主战派主和派，在戊戌变法中又划分为帝党后党，翁同龢的人生就是因为这种思维模式而兴衰起伏。当他被认定是个奸佞之臣时，他原本几十年的政绩也就一笔勾销，结果也只有被“开缺”免职了。

因此，甲午战争不仅仅是一个国家与另一个国家之间的武力拼搏，而且是一种体制与另一种体制之间的政治 PK，更是一种思维模式与另一种思维模式之间的文化较量。慈禧、光绪就是运用这种思维，翁同龢、李鸿章也是运用这种思维，国人同样运用这种思维。这样甲午战败也就成了一种必然，翁同龢被开缺罢官也就成了一种必然。正因如此，他选择书法作为他人生的最后寄托，也就是情理之中的事情了。因为在书法的黑白世界里，他内心深处的这种思维模式，才能得到充分的表达与展示。

正因为如此，苏轼的“黄昏犹作雨纤纤，夜静无风势转严。但觉衾裯如泼水，不知庭院已堆盐”，在翁同龢的毛笔之下，完全化为他自己的一种独特感受，“纤纤之雨”“泼水”“堆盐”等所有的白色意象，全都被安排在“静夜”的无边黑暗之中了。白与黑在翁同龢的书法世界里，变成了真善美与假丑恶的代言。

从此，他“此去闭门空山里，只须读易更言诗”；从此，大清国少了一位权臣贵胄，却多了一位书法大家；从此，他日临汉碑，勤摩图画，从而使他的书法日渐老辣，臻达化境，成为《清史稿·翁同龢传》所言“自成一家，尤为世所宗”，成为《清稗类钞》谓之“叔平相国书法不拘一格，为乾嘉以后一人”之书法宗师。

苦雨。草堂。枯灯。孤居山野，了此残生，唯有书法相随。

三

一捺侧锋是风。一横中锋是雨。一点回锋是泪。

1904 年 7 月 4 日夜，江南山林，溽热烦闷，一片墨黑，唯有一盏枯灯随风摇曳，形似翁同龢即将飘逝的生命。

弥留之际的翁同龢已经不能提笔，枯槁瘦弱，满脸愁苦，只剩下一口游丝。他自知大限已到，便断断续续地口占《绝别诗》：“六十年中事……伤心到盖棺……不将两行泪……轻与汝曹弹……”他气喘吁吁地说完最后一句，就再也克制不住，两行老泪奔流而下。经历一阵痛苦痉挛之后，他又以《论语》集句给自己撰了一副挽联：“朝闻道夕死可矣，今而后予知免夫。”他睁着泪眼看着自己给自己撰的挽幛，让人代笔高悬于堂前，白纸黑字，黑白分明，这才仰天长叹了一声，闭上了双眼，饮恨长逝。就这样，一代爱国老臣抱着无尽的忧怨和孤愤，从此长眠于江南虞山尚湖之间，长眠在大清国岌岌可危的命运里。

庚子国变，八国侵犯，两宫出逃，割地赔款，丧权辱国……所有这一切，对于一心想要安邦定国的翁同龢而言，该是何等地忧心如焚！窗外风雨潇潇，蛰居江南山林，恰逢北方烽烟四起。风烛残年的他“回瞻北斗，不胜依依”“胸中梗塞，竟夕不寐”“登临北望，慨然而涕”。他多少次翘首北望，庭院徘徊；多少次孤灯难寐，中夜更衣；又有多少次听雨枯坐，遣愁不能，消愁不去。

而此时，陪伴自己四十多年的妾陆氏又病逝了，让老迈病弱的他“中肠为之碎裂”，一下子觉得自己更加孤独苦寂了。

翁同龢之妻汤氏早已离世，就是这位陆氏伴随自己风风雨雨地走过了44年。被贬回乡后，是陆氏一直照顾自己的日常生活，可此时她也离己而去。他悲痛至极，悬挂起陆氏的遗像，焚香祭拜，又提毫书写《悼亡妾》一幅斗方：“恻恻空房举奠樽，搴帷尚觉药炉温。一生所识无多字，九死方知不二门。只辨真诚持内外，更无苦语恋儿孙。墓图一角留残墨，地下犹寻陆氏昆。”整个书作里充满了对亡妾的无限怀念。这一年的除夕，他还在亡妾遗箱里检出一幅旧画，并题诗曰：“叹息无家老逐臣，祇余两膝拄孤身”，墨迹里饱含着他饮泣之痛。从此，孤苦伶仃的翁同龢“似如枯禅，形同偶人，时常剪灯孤坐”。

从此，无妻无妾、无儿无女的翁同龢一病不起，他的心与身体一起走向死亡。1904年6月25日，“发热、遍身疼，胸痞常卧，晚益甚，得汗不解，呻吟彻晓”。6月26日乘舟入城，延医来诊，“云尽是湿热，用芳香泄浊，然于肝疾似未及也”。6月27日，“先公诞日，设坐叩头，竟不能起”。重病缠身的翁同龢生命即将走到尽头，持续四十多年的日记就此绝笔。

翁同龢就这样带着他一生太多的怨恨，带着他一生太多的遗憾，去见他的祖上去了。弥留之际，他不止一次地说自己看到了身穿灰白长衫的祖先，站立在漆黑的天幕上向自己招着手，他高兴地喊道：“我来了，我的父亲……”他还推想到自己寒碜的葬礼和父亲葬礼的盛大排场完全的不一样，自己的灵堂里只焚着两炷香，自己面色如生，万分沮丧地躺在灵柩里。他还看到了自己的遗体边祭放的不是鲜花，而是一棵从山间采摘的野草。

就这样，翁同龢在晚清王朝的黑幕下，没有等到自己的平反通知，两只眼睛放射出最后的绝望之光，口中呼吸着生命最后的游丝，最终默诵着这句“朝闻道夕死可矣，今而后予知免夫”的挽联后，悄然闭上了他那绝望的双眼。

其实，他是在为甲午战争、戊戌变法殉情。他岂止是死在了非白即黑的思维模式里，他还死在了顺我者昌、逆我者亡的皇权思想里，死在了垂死挣扎的封建专制体制里。

一笔长横写清苦。一笔斜点书悲伤。一笔卧钩划凄凉。

翁同龢就这样带着满腹怨恨离开了人世，也给后人留下了是非成败、功过忠奸的无数话题。他那绝笔的挽幛高悬在山间草堂里，也高悬在晚清王朝的天幕上。

然而，他给后人留下了《松禅老人遗墨》，也给中国书法史上留下了一座艺术高峰，更给晚清王朝走向最后灭亡写下了一个时代的挽幛。

一路纸钱飘飞，就是遣散他飘逸超脱的艺术灵魂。一路唢呐长鸣，就是高扬他质朴拙涩的书家境界。一路挽幛翻舞，就是高悬他悲怆厚重的爱国思想。

——作于甲午战败120周年，定于欢庆抗战胜利70周年之后

边　缘

与骷髅彻夜长谈

我一直无法理解那个苦风凄雨的夜晚，张衡在西风古道上与那只骷髅邂逅的深刻内涵。

那是2120年前的一个下午，张衡这位发明了世界上最早用水力转动的浑天仪，自制了世界上第一架候风地动仪，还设计了飞行数里的飞行器、能够准确定位的指南战车的伟大科学家，在朝廷担任了14年之久的太史令之后，被宦官排挤而被贬出京城，左迁河间相。

在那个深秋的雨夜，张衡驾着那辆自制的世界上最先进的记里鼓车，朝着河间的方向，顶风冒雨地奔驰在荒无人烟的旷野上，风驰电掣地闯进了扬雄《太玄经》所描述的宇宙天地里。

整个世界是浑沌不清四面漆黑，元气合化而狂风呼啸，阴阳精构而秋雨潇潇。突然，一个闪电撕开天宇间的的黑幕，紧接着传来一阵来自天庭的震耳欲聋的雷响。也就在这个时候，他好像看见一只骷髅挡住了他的去路，好像听到了一阵传自冥间的凄厉尖啸。他赶紧停止前行，下车将那只骷髅抱上车来，安放在自己的坐席上。他要拥紧它，与它做彻夜的长谈。

他十分悲伤地感到自己深夜与一个无名死者的相遇，肯定是自己对生与死思考时的一种幻觉，肯定是自己对科技与儒道交融时的一种想象，更是自己对人生与仕途理解时的一种虚妄。

那只骷髅因为五官随着肌肉消蚀殆尽，墓碑已经风化磨灭，记忆变得模糊不清，因而同它交谈时首先就得弄清骷髅死前的身份：你是称誉满身还是臭名昭著？这样就可以知道应该赞颂你还是谴责你；你是壮年夭折还是寿终正寝？这样就可以知道应该怜悯你还是尊敬你；你是学富五车青云直上还是穷困潦倒贫寒一生？这样就可以知道应该敬服你还是不屑一顾你。

当张衡对着骷髅发出一连串的疑问之后，骷髅却反而问他今天怎么沦落到这种地步？原本是张衡同情骷髅的悲惨死去，结果骷髅却反过来询问张衡你怎么被皇上贬出京城？死去的骷髅反倒是对生着的张衡同情起来了。因为在骷髅看来自己完全可以津津乐道于冥府的自由。这时，死者的欢乐溢于言表，而生者却是那么的痛苦。

就是这样，张衡的心灵狂奔在阴阳之间，张衡的灵魂叩问在生死之间，张衡的思想也徘徊在科技和儒道之间。

张衡看见那只骷髅满身都是淤泥和白霜，一种悲戚哀伤之情油然而生，也就不由自主地为它祷告起来了。可骷髅却大笑起来说，死就是休息呀，而且能够避免生的劳苦，你生在世上的功名利禄难道不是轻如鸿毛？我死了就已化为尘埃，在宇宙间逍遥自在，以自然为父母，以天地为床褥，以雷电为风扇，以日月为灯烛，已经达到了无情无欲无清无浊的至境，而你这个活着的人反而自以为是，来悲悼我、怜惜我，这不是天大的笑话！它说完这些就狂笑着滚下了他的木车，回到了路边沟塘的淤泥之中。张衡就为那骷髅穿上了寿衣，举行了葬礼，焚烧了纸钱，奉上了祭酒，也洒下了两行悲伤的眼泪。他不是跪拜死亡，而是在敬畏生命。

我认为骷髅根本不会在乎张衡究竟是怎样去祭奠它，因为它已经脱离了活人的世界而远去。而张衡却仰望着一团漆黑的宇宙号啕大哭起来，良久拉长音调念起了他的《髑髅赋》，抑扬顿挫，声情并茂，凄凄惨惨。东汉末年的潇潇秋雨依旧不停地下着，他念完之后又跪拜了天地，然后登上他的木车调转车头，朝河间的方向狂奔而去。

他没有听从骷髅的点化，没有理会兴道逍遥的自由和快乐，犹豫之后还是奔向皇上为他指派的地方。他无法进入道家的境界，还是返回了俗世。

不到三年，他死在尚书的官位上，同时被奉为中国古代经学的“阴阳之宗”。

看不透圆的世界

真的有些惊讶这时周围的一切无声无息，惊讶这个圆的世界的无声无息。那是 1500 多年前的一个骄阳似火的中午，太阳滚圆惨白，抬头望去闪烁烁的，有些扎眼。

33 岁的祖冲之被五花大绑在十多丈高的补阳台上，刽子手举起手中的大刀准备开刀问斩。他却睁开他睿智的双眼四处张望。我想他这时满眼看到的肯定都是圆圈。在这生死关头，在这位伟大的数学家的眼里，整个世界完全就是一个由圆组成的世界，整个圆的世界都可以用他精心计算出来的圆周率去统领。他就是数学王国里的国王。因此，他死到临头了看上去还是那么平静，好像想从那个滚圆的太阳辐射给大地的光泽里抓住什么。一群鸟类从他头顶上一闪而过，一阵热风从他头顶飞掠而过。他两手空空，什么也没有抓住。他的手被绳索捆绑着。

这真的是一个圆的世界呀。他看到自己被武士们绑着的这个补阳台，正是一座由几十根圆木支撑起来的一个临时高台，而 81 个童男被关在一个圆形的大木笼里，一双双圆圆的小眼里正发射出幽幽的绝望。男童们等到日全蚀圆太阳与圆月亮汇合重叠时就会被焚烧祭天。他们木然地等待死亡。右边立着的圭标、浑仪、日晷、漏壶、铜盆也全都是圆形的。那补阳台又被放置在一个直径九丈九的阴阳太极图的圆心上。太极图的一边放着一个圆香炉，香雾袅袅，香炉的四周又放着几十支碗口粗细的蜡烛，烛火正旺。补阳台下干柴芦苇木枝枯草边是那九面牛皮大鼓。

粗木、牢笼、铜盆、蜡烛、香炉、牛皮鼓、太极图，一切都是圆的。头顶上的太阳正放射着它圆形的光芒，炽热的光雾笼罩着他的身上，笼罩着 81 个男童的身上，也笼罩着这圆的世界。

刚才宋孝武帝刘骏宣诏，说这一天将有日蚀，是天狗吃太阳，要更改年号，还要祭天，要焚烧 81 个男童才能避过这一天难。而祖冲之却根据自己刚刚研究出来的《大明历》来推算，今天绝对没有日蚀！又说过去历朝历代一直使用的《元嘉历》整整误差了一天时间！朝中的重臣指责祖冲之是妖言惑众，想毁坏江山社稷。宋孝武帝便让祖冲之用自己的性命来赌一把，如果今天没有日蚀，就放了81个男童，如果有日蚀就将祖冲之斩首祭日。宋孝武帝是想把男童们滚圆的头颅当作佛珠，以此祈护他的皇权。

到了下午太阳突然暗淡下来了，值日官呼喊："日蚀初亏！准备点火！"羽林军手中的八根粗长的松明子呼啦一下子点燃，擂鼓手拼命地擂起了九面大鼓，刽子手高高地举起手中的大刀。

整个祭祀现场突然被巨大的鼓声包围起来，已经沉睡在圆的世界里的祖冲之被鼓声震醒，抬头朝天空望去，只见一片厚厚的云彩飘了过来，一下子遮住了已经偏西的太阳，被云彩遮住的太阳勾勒出圆圆的一道弧线。这会儿他又听到从四面八方传来的百姓用铜盆敲打时发出的此起彼伏的声响。他知道这是百姓们用这敲打声驱逐天狗不让天狗把太阳吃了。

听着这祭日隆隆的鼓声和宫墙外哐哐的敲盆声，他居然苦笑了起来。笑着笑着他突发奇想，要用自己的圆周率去测量太阳的直径，去测量太阳运行轨道的直径。但想到最后，他知道自己无能为力。他忽而觉得自己真的自不量力了，自己真的是无力回天了。他长长地叹了一口气，紧紧地闭上了双眼。这圆的世界仿佛一下子变形，成了方的。

我想他要是真的死在这圆的世界里，倒也是他的一个最为圆满的归宿。可是历史没有成全他，因为他自己没有成全他自己。那云彩后来被赶走了，太阳露出了它的圆脸。这一天真的没有出现日蚀。祖冲之步履沉重地走下了高高的补阳台。

天狗没有将太阳吃了，反而将祖冲之的胆量给吃了。从此，他的胆量随着年龄的增长变得越来越小，越来越不敢与封建帝王叫板，他终于明白凭他一己之力根本无法与皇权抗争，他不再是圆的数学王国里的国王，他用了40年的时间学会了圆的另一门“学问”——圆滑。

他的人生前33年，在世界数学史上第一次将圆周率计算到小数点后七位，这个“祖率”比欧洲提早一千多年；编制的《大明历》是世界上第一次将“岁差”引进历法，和现代数学计算结果仅仅相差50秒，使他成为当之无愧的世界IT行业的鼻祖。而他人生的后39年，几乎没有多少值得一提的科研成果，他中年以后的主要成绩是一步一步地爬上了四品大员的宝座，用他的惊世之才只当了个地级市的军分区副司令，而他的《大明历》一直到他死也没有推行。他理应抱恨终身。

他能精确地计算出圆的周率，却怎么也看不透由圆组成的世界，更看不透方圆共存的世界。

把自己遗忘在梦境里

梦变成一阵沉重的风刮在920年前边关的沙场上，猎猎作响，像刀子那样的刺骨锥心。失去亲子的悲痛便在梦里滋滋地疯长。梦将心肺撕裂成无数碎片撒落在儿子的新坟四周。沈括颓然瘫倒在坟边的荒土上，老泪如雨淅淅沥沥地湿润了梦境。

他自然而然地想起了那个注定了他前生今世的梦幻，他认定这个梦幻肯定与眼前的这丘荒坟有着必然的因果关系。这坟里没有儿子的尸骨，只埋了儿子的那件常穿的战袍。儿子尸骨难收，已经被叛军烧死在永乐城里。这时那种撕心裂肺的懊悔又向他袭来。我想他的肠子肯定都悔青了。可儿子已经死了，再也不可能站在自己的面前了，今后自己只能在梦中与儿子相聚。

那永乐城是宋神宗元丰四年宋军统帅徐禧建议在这个边关

之处建造的一座边城。沈括为了逢迎徐禧，明知建城犯了兵家之大忌也极力附和，结果西夏军队倾巢出动将永乐边城团团包围，加上宋军都监叛变，与西夏军队里应外合，永乐边城被攻破，徐禧和数万将士全军覆没，沈括的长子沈博毅也被叛军烧死。主将徐禧已死，宋神宗只有拿沈括开刀，将他贬为均州团练副使，连降三级。

将去均州不毛之地流放，临行前夜他来到儿了的新坟前。两行泪水从他那清癯的脸上潸然而下，一行是悲伤，一行是悔恨。我想面对冷酷的现实，他肯定又想起他这些年无数次地做到的那个注定他前世今生的梦境来。可是，今天魂牵边关，梦断楼兰。那柱祭祀的黄烟从苍茫的大漠里升腾而起，惨白滚圆的落日慢慢坠进了流向远方的长河。一夜的漫天飞沙随风扫过留下了厚厚的尘土，一夜的孤雁在头顶盘旋留下了沙哑的长鸣，一夜的寒霜无声地撒落留下了一片揪心的惨痛，一夜无边的悲愁使沈括白了中年头。

旭日将黑夜留给了边关的沙场，留给了梦。晨风含露，在一座座刚刚战死的将士们的新坟四周无声地飘拂着，新培的坟土全都湿润了，清冷的空气紧紧地包围着土坟，包围着失去儿子的疼痛。

梦在现实中，现实在梦里。沈括好像刚刚做了一场长达16 年之久的恶梦。这场恶梦自他 33 岁考中进士那天起就开始做了，一直到今天自己 49 岁。这 16 年里，他为了讨好皇上、巴结上司，先是投靠新派王安石，去告发苏轼，卖友求荣，结果使苏轼锒铛入狱；后来见王安石倒台了，又反戈一击，落井下石，第一个站出来告发王安石，使王安石又身陷囹圄。到头来他聪明反被聪明误，自己只落得个新旧两党都视他为眼中钉肉中刺，他成了过街的老鼠，结果被贬为宣州知州，后来因为西夏犯境又改任他为延州知州。本以为自己可以重振雄风，结果却落得个支援不力导致宋军大败而再度被贬的下场。

他大梦初醒似的伫立在儿子的土坟前。16 年的科举入仕呀，到头来自己不但断送了前程，而且又搭上了儿子的一条性命。这一惨痛的代价让他真的无法承受了。我推想他肯定会为自己的品格而自责，他肯定无法原谅他自己的丑恶。

他又一次想起了自己在考中进士的那一天做的那个梦。梦里他腾飞于山水之巅，看见山坡上繁花似锦，草木昌盛，而山脚的那条环山小溪清澈明亮，简直就是一处世外桃源。他便轻盈地飞翔在花山之巅，观赏山涧小溪的潺潺流水，聆听林间百鸟的清脆鸣唱。奇怪的是，这个美妙的梦境从此一次又一次地出现在他的梦里。他便认定那是自己的前世今生了。

他的现实的这个残酷的恶梦与他幻想中的那个美梦之间，产生了一种强烈的反差和对比，而他居然能够生活在这两个梦的世界里长达 16 年之久。白天是冷酷，夜晚是柔美；白天是险恶，夜晚是曼妙。他在白天与黑夜之间徘徊，白天他完全忘记了原来的自己，他把自己的生命给抛弃了，他把自己的生命遗忘在自己的梦境里。从梦中醒来，他面目全非，他忘记了自己原来的模样，忘记了自己原来的本质。

他不知道现实是梦，还是梦就是现实；也不知道现实是现实，还是梦就是梦；更不知道梦是现实，还是现实就是梦。

辞别儿子的新坟 3 年之后，他委托友人用 3 万钱购得润州一处山水，随友人游览时万分惊讶地发现，这里正是他这十多年在梦中无数次游历过的佳境！他便辞官来此定居，用 8 年的时间完成了世界第一部百科全书《梦溪笔谈》。

他终于觉得自己就是一片小小的树叶，在树上虽然存活着却无法自由，只有变成了落叶，才能真正拥有心灵的飞翔，即使是飞向生命的终结。他确实就是一片在梦中飞翔的落叶。

千年不断的绳

整整的700年前，郭守敬回乡祭祖的那一天，他的家乡河北邢台郭村居然有人把他当作鞑子燃起了狼烟。“宁卖祖田，不忘祖言……”有人用反调二六板的高腔，激越慷慨地唱起了河北梆子，那硬木梆子拍击出的高亢悲壮的节奏，在元朝异族统治下的中原大地上，演绎了一曲大宋遗民怀想故国的燕赵悲歌。

我推想，郭守敬在祭祖的时候一定怀着忐忑不安的心情，完全就像是一个犯了错的孩子见到了家长。其实，这一年他已经年过七旬了。望着郭祖大案上刚刚亲手写下的二百多位先祖的名讳，望着祭品桌上的香火缭绕，便不由自主地将自己坚脆生硬的腰板深深地弯曲下去，让自己五体投地，那双早已昏花的老眼里便噙满了两行浑浊的老泪。

祖先牌严肃无语地伫立在他的眼前，那纵横交错的郭族家谱就是千百年来郭家的经络血脉。他离开家乡的时间再长、走得再远、官当得再大，也无法摆脱它们。无形的经络血脉早已渗透进了他身体的每一根血管和每一个细胞。

他这一辈子像这样虔诚的跪拜，除了对元朝的皇上而外就只有对自己的祖先了。他匍匐于地，他想重新找回自己的生命之根。从眼前推衍到37代之前的远祖，便是一条无声的河流，祖先们就是这条河流的源头。家族延续的血脉又像一根千年不断的绳，一头拴着祖先，一头拴着自己。他总觉得自己这些年效力元朝在外奔波，这根绳好像就要断了，自己就要成为没有根的浮萍水草，成为无家可归的流浪汉，就好像会被一阵风吹走。

天黑透了，纸钱与银锭便在大门的两侧燃烧起来，放射出闪烁的光焰，浓烈的青烟腾空而起，在门外漆黑的空气里蔓延开去。“请求门神开恩，祈请祖先回家受祭！”大门洞开着，寒风时来时往地从门口盘旋而入，将烛火吹得东倒西歪，他推测那肯定是祖先们结伴而来时的喘息。

郭守敬双手捻香点燃，深深地躬下腰拜了三拜。我推想此时此刻，他肯定会十分惶惑地自问自责，他的祖先会认同他这样的一个为异族效力的子孙吗？列祖列宗沉默无语，他无法猜测他们的想法。他转而又想在自己死后，自己的子孙也会像今天自己对待祖先这样，对自己如此虔诚地膜拜吗？他也无法猜测子孙们的想法。屋外的寒风越刮越烈，无法将他心头的疑虑吹散。

我推想，郭守敬在祖先牌前肯定在敲打着自己的灵魂，拷问着自己的良心。在元朝立足未稳的时候，他就帮忽必烈制定新历法《授时历》，比世界通用的《格里历》领先了300年；在忽必烈打败宋朝定都大都时，又帮元太祖设计建造了皇宫都城，其设计水平领先世界500年；在晚年还指挥开浚了南北大通道通惠河，从而保证了南北运输的畅通，被共认是世界水利史上的一大创举，加上他首次运用海拔概念、首次制造大赤道仪、首次进行纬度测量、首次创立找差法、首次设计制造报时钟，总共在八个领域领先世界科技水平。他作为一个汉人却用自己掌握的当时世界上最先进的科学技术，帮助元朝战胜了宋朝，帮助异族打败了汉族。他的官职也一路攀升，从提举诸路河渠掌管、银符副河渠使、都水少监，一直到都水监、工部郎中、太使令、知太史院事、昭文馆大学士。我推想，他回首往事时肯定会对自己的所作所为迟疑起来。一方面，他为自己用科技成果造福于民而无愧于列祖列宗；另一方面自己为异族效力又使他常常感到惶恐不安，担心乡亲们不理解，担心祖先们不认同。

祭祖的唢呐，意味深长地吹奏起种族蔓延的乐章。自己祖先的脚步千百年前就遗留在这个小村庄里，那脚印至今还残存着祖先的体温，这里黄土地上的千里热风还绵延着自己家族的血性，那河北梆子里大慢板的抑郁愁苦和倾怀沉思，便是祖先们性格的尽情流露。

而就在他祭祖的时候，村口升腾起一堆青烟，袅袅而上，很快就笼罩弥漫了全村的上空。那是一家农户用半干不湿的柴草点燃，让湿柴冒出滚滚浓烟，最后又点燃三个爆竹。这就是沤狼烟。紧接着又从村口传来了一阵河北梆子："宁卖祖田，不忘祖言……"有人放开嗓门，高唱起了反调二六板，又用硬木梆子敲击出高亢、激越、慷慨、悲壮的节奏。

郭守敬知道这是那个老乡在沤狼烟，这是河北一带广为流传的习俗，"以烟为号，齐心杀鞑"。而今天明明就是将自己当成了鞑子。他听着河北梆子的高腔，看着村头的滚滚浓烟，两行老泪潸然而下。

郭守敬的担心在他死后变成了现实。他的子孙们没有因为他这位祖先所取得的伟大科技成就而顶礼膜拜，恰恰相反，因为他投靠异族而倍感耻辱。他的后代因此不得不隐姓埋名，远走他乡，使得现在的河北邢台皇寺镇郭村郭守敬的后人连一个都没有，甚至 700 年来没有一人到郭村去寻根问祖。

宣纸上的繁华

一

具有象征意义的雾紧紧包裹着沉默寡言的古城，从900年前刮来的风在现实的空间游走，迷茫而诡秘。这让我踏入这座古老的城池时，心底就不由自主地产生一股莫名的忧虑。

我是在一个雾气缭绕的清晨，走进开封城北的清明上河园的，很快就觉得自己完全是在亲历大宋繁华背后隐藏的苍凉与无奈了。园门前《清明上河图》上的人物石雕和张择端的汉白玉塑像，便是被雾气的深邃和迷蒙浸泡着，所有用石料雕成的人头全都拉长了脖子，伸出了雾的海面，呈现出凄怆而悲凉的期待。

我跟随两个中年的脚夫和五匹驮木碳的毛驴，沿着《清明上河图》描绘的那条郊外通京大道，朝着古城缓缓而行。沉重的木碳已将驴的腰压弯，爱发脾气的驴们全都把脸拉长，戴毡帽的脚夫用手抚慰着一头驴的瘦臀。我忽而发现张择端艺术表现力别人无与伦比之处，不在于描绘了宋朝都市经济的繁华，而是表现出宋朝社会的畸形发达。因为他给汴京所做的“人工降雾”确是高妙深邃，那层用淡墨铺陈的雾气渲染着汴京城，给画面上的四百多个人物心头涂上了一层阴影，也给汴京的经济繁华涂上了一层阴影，更给大宋王朝的国家命运涂上了一层阴影。

雾中登上上善门俯瞰，《清明上河图》的场景尽收眼底。整个清明上河园完全是克隆《清明上河图》的构图，集中展现了由虹桥至上善门这段900年前的风物景观。汴河环绕其间，茶坊、酒肆、脚店、肉铺、庙宇、公廨等四百余座宋代建筑鳞次栉比，宋服布靴的商贾、士绅、官吏、小贩、眷属、僧人、游客、豪门子弟、残疾老人，各色人等，混杂交会，穿梭来往。我走在横跨汴河的拱形虹桥上，桥便发出咯吱咯吱的叹息，见到水雾腾腾的河面上几十条运粮的漕船正落帆泊岸。河对岸是一条店铺林立的老街，透过薄雾依稀可见街上卖炊饼的、捏泥人的、糊风筝的，还有耍猴、斗鸡、舞狮、玩把戏的，人头攒动，熙熙攘攘。老街两旁的店铺门前，高悬着五颜六色的店旗，店铺里店小二穿梭来往，吆喝不断。走近店铺方才得知，这吆喝声全都是电喇叭播放的录音，循环往复地制造着城市噪声。

原来这座城市是一件赝品。

在这样躁动不安的气氛里，我一丁点儿看不出900年前的悲催与纠结。事实上，张择端在他的作品里，给我们描绘了GDP世界第一的经济强国的上空飘荡着的那层薄雾，就是想要表达“商女不知亡国恨，隔江犹唱后庭花”的忧患意蕴。据北宋《东京梦华录》所言：“凡新坟皆清明拜扫，都城人出城，纸马皆于当街叠成楼阁之状，四野如市。”可见《清明上河图》给我们描述的大宋歌舞升平、繁华富庶，是被张择端别有用心地安排在清明节这个特定的悲凉气氛之中了。在这四野如市热闹繁华之中，我明显地感受到了一种悲凉与忧伤。

这不仅仅是那群汴京市民的忧伤，也不仅仅是中世纪一座城市的忧伤，而是那个时代整个汉民族的忧伤。

在这个经济繁荣、文化发达却屡战屡败的国度，柳永“今宵酒醒何处，杨柳岸晓风残月”的自怜自叹，陆游“死去元知万事空，但悲不见九州同”的千古遗言，辛弃疾“舞榭歌台，风流总被雨打风吹去”的悲怆呼喊，李清照“寻寻觅觅，冷冷清清，凄凄惨惨戚戚”的孤苦幽咽，苏东坡“十年生死两茫茫，不思量，自难忘，千里孤坟，无处话凄凉”声泪俱下的哭喊，全都汇聚成大宋王朝备受屈辱、婉约悲凉的时代风骨，也全都是《清明上河图》所描绘的繁华表象下隐含的精神忧患。

二

《清明上河图》里的都市繁华，成为宋朝灭亡前汉民族精神胜利法的一种回光反照，宋朝书画艺术的畸形繁荣也变成祖国山河破碎时的情感发泄。其实，大宋王朝在宣纸上的繁华，只不过是汉民族在精神上的一种高雅自慰。

面对北方金人的不断挑衅，边境报警的狼烟频繁地升腾，整个民族已经到了最危险的时刻，宋徽宗居然能够一心去做文艺潮人，留起了长发，蓄起了大胡子，穿起了奇装异服，居然能专心致志地创作出瘦金体的代表作《瘦金体千字文》《欲借风霜二诗帖》等一大批作品，居然不是千方百计地提高军队的战斗力，而是想方设法地提升书画家的政治地位，成立什么皇家书画院，居然以书画作为科举升官考试的科目，从而将中国封建社会的书画艺术推到了极致。

文艺中年张择端就是在考取皇家书画院之后，创作出传世名作《清明上河图》的。他将这幅传世巨著呈献给了宋徽宗，宋徽宗用他的瘦金体亲笔题写了“清明上河图”五个字，并且加盖上了他的双龙小印。我可以断定，宋徽宗在题完字盖完印之后，脸上肯定呈现出极大的精神满足，他肯定认为自己在宣纸上已经战胜了金人。

让人感到特具讽刺意味的是，就在宋徽宗认为是“正面宣传”歌颂盛世太平的《清明上河图》大功告成之际，金军兵分四路攻进北宋的都城汴京，退居二线的太上皇宋徽宗和儿皇帝宋钦宗一起被俘，自此北宋宣告灭亡；更令人哭笑不得的是，金兵攻破汴京之后，将后妃、宗室、百官数千人，以及教坊乐工、技艺工匠、法驾、仪仗、冠服、礼器、天文仪器、珍宝玩物等掳掠一空，宋徽宗似乎毫不吝惜，只是听到皇家书画全部被抢，那幅《清明上河图》也下落不明时，这才满脸泪花、仰天长叹起来。由此可见，宋徽宗对书画的痴迷已经到了无以复加的地步。

无独有偶，宋徽宗的儿子宋高宗赵构也子承父业，甘当模仿秀，居然也学着父亲的范儿，不爱江山爱书画。他在金人俘获徽、钦二帝北去之后，于应天府即位，居然拒绝抗金主张，一路南逃至临安（今杭州）定都，居然重用投降派秦桧，以割地、纳贡、称臣等屈辱条件向金人求和，以此换取和平好让自己躲进艺术殿堂，沉湎于书法艺术的享受里。时值壮年的他居然又模仿父亲主动退居二线，当起了太上皇，全身心地投入到书法之中，从而创作出《翰墨志》《草书洛神赋》等一批传世之作。宋高宗的学书导向带动了朝野上下的书画之风迅速形成，正如《城斋诗话》所言：“高宗初作黄字，天下翕然学黄，后作米字，天下翕然学米。”在南宋开国年间内忧外患的险恶形势之下，宋高宗居然不去积极抗战，收复失地，却掀起了全国性的书法创作热潮，确实潮得很，实属另类皇帝。

宋建炎初年，张择端也南渡到了杭州，宋高宗欣喜若狂地命张择端重新绘制了一幅《清明上河图》。就这样，宋高宗和他父亲一样从宣纸上纸醉金迷的繁华画面里，得到了精神上的满足和情感上的慰藉。

此时，艺术成了逃避，文化成为麻醉。

三

我迎着清晨的薄雾，徘徊在清明上河园的那条老街上，体会着 900 年前悲愤肃杀的大宋风情。这时，有一阵吆喝声由远及近，一批身着宋朝衙役服装的男人在鸣锣开道，后面跟着一排手执长矛大刀的兵丁，最后是一顶旌旗簇拥下的八人大轿，我定睛再看居然是皇上驾临。《清明上河图》里本没有皇上的高贵形象，只有一行趾高气扬上坟回城的达官贵人。还没容我细想，只见宋徽宗手挽李师师的玉臂款款地下了轿，然后由李师师率众男女伴随迪斯科的节奏，跳起了街舞。

我不由地想起宋徽宗赵佶首开帝王嫖娼先河的那段故事。那一日，宋徽宗带着高俅，装扮成知识分子的模样，从皇宫后门溜了出来，一路来到了金环巷的一座粉楼门前，碰巧望见凭栏卖萌的李师师。高俅是个拉皮条的公关高手，不几分钟就把宋徽宗带到了李师师的面前，成就了这段帝王嫖娼的趣谈。

我顺着老街往历史的深处走，想寻找宋徽宗以权谋色的金环巷，可一直走到底也没有找着，却在路上见到了梁山好汉劫囚车、武松醉杀西门庆。这些节目自然都是《清明上河图》上没有的，只是今人为了留住游客搞的商业看点。不过，我倒觉得是画龙点睛之笔，可以反映出宋朝社会的深刻矛盾，这恰恰就是《清明上河图》所含蓄表现出的担忧了。事实上，在宋徽宗的手里就把这半壁河山给葬送了，大宋王朝就落得个“元嘉草草，封狼居胥，赢得仓皇北顾”，逃至江南偏安一隅。

宋朝是一个纸醉金迷而又矛盾重重的朝代，又是一个让人爱恨交加、畸形发达的朝代。一方面它在战争上屡战屡败，另一方面又在宣纸上造就了世界文化第一强国，培养出许多举世闻名的大文豪。我们至今还可以列举出一大串光耀世界文坛的名字，欧阳修、范仲淹、苏东坡、辛弃疾、王安石、曾巩、苏洵、苏轼、苏辙，等等，他们在宣纸上各领风骚几百年。苏轼门下有“苏门四学士”黄庭坚、张耒、晁补之、秦观，他们在宣纸上写下了一首首流传千古的诗篇。散文“唐宋八大家”里宋朝就占了六位，其中的王安石既是政治家又是文学家。宋朝还涌现出四大书法家苏东坡、黄庭坚、米芾、蔡襄，他们在宣纸上创作出任何时代都无法与之相比的书法华章。除此之外，还有人认为中国古代四大发明就有活字印刷、指南针、火药三大发明出现在宋朝，沈括、毕升等一大批科学家也竞相在宣纸上写下一批影响世界科学进程的巨著。

宋朝的物质和文化“两个文明建设”都是在封建历史上空前绝后的，达到了封建时代的巅峰，就连大唐盛世也远远不及。然而，在中国的战争史上却没有比宋朝更窝囊无用、更软弱可欺的朝代了，与金、辽、西夏打仗胜少败多，而又不管胜负都是以割地赔款画句号，甚至连宋朝的皇帝都成了敌人的俘虏，从而将宋朝的悲剧剧情推向极至。

我认为，张择端绝不是一味“主旋律”的御用文人，简直就是超现实主义的艺术先驱，因为他在《清明上河图》里就已经广泛地运用了象征和暗喻。那郊外的驮队、古道、枯柳，所表现的寒意、寂静、薄雾，和城里的拱桥、街道、城楼，所描绘的忙碌、喧嚣、繁荣，两相交融在一起，形成了正反对比和冷热反差。这种反差正是当时社会畸形发展而形成慷慨悲凉之风的一种象征，暗喻了当时文化繁荣、经济繁华而在军事上的软弱无能。否则，那象征清明悼亡的晨雾就不会一直在画面里大宋山河的上空飘拂不散了。

令人唏嘘的是，就在《清明上河图》完成的第二年（1127），金人生俘了文艺潮人宋徽宗和他的儿子宋钦宗。也就在这一年的4月5日，恰恰也正是清明节这一天，金人将二帝和宗室、亲王、后妃共三千余人押往北方流放。直到这时，宋徽宗是不是在他的艺术宫殿里如梦初醒？是不是已经料到自己在以后的日子里会备受折磨，历尽艰辛凌辱？是不是已经料到自己会被押解的官兵动辄用鞭子抽打，不给饭吃不给水喝，只得趴在路边喝水沟里的污水，甚至经常被士兵向自己的身上撒尿？是不是已经料到自己很快就变成了头发掉光、耳聋眼花、蓬头垢面的老乞丐，最后被冻死在荒野边地？

难道这就是《清明上河图》为什么将宋朝的繁华，放在清明节这天展示的悲剧内涵？难道《清明上河图》在宣纸上描绘的大宋繁荣，只能变成大宋王朝的精神陪葬？

四

那是一个举国悲痛的黎明，地点正是《清明上河图》上描绘的汴京郊外，环境居然也是晨雾缭绕、枯柳荒寂，只是没了画中的热闹与祥和，有的只是生死别离，悲痛凄惨。只见那南薰门外，已经降金的宋朝官员战战兢兢地目送着宋徽宗、宋钦宗出城，成千上万夹道送别的百姓哭声震天，身戴重枷的宋徽宗、宋钦宗父子俩早已脱下黄龙皇袍，穿上了蓝布囚衣，在早春的寒风里瑟瑟发抖。宋钦宗泪流满面地向他的子民们狂喊："救救我吧！救救我吧！"而作为一代书画宗师的宋徽宗则表情木然，他觉得自己不好意思哭喊，也不敢直视任何一个人，只是羞愧无语，一个踉跄跌倒在地。他跌倒在艺术的绝望中。

就在这时，一声带着哭腔的尖叫从人群里传来："太上皇！太上皇！奴家送陛下来了！"只见一位全身素白的妙龄女子踉踉跄跄地奔来，一路啼哭着扑进了宋徽宗的怀抱。宋微宗睁开昏花的老眼一看，居然是大宋第一名妓李师师。宋徽宗百感交集，老泪纵横，一下子将李师师拥在怀里，两人抱头大哭起来。突然，李师师一阵痉挛，柳眉紧蹙，桃靥泛白，一连喊了八声"太上皇"。这呼喊一声比一声低沉，一声比一声无力，随着最后一声呼喊慢慢地瘫倒在地，片刻之间就香消玉殒。她吞服金簪自尽了。宋徽宗万万没有想到，宋朝诸多文武士人都甘当亡国奴，眼前居然是一个妇人为自己殉节！

汴京郊外的雾变得越来越浓，越来越白。雾是在为李师师送葬，也是为宋徽宗送行。

随着金人一阵凶神恶煞的吆喝，宋徽宗被强行从李师师身边拖走。他痛哭着一步一回头地离开了李师师，他嘶喊着一步一回头地离开了他的国都，他抽泣着一步一回头地离开了他的臣民。

就这样，宋徽宗消失在浓雾里，北宋王朝也随之消失在浓雾里。

直到这时，宋徽宗是不是才弄明白国破家亡的根本缘由是自己重文轻武、重经济轻军队的错误国策？

我觉得宋朝文武失调的畸形发展，应追溯到宋太祖赵匡胤。他是陈桥兵变篡位当上皇帝的，临死前立下了“不杀士大夫及上书言事人”的遗训，使全国文化软实力得以飞速发展。而另一方面，他又深知手握兵权的厉害，就千方百计削弱将领手中的兵权，“杯酒释兵权”也就成为宋朝历任领导的“一号文件”，也就造成了部队“将不识兵，兵不识将”。这样一来军队虽然不会谋反了，但也大大地削弱了部队的战斗力，从而导致宋军与金、辽、西夏的战争屡战屡败。我想这也就是整个《清明上河图》里四百多个人物，五花八门，三教九流，各式人等，应有尽有，可就是没有一个军人形象的社会原因了。

除此而外，宋朝出台的许多畸形国策还因为帝王性格的变态。宋徽宗声色犬马、纸醉金迷，追求精神和肉体上的感观享受，也就出现了痴迷书画、沉湎女色、相信迷信等种种不合常理的现象，身为帝王亲自嫖娼也就不足为奇了。而他的儿子宋高宗的生理阳痿又导致了他的人格残缺，并且使他在生理上的阳痿转化为政治上的软弱。他因阳痿而自卑，因自卑而造成心理扭曲，因心理扭曲而耽误了整个南宋政权，最终使他个人的阳萎变成了整个国家和民族的悲剧。这样让性格变态的杜充去镇守汴京，最后居然挖掘黄河，淹死二十多万百姓，也就成为那个时代的必然了。从这个意义上说，黄河夺泗入淮，在苏北使洪泽湖扩大成方圆数百里，淹没数县，几十万百姓无家可归，也就成了历史的必然。这幅现实中的“黄河泛滥图”，与宣纸上的《清明上河图》恰好形成了强烈的对比。

五

《清明上河图》为何将遍布于郊外、城门、拱桥、街市的四百多个人物，一直延续到“赵太丞家”方才结束？我想张择端表面上是将百姓的健康依赖于“赵太丞家”的药铺，而实质上是暗喻了大宋百姓的命运全都依赖于赵氏皇权。如果真的是这样，这“赵太丞家”也便是宋朝皇权的一种象征了。否则，张择端也就不会让赵太丞家作为《清明上河图》的压轴戏。

《清明上河图》确实将“赵太丞家”描绘成一家非同小可的大户，他家前面有一座高大巍峨的乌头门，这座门只有两根立柱，柱顶上四垛斗拱、一片瓦顶，它就像文庙之类的庙宇前面棂星门的模样，完全是按最高级别去建造的。此外，《清明上河图》上大小酒店、茶馆、店铺里用的全都是长条凳，而赵太丞家的门厅里却放了一把交椅，可见赵太丞家绝不是一般人家的身份地位，肯定就是张择端赋予的一种艺术象征了。

我认为，《清明上河图》表面上将汴京的繁华全都终结于赵太丞家，而实质上是将造成这种畸形繁华的原因归结于赵家王朝。事实正是如此，造成文化繁荣、经济繁华而军事软弱的畸形社会，是因为那个时代汉民族的精神残缺，其根本原因就是皇权变态。

一直以来，狭隘的民族主义历史观，是在看待宋与辽、金、西夏的战争中，一味抱着汉族情感，对宋朝爱恨交加，怜爱备至，对待辽、金、西夏却又横加指责，无情丑化。其实，不管是宋还是辽、金、西夏，全都是华夏民族，全都是兄弟姐妹，作为祖国母亲岂能厚此薄彼，如此偏心？

淹没在淮剧里的村庄

一

“苦……啊……”

这“苦”字如千钧之重喷薄而出，在一百多年前大清舞台的上空划了一道弧线，“哇”的一声随着“苦”的惯性滑翔起来，带着泪沾着雨在半空飞旋不散。

在苏北那个象征寒风苦雨、道路泥泞的舞台背景下，年方20的赵五娘衣衫褴褛、满脸泪痕、踉踉跄跄地抱着一把旧琵琶，用莲花步踩着淮剧揪人心弦的鼓点逃荒而来。她长途跋涉，千里寻夫，一路卖唱凄凄惨惨，一路乞讨餐风宿露，一路泪水涟涟，怎一个脆生生的苦字了得？

当一百年多前淮安清江浦的戏台上，赵五娘一身素衣，头扎白布，怀抱琵琶，满脸凄苦地站在自己丈夫却又是新科状元、相府快婿的蔡伯喈的书房里，哧啦啦地一声撕心裂肺的哭喊，用“大悲调”唱出那句“苦命人坐书房泪如雨下”时，全场的观众全都跟着她一起泪如泉涌。见到这样的一个被丈夫抛弃的弱女子，陷入叫天天不应、呼地地无声的悲惨境地，特别是“淮悲调”的以哭当唱，纵使你是铁石心肠，也要热泪难忍，肝肠寸断了。

赵五娘的丈夫、蔡家庄的才子蔡伯喈，3 年前赴京赶考高中状元，却入赘相府 3 年不归。家乡又逢大旱，父母自尽，赵五娘撮土为坟，然后穿着一身孝服苦寻到了京城，来到这相府里蔡的书房，这就由凄婉悲催的板胡扬琴伴奏，引出了这番催人泪下的“拉调”哭诉。

面对着享尽荣华富贵的丈夫，面对着不认亲爹亲娘的丈夫，面对着抛妻另娶的丈夫，她想起自己这些年穿的是破衣烂衫，住的是透风漏雨破草房，吃的是树皮草根度饥荒；她想起自己为了孝敬他的爹娘去借粮，被强盗抢走绝望地去上吊自尽；她又想起公婆双双赴死，自己用五张芦席葬了公婆，从心底发出的悲愤之情唱了一段“大悲调”：“我扒了七天共七夜，麻布兜土立坟堂，狠心的呀你望望，我十个指头还有伤。张大伯劝我把京城上，滴血描起图一张，送我琵琶沿街唱……”

淮剧《琵琶记》演到这里已经进入高潮，赵五娘按照“香火调”快板的节奏，伴随着扁鼓、苏锣、铙钹、堂锣的打击乐器，急急躁躁地痛骂起丈夫来：“我问你何处生何处长，爹娘恩情全忘光，生不奉养死不下葬，抛下父母忘记糟糠，枉读诗书空立朝堂，忘恩负义丧尽天良，你是个不忠不孝，不仁不义的薄情郎！”唱到这里全场顿时爆发出雷鸣般的掌声。骂得痛快，骂得淋漓，骂得酣畅！

淮剧《琵琶记》演绎的赵五娘悲剧故事，其艺术价值就在于对苏北灾民悲情性格的表达和发泄。从南宋到清代“黄河夺淮”的728年的漫长岁月里，水灾给苏北带来的经济损失难以计数，苏北经历过数十次甚至上百次的严重水灾、旱灾、蝗灾。无数村庄屡被淹没，千万百姓流离失所，良田变成盐碱地，水利系统全被破坏，洪泽湖形成扩展并经常倒溢成灾。宋元明清有关苏北水患旱灾的文献记载甚多，有“死徙流亡，难以计数”“白骨成堆”“田庐尽没”“尸骸遍野”“幼男稚女称斤而卖”“惨不忍言”，等等。清咸丰五年黄河北徙之后，在苏北留下的仍是大片的黄泛区，水系紊乱，土地贫瘠，乡村困苦，经济落后，与汉唐、北宋的盛世繁华相比真是天壤之别，直到民国、新中国，苏北都还处于黄河夺淮的“后遗症”之中。

许多饥寒交迫的百姓为生活所逼，把苏北的劳动号子串编成“门谈词”，沿门逐户，边唱边讨，这就是淮剧最早的起源了。后来，外出逃荒中夫妻搭档、兄妹结伴或姑嫂联袂，把“门谈词”发展到两人对唱，再配上胡琴、串板，哭诉灾情，卖唱求施，凄惨动人。他们唱的是自家的苦，讨的是活命的饭。

这就是因为水旱灾害逃荒要饭而产生淮剧的历史源头。然而，令人费解的是，现在传承下来的淮剧里，居然没有一出正面描写水旱灾害的剧本，却又无一出戏没有帝王将相、才子佳人。可同样是产生于淮河下游，同样是产生于灾荒，也同样是产生于乞讨的黄梅戏，却有《逃水荒》《报灾》《闹店》《李益卖女》《闹官棚》《告霸》等一大批表现水灾旱灾的戏剧流传下来。所以，我认为淮剧表达荣华富贵的欲望，比起其他地方戏来显得更加强烈，这也恰恰说明苏北比起其他地方的灾难更加严重，这个地方的民众更加需要精神上的慰藉。

二

蔡家庄是一座被水旱灾害吞噬的悲剧村庄，是一座被淮剧的悲伤剧情笼罩着的村庄。它的背景是一望无际干枯龟裂的土地，村庄里笼罩着一阵阵无数灾民乞讨时哭诉的“门谈词”的曲调。

在这炙热如烤的村庄背景里，蔡家那座低矮破旧的茅草屋内，《琵琶记》的主角赵五娘伴随出场的锣鼓，踉踉跄跄地登台亮相。只见她全身浮肿、脸色蜡黄，一手捧一瓢活命的糠麸，强咽下一口糠，噎得她两眼泪如雨下，然后又颤颤抖抖地端起一碗水喝下去，又觉得头晕眼花。她认为吃下这糠麸，能够苟延残喘地活下去，就能够待奉公公婆婆了，所以又强忍着痛苦再去吃一口糠麸。

在这个吃糠度日的悲情舞台上，淮剧将赵五娘的个人悲剧，扩展成整个苏北灾区所有村庄的悲剧，又让赵五娘这一番唱念做打，在象征灾难的阳光底下使所有的苏北百姓苦不堪言。

蔡家庄一带先是大水，后是大旱，连年饥荒，颗粒无收。赵五娘家锅里无米煮，灶下无柴烧，三餐无一饱，生机无一条，一家人眼看就要被饿死。赵五娘只得外出借粮。这时她将借来的一点米，煮成稀粥端给公婆吃，自己却躲在厨房里吃糠麸，结果反而被婆婆怀疑她在偷吃大米饭。当公婆强行将赵五娘推倒在地，冲去厨房看个究竟时，这才发现赵五娘背着他们偷吃的，根本不是什么米饭，竟然是糠麸！公婆这才悔恨交加起来。

“一瓢糠……一碗水……”“一瓢糠……一碗水……”“一瓢糠……一碗水……”婆婆愧疚不已，将赵五娘搂在怀里，痛哭流涕起来：“儿啊，饥荒岁月全仗你，如不然我们早已化作灰呀！你挖草根，摘树叶，不顾双手血肉飞。你晚织麻晨织线，挑水担柴夜少眠，煮粥送到我手里，自己粒米牙未沾，暗暗厨下把糠咽，怎么不叫为娘更伤悲！”说到这里，赵五娘一阵委屈的泪水涌出眼眶，又悲又饿又气又急，一下子晕倒过去。

我觉得淮剧《琵琶记》的“赵五娘吃糠”这场戏，之所以能够催人泪下，其主要原因就是将淮剧的悲情特色，人物的悲惨命运，天灾的悲剧性质，这三者完美地结合在一起了，从而将悲剧的艺术效果推向极至，也使《琵琶记》成为淮剧里的经典，传唱几百年经久不衰。

淮剧的悲情特性完全根植于苏北灾民的悲剧命运，淮剧的曲调天生就是为了灾民的悲情发泄。传统的“香火调”就源于苏北求神拜佛以保风调雨顺的香火社戏。“老淮调”源于叙述灾荒，唱起来情绪悲愤，色彩鲜明，大段唱词常常是扣人心弦，催人泪下。淮剧经常使用的“南昌调”“叶子调”“跳槽调”“下河调”等曲调，全都是灾民乞讨时的对唱发展而来。因而，淮剧擅长演绎悲情曲调又被称为“苦情戏”。这是苏北灾民贫困的生活状况和苏北人的悲情性格的直接反映，从而使淮剧成为苏北人区域性格的精神符号。当戏台的大幕一经拉开，舞台上唱的跳的便是一片呼天喊地的血泪控诉。“淮悲调”时而清亮，时而混浊，“下河调”时而平缓，时而激荡，这就难怪许多人将淮剧说成是哭丧了。

当年淮剧作为“门谈词”时，倚门乞讨演唱的是：“叹只叹遭旱荒年有三载，树无枝草无芽水井也干。又谁知发下洪水五月十三，有湖田和土地被水来淹，高岗地被沙压俱已不见，低洼田被水打波浪滔天……”试想，他们在唱“门谈词”时是何等的悲痛欲绝，是何等的凄惨悲凉？在这里，淮剧哪里还是在唱？简直就是在哭诉，就是在泣血。

苏北的灾难引发了淮剧的悲情，正是淮剧曲调能够感天动地的根本原因。因而在淮安发生的本土故事《窦娥冤》才能如此家喻户晓，传遍全国。悲剧发展到了杀头的关键时刻，因灾而生的淮剧悲情天性便流露出来了。也正因如此，窦娥在被冤杀行刑之前，这才发了三桩无头誓，其中就有两桩是关于自然灾害的，一是要六月下雪，二是要三年大旱。那出《琵琶记》里的赵五娘吃糠，也是因为天灾大旱，也恰好表现了淮剧曲调的这份悲情天性。在灾荒绝境之下，公婆为了能让赵五娘放心去京城寻夫而双双吞糠自尽，赵五娘眼睁睁地看着公婆噎死在自己的面前，也就悲痛欲绝地唱出“淮悲调”，让观众跟着她一起流泪。

然而，炙热如火的太阳，依旧照耀在蔡家庄的上空，却没有一丝儿被这曲“淮悲调”感动而下雨的迹象，倒是引来了一场蝗灾。只见得成千上万只蝗虫遮天蔽日地向蔡家庄扑来，发出一阵阵巨大的嗡鸣，然后向村庄和田野俯冲下来，很快就落满了村里村外，蝗虫所到之处，庄稼没了，树叶没了，连野草都没了，四处全都是被蝗虫啃噬之后留下的洼坑。全村的男女老少全都拿起叉把扫帚竹帚驱赶起蝗虫，又敲起锅碗瓢盆想吓走蝗虫。在千万只蝗虫的飞舞中，全村上下一片锣声，一片吼叫，一片呼号，还有一片哭喊。

我觉得，这片声响肯定会合奏演变成淮剧的另一种悲惨曲调。

三

悲情天性与美好向往，贫民本质与拜官情结，是淮剧的双重品格。这是淮剧与其他地方剧产生不同叙述风格的根本原因。同样是《琵琶记》，在秦腔里就是一个完完全全的悲剧结局。秦腔让赵五娘上京寻夫时，被狠毒的相爷差人用马踩踏，差点丧命。用心歹毒的相爷又请皇上钦赐“贞孝可嘉”皇匾，封赵五娘为弥陀住持，想永绝其俗念。心力交瘁的赵五娘，最终倒在血泊当中，含恨而死。而淮剧《琵琶记》的结局却是一个喜剧，让赵五娘到京城向相府千金备述前情，居然感动了相爷和千金，使夫妻得以团圆，然后又请旨归祭，最后皇上下旨，满门荣封，赵五娘便心满意足地穿戴上一品夫人的凤冠霞帔，与牛相爷的千金亲如姐妹，然后两个女人一起跟随她们共同的丈夫蔡伯喈，前呼后拥，荣归故里，光宗耀祖，在一派欢乐祥和的锁呐声中，吹吹打打地结束全剧。

其实，淮剧这种热衷表现荣华富贵，简直就是给苏北灾民画饼充饥。我倒觉得，秦腔的剧情发展符合当时的社会状况和人物性格，比起淮剧的结局更加可信。然而，淮剧的这种双重品格，决定了淮剧的情节发展，也决定了赵五娘历经磨难之后的大团圆结局。事实上，像《琵琶记》一样，叙述一个悲情故事，最后却都有一个大团圆的喜剧结尾，早就成为淮剧情节发展的套路，《莲花庵》《牙痕记》《郑元和与李亚仙》，等等，这些久演不衰的淮剧传统剧目莫不如此。从本质上看，淮剧这种大团圆的结局，也是悲剧的另一种表现形式，它虽也能给善良的观众以安抚与慰藉，却是短暂的、临时的，虚构的。

因为这仅仅就是一种强颜欢笑，只是一种表达贫苦大众的一种希冀与期望，一旦人们明白这种希冀与期望，其实是一种难以变成实现的幻想，剩下来的也就只能是格外的悲催。

故事同样发生在淮安的《蔡金莲告状》，演绎的是书生王文勇、王文虎兄弟在父母去世之后，家中又遭火灾，沦落到祠堂栖身。王文勇奔京赶考，得中状元镇守边关，9 年没有音讯。王文勇妻子蔡金莲及弟弟王文虎留在家中，王文虎遭到已有婚约的老丈人诬陷被关押官牢，发配到了淮安。蔡金莲为救二叔，一路奔波告到了淮安，宁愿滚钉板也要把状告。无巧不成书的是，蔡金莲的丈夫王文勇这时也被朝廷派往淮安就任两淮王，蔡金莲击鼓告状，就是她的丈夫升堂问案。在这里淮剧的“双重品格”得到充分张扬：

“忽听得前面金锣响，听说来了两淮王，我喊冤击鼓来告状，斗胆闯进王府堂，蔡金莲不把别人告，告的是马洪毒心肠。求王爷受民状，替良民申冤枉，救我二叔出牢房，捉拿马洪到公堂，申雪鸣冤除暴安良，我朝朝供奉夜夜烧香，王爷的大恩大德永世不忘!”

蔡金莲滚钉板告状的结果已经没有任何悬念了，肯定又是一个大团圆的结局。只是当苏北民众早已习惯了悲剧性的现实生活，又看惯了喜剧性的淮剧结局时，必然进行两相对比，也必然会更加悲苦。这便是淮剧给观众带来的“画饼充饥”的艺术效果，这样的痛苦肯定会让人更加难以忍受。

四

一轮六月的烈日徘徊在楚州（今淮安）的城头，一群乌鸦不停顿地在七百多年前的天空盘旋嘶鸣，城外那条被黄河冲刷后的淮河早被炙热，一阵阵惨白如霜的水汽正从浑黄的河面上升腾而起。城南菜市口那个杀人的高台早已围满了人群，高台上立柱顶端悬挂着一面黄旗，旗下系着十几条迎风招展的白色长绸。这时，人们似乎全都听到了大元王朝的阳光射向大地时发出的滋滋声响，似乎闻到了阳光散发的毒辣辣的气味。

高柱下面正五花大绑着一个20出头的少女，她的背上竖插着“斩”字标牌。随着午时三刻一到，监斩官凶神恶煞地一声怒吼，少女还没来得及高声喊冤，就被刽子手一刀砍下了美丽而苦难的头颅。一颗血淋淋的脑袋瓜子，像西瓜一般，在强烈的阳光照耀下滚向远处，一腔鲜血居然凝聚起来，一起溅向那白色的长绸，将长绸染成了红色。

也就在这时，乌鸦们全都闭上了嘴巴，烈日被一团乌云层层笼罩，接着就狂风乍起，尘土飞扬，一股冰冷的寒流从天而降，顷刻之间就下起了漫天大雪，淮河水面很快就结上了厚厚的一层冰。那些红白相间的长绸，就在这冰天雪地里飘飞起来，并且发出一阵阵阴气逼人的嘶喊。

这便是七百多年前的那个六月天，因为一位楚州少女的含冤被斩而引发的一场雪灾和三年大旱的奇特场情。这位少女就是历史上大名鼎鼎的窦娥，这个著名的场景便是流传千古的《窦娥冤》“斩娥”的外景地。

窦娥被张驴儿诬告毒死公公，楚州太守桃杌是个昏官，严刑逼供窦娥，她坚不屈从。桃杌转而对蔡婆用刑，窦娥为救婆婆，含冤承招，被判了死罪，这就引出了《窦娥冤》“斩娥”这场戏。

窦娥在临刑之前呼天抢地，向着远去京城赶考的父亲发出了三桩誓愿：“第一桩要丈二白练挂在旗枪上，若系冤枉，刀过头落，一腔热血休滴在地下，都飞在白练上；第二桩，现今三伏天道，下三尺瑞雪，遮掩你孩儿尸首；第三桩，着他楚州大旱三年。”这就通过舞台的语言，演绎出了血飞白练、六月下雪和三年大旱的奇特景观来。

值得注意的是，像窦娥这样的贫困女子，到了生死关头，还自然而然地将自己平反昭雪的全部希望，寄托于进京赶考的父亲身上。而这一点恰好表现出苏北灾民比起其他地方更为强烈的拜官情结和皇权意识。

生活在现实水旱灾害里的苏北贫困民众，迫切需要通过淮剧去编造美好梦想，让自己达到精神上的宽慰和满足。因此说产生于水灾的淮剧钟情于皇权，崇拜于官员，正是苏北民众这种封建意识的自然流露。

正是因为如此，淮剧搬上舞台后，就将苏北民众的这种拜官情结刻意放大，使淮剧大演特演的“九莲”“十三英”“七十二记”，无一没有帝王将相、才子佳人的身影。“九莲”里，《刘全进瓜》中的李翠莲，负气自尽，最后还是唐太宗“还阳”，才让她与丈夫团聚；《吴汉三杀》中的王玉莲，本来就是官宦之女，命运一直被朝庭所左右；《蔡金莲告状》中的蔡金莲，为伸张正义宁愿滚钉板，最后是高中状元并当了两淮王的丈夫王文勇主持公道，这才真相大白；《荆钗记》中的钱玉莲，历经坎坷之后，与高中状元的王十朋以荆钗为凭，重新团圆。所有淮剧演绎的故事全都是悲剧人生，可最后又全都因为皇权官府而有了大团圆的美好结局。

所以，赵五娘当初送夫进京赶考时，便无限向往地唱出了“官人若把青云上，谢天谢地谢皇恩”。蔡伯喈高中状元后，自然春风得意地唱出了：“四杆彩旗马前摆，三杯高酒谢皇恩，两朵宫花头上戴，独占鳌头第一名。”当皇上钦准赵五娘与夫一起衣锦还乡时，便一起感激涕零地唱出了：“先跪拜深谢皇恩浩荡，恩准我蔡家团圆还乡。”窦娥的冤魂向已经做了“两淮提刑肃正廉访使”大官的父亲告状，窦天章主持公道严正判决：“张驴儿毒杀亲爷，奸占寡妇，合拟凌迟，押付市曹中，钉上木驴，剐一百二十刀处死。升任州守桃杌，并该房吏典，刑名违错，各杖一百，永不叙用。”最终，窦娥得以平反昭雪，张驴儿得以严惩法办。

沿着淮剧的拜官情结推演下去，窦娥伸冤平反之后，楚州在窦天章的英明领导下，肯定会风调雨顺，五谷丰登。这便是淮剧画给苏北灾民的又一块饼了。这个饼就像那高悬半空的太阳，又大又圆。其实，像哭声的淮剧或是像淮剧的哭声，跟随着凶猛的洪水一起，早已淹没了苏北的所有村庄。

第二辑

血芦花

一

1939 年的春节刚过，一片生离死别的悲伤便在苏北阜宁马家荡蔓延开来。在灰蒙蒙的晨雾笼罩下，枯白的芦苇就是忧愤，洁白的雪花就是惨痛，苍白的荡水就是哀伤，而无数只灰色的野鹜在迷雾中穿越着，发出一阵阵凄冽的嘶鸣，想必就是报丧了。

这时，芦荡深处有一条小船正在整装待发。滩上岸边，一位如花似玉的美眷在抽泣呜咽着，两眼哭得就像桃子似的，一步一回头地走上了水边的小船。就在这个当口，那位身材魁梧、一身戎装的将军，突然跪倒在滩边的茅草地上。那美眷也随之跪在了船板之上，又呜呜啕啕地痛哭起来了。

此刻，方圆百里的马家荡那一望无际的白色芦花，在水天之间正飘摇着死亡的预感。

将军抹去眼帘上的泪花断断续续地说道："我马玉仁，在这块儿，给你赔罪了……当年，我强娶你，做了我的三姨太……今儿个是我与你的生死绝别，从今儿个起，我怕再也不能见到你，连个赔罪的机会都没得了……今儿个我马玉仁，给你下跪赔罪，求你在我死后，千万不要记恨我……”他的话还没有说完，就被船上的哭声打断了，三姨太再一次哭得死去活来。

早晨荡区的空气潮湿得很，抓一把都能够攥出几许水来。

“到了上海的法租界，你要跟着教书先生学文化，将来也好谋生、过日子……我死之后，你要隐姓埋名，千万不要说是我马玉仁的婆娘，找个好人家、改嫁吧……给你的金银，就算是我给你的嫁妆……”

马玉仁曾经用自己强占和贱买来的千顷土地，从事田庄经营，后来还兴办过纺织厂和浴室等经济实体，获得过大量的资金。抗日战争爆发之后，他“毁家纾难，自费抗日”，卖光了所有田产，购买了大量的枪支弹药，建立起近2000人的抗日游击武装。此前，他通过盐帮的水上交通线，已经分别遣散了其他几位姨太太。今天，他又将三姨太送走，从而断了他抗战的后顾之忧。

这时，马玉仁抖擞起精神，整了整戎装，对三姨太说了最后一番话：“我必定战死沙场，今儿个，你就按照苏北给死人要磕四个头的乡风，也给我磕四个头吧，算是提前给我举办葬礼……”三姨太听他这么一说，又一次哇地一声号哭起来，最后真的给马玉仁连磕四个响头。她磕完了头，全身发软，一下子瘫倒在生死诀别的悲伤之中。

马玉仁伫立滩头，望着三姨太呜呜啕啕地哭泣着，又望着小船起锚离岸，在早晨荡区那浓密惨白的水雾中慢慢地远去，不久便消失在浓雾和芦苇之间。

马玉仁铁青着大扁脸，许久地凝视着小船消逝的方向，半天才长长地叹了一口气。突然，他听到远方飘来三姨太唱的一曲淮调：“丈夫呀，你死得好惨呀……还留着一条青布衣襟，残骸都裹着模糊血影，最可叹是一箭穿心……”他知道这是古装戏《春闺梦》中张氏梦到丈夫战死的一段唱词。

凄凄惨惨戚戚的淮调，被三姨太唱成了一半是哭一半是号。这流行于苏北一带的淮剧唱腔原本就是大悲调，在这种情形之下就更加令人心碎了，就连野鹜也都跟着三姨太一齐低吟起来，在枯白色的芦苇荡上盘旋不散。

二

一场细雨，湿了一夜。

农历七月十五这天中元节，在苏北一带叫作“鬼节”，或者叫作“七月半”，是为死亡的亲人招魂的日子。这一夜，没有月色的天空一直下着绵绵的雨雾，整个湖荡阴森森的一片迷蒙。

一曲追思亲人的唢呐，引出四条招魂的船。第一条船上正在放着焰口，是为阴间渴望饮食的亲人在施食，一老道口吐火焰，众小道一旁助阵；第二条船上十几个和尚、尼姑在念佛诵经，说是为野鬼超度亡灵；第三条船上正在焚烧纸钱、箔锭，施放饭团、馒头，他们在斋济孤魂；最后一条船上有两个人正在放河灯，将一只只纸扎的河灯点燃后放入水中，也将思念流放到水的尽头。

就在这抑扬顿挫的唢呐声里，一阵伤心欲绝、撕心裂肺的哭喊，从船上向四周扩散开去。只见得马玉仁端坐在第三条船上，一边哭喊着一边烧着纸钱："我的亲儿呀……你死得好惨呀……全都是我害死你的呀……我对不起你呀……我对不起祖宗呀……"随着风雨不断摇摆的芦花，也伴着他哭喊的节奏一起为他的儿子招魂。

这一天，夏末芦苇的杆头已经吐芽，墨绿的芦杆正当青春年少，杆上的芦叶丰腴翠绿，头上的芦芽正绽放着清香。然而，芦苇的这些青春，全都即将随着天气的变冷而走向枯死，就像马玉仁的独生子那样，青春突逝。

马玉仁的独子马益德是在1931年的农历七月十五这一天死的，到1939年的农历七月十五，已经整整8年了。自从儿子死后，马玉仁每年的农历七月十五这一天，都要为儿子招魂，也为他自己忏悔。

马玉仁原名马曰仁，字伯良，1875年冬出生于阜宁县马家墩（今建湖县高作镇）的一个佃农家庭，早年读了几年私塾，十几岁就跟随父亲挑卖私盐，并且练就一身武艺。30岁时参加县里武考，名列全县第八。后来，他凭借着自己的一身武艺，逐步发展成为盐帮的老大，成为拥有大小船只几十条、帮手几百名、枪械几十支的贩卖私盐团伙的头目。1907年，他与官府缉私队公开对抗，结果打死了两名官兵，两江总督刘坤一传檄淮安府公开缉拿他。1908年，马玉仁经人介绍投靠扬州游击统领徐宝山，从此步入军界，一步一步地获得了军队的要职。辛亥革命爆发，马玉仁自告奋勇率队包打张勋的主力，最后凯旋；袁世凯复辟时，马玉仁率部剿灭沭阳、阜宁、东海等地土匪，三战三捷，袁世凯对他传令嘉奖；北洋军阀时期，他又打败了国民党人黄兴的部队，被北洋政府升为陆军中将，实授扬州游击统领。然而，正当马玉仁春风得意的时候，"五省联军总司令"孙传芳于1925年下令"解除马玉仁一切职务，部队解除武装，各回原籍务农”。马玉仁见大势已去，只得带领余部回到苏北马家荡落草为寇。这就是集盐枭、军阀和土匪于一身的马玉仁的人生履历。

也就是这个马玉仁，率三千兵匪对马家荡南的沙沟镇实行突然袭击，将全镇的财物洗劫一空。这次抢劫不但打死了镇民二十多人，掳走了几十名年轻的姑娘，还把沙沟镇的首富赵雪当作人质。后来，赵雪在送回沙沟镇的途中被杀，这就引来了官府对他的全面进剿。1931 年农历七月十五，马玉仁得知官府的水师前来围剿的消息之后慌忙北撤。也就是在这一天，他的独生子马益德在仓皇逃窜的途中，“在小薛滩溺水而亡”。

从此，马玉仁便心灰意冷，他认定自己作恶多端，上天才让自己断子绝孙的。特别是当时在编纂县志时，将“盐之军阀马玉仁冤杀乡人赵雪”载入县志之中，而这年马氏族内在修族谱时，又将马玉仁的名字删除，死后连马氏祠堂都不让进。这些事情使马玉仁痛苦万分，也使他逐步认识到了自己过去的罪恶。每每想到这些，他便痛心疾首，长跪不起。因此在抗战爆发后，他泪流满面地对他的三弟马玉怀说：“我过去罪恶累累，今天要求国家起用我去打日本鬼子，实在是为自己找个好死场啊！”

“好死场”是当地的一种习惯说法，意思是有一个好的死法。确实，对于 65 岁的马玉仁而言，打鬼子去战死沙场，便是他找到的唯一的能够让自己好死的人生收场了。

阴郁的夜雨还在不停地下着，摇摆的芦苇还在不停地招魂，放焰口的木船还在前行，无数的河灯还在水面上不时地闪烁着暗光。这时，一只纸糊的几尺长的法船开始焚化，放射出一片耀眼的火光，将整个祭祀活动推向了高潮。

唢呐还在吹，夜仍在哽咽。

三

深秋的马家荡透露出一股股肃杀悲壮的气息。

萧瑟的西风将一望无际的芦花刮得向东倾倒而去，由芦花组成的海洋卷起一阵阵前仆后继的波澜，发出一阵阵苍凉浩荡的声响。有几株生长在湖水中央的芦苇，构成了一处孤独的近景，那细长的柴杆便是腰肢，摇摆的芦叶便是手臂，而洁白的芦花也就是一头白发了。它们孤零零地伫立于秋水中央，它们肯定知道自己的人生即将枯死，它们的身上也全都流露出无法掩抑的慷慨悲凉。马玉仁望着这几株芦苇，下意识地摸了摸自己已经花白的头发，觉得这芦苇便是自己的今生与后世了。

马家荡地处阜宁西南边陲，是苏北一片广袤的沼泽地。射阳荡、收成荡、沙庄荡、青沟荡在此交汇，荡滩连片，素有“八八六十四荡，马家荡是首荡”之称。这里沟河纵横，芦苇连天。因此，这里是马玉仁的抗日游击纵队最好的藏身隐蔽之所。

在芦荡深处的一片野滩上，抗日游击纵队的将士们正在戎装列队，一面印有“苏鲁战区第一路抗日游击纵队”大字的战旗在月光下猎猎飘扬。将士们大多穿戴着长袍、短褂、瓜皮帽、青裹腿、大束腰，有的肩扛长枪，有的手握大刀，甚至还有的提着荡里打野鸡的火铳和打野兔的长矛。他们的脸色全都显得十分冷峻，他们全都知道自己必定跟着马将军一起战死沙场。

马玉仁威风凛凛地站立在一座土台之上，后面是一排全副武装的士兵，土台旁边是两个手提大刀的彪形大汉。高大健壮的马将军今天特意穿了一套国军的将服，微黑的大扁脸上长了几块老人斑，花白的胡须挂着潮湿的露水。别看他已经65岁，可武功高强，几个小鬼子都不能斗得过他。他的胸前佩戴着一只金链怀表，腰间挂着一把二十响木盒快机，裤袋里还藏着一把勃朗宁小手枪。这时，他伸出那条有垂手过膝之长的手臂，举起酒碗一饮而尽，然后对着全体将士大声说道："天下兴亡，匹夫有责！今儿个正为男儿立志之时！吾老矣，吾尤将吾未亡之躯，奔赴疆场，马革裹尸，何所惧哉！"

抗日战争爆发之后，马玉仁专程赴重庆面见蒋介石，要求参加抗战，上阵杀敌，后来被任命为苏鲁战区第一路抗日游击纵队司令。1939年春，他回苏北途经兴化请其三弟马玉怀协理军务时，马玉怀劝他："我们弟兄，枪又玩过，兵又带过，差点搞得家破人亡，还是歇息为好。"可马玉仁抗日决心已定，断然回答说："山河破碎我心肝碎，日月不圆我怒火燃！"在他派人向国民党的第24集团军注册时，韩德勤以各种借口拒不登记。马玉仁气愤之极，毅然打出苏鲁战区第一路抗日游击纵队的旗号，组建起4个直属大队、1个侦察队和1个小刀会。马玉仁的抗战就是在没有国家军饷、没有友军支持的恶劣形势下开展起来的。他和他的游击官兵心里全都明白，他们是孤军作战，其结果也只有死路一条。

这时，一棵高大的杨树在独自聆听着月色，任凭着身边的那群芦花拨弄着秋风。

这一天，苏鲁战区第一路抗日游击纵队举行出征大会，在喝完了出师酒之后，马玉仁突然将手中的酒碗狠狠地一摔，大吼一声，命人将罪犯押上台来。只见得亲侄子马益华、参谋长金新吾被五花大绑地押上了土台。马玉仁高声对将士们说：

“马益华一贯掳掠民财，民愤极大。虽然他是我的亲侄儿，但是为了整肃军纪，维护抗日游击纵队的声誉，现在决定对马益华枪决，立即执行!”正当全体将士惊魂未定之际，马玉仁又宣布金新吾是汉奸特务，并列举了他私通日寇、诱其投敌的种种罪行，也命令立即执行枪决。最后，他还告诫全体官兵：“谁当汉奸，就打死谁!”

马玉仁一连枪毙了两个人，一个是他的亲侄子，一个是参谋长，全体官兵都为之一震，也全都明白马玉仁抗日的决心。就这样，将士们跟着马玉仁一起高呼起口号来：“不当汉奸，坚决抗日!”这口号声在马家荡的旷野上久久地回荡起来。

马玉仁的一支部队乘着夜色出发了。只见几十条小木船上载满了游击战士，从芦苇荡的沟渠里悄悄地驶向远方。他们全都知道自己是以十条战士的性命，去拼一条鬼子的性命。他们全都是现代的死士，他们全都义无反顾地去了，他们全都会一去不回。

深秋时节，湖荡的水位已经不像盛夏，只有沟渠湖塘里荡漾着清凉的秋水，而大片大片的滩地已经裸露出青青的野草。月光正悲壮地洒在这片沼泽地上，形成一片白色的苍凉。已经变成金黄色的芦苇，在月色的照耀下，随风摇动着发出一阵阵长啸。

风萧萧兮秋水寒，壮士一去兮不复返。

四

国人对于死亡的观点，往往采取非此即彼的二分法，要么是重于泰山，要么是轻于鸿毛。因而，马玉仁对于自己的死法，选择了期望让自己“重于泰山”的“好死场”。而这个“好死场”的发生地就在红锅腔。

红锅腔位于马家荡东南的一块高地上面，是一座曾经烧过砖头的土窑，因为年久未烧，部分倒塌，显现出红色的炉腔，因而当地人称为红锅腔。它是方圆十多里的最高点。从红锅腔向东就是马玉仁游击纵队的五个军需仓库了。向东北的方向，则有条三四丈宽的小毛港。在仓库驻地和小毛港的夹角里，有一块千亩左右的土地称之为三合尖。这三合尖靠近红锅腔的尖头部分，当地人称之为铲头尖子。这里就是马玉仁与小鬼子最后一战的地方。

1940 年 1 月 3 日，小鬼子由汉奸做向导，袭击马玉仁的五个军需仓库，同时突袭位于安乐港的马玉仁司令部，企图用饿虎掏心的战术，避开抗日游击纵队的主力。马玉仁得到消息后，慌忙命令抢占红锅腔制高点。然而，当他带领部队到达三合尖时，看到鬼子占领了铲头尖子，已经接近红锅腔了，马玉仁的部队完全暴露在簸箕形的开阔地上了。这时，敌人发动了猛烈的进攻。马玉仁举起手中的盒子枪，大喊一声：“跟我冲!”他挺起胸膛大步冲在最前头。也就在这个时候，马玉仁被鬼子的机枪子弹击中了小腿肚子。他命令部队撤退由自己打掩护的话音刚落，他的腹部、肩膀等处又连中了几弹。他强忍着伤痛，越过一条小沟，跑了十来丈远，因为伤势太重，一下子瘫倒在地，鲜血洒了一片。

冬天惨白的阳光照耀着战场，纷飞的子弹被反射出一道道闪光的弧线，炮弹轰炸过后掀起的烟雾被过滤成紫色的气浪，一片干枯的芦苇燃烧的浓烟也被逆光折射成了黑色的云团。马玉仁有气无力地瘫倒在地上，脑海里却想起自己一年前对三弟马玉怀说的那句话：“我要求国家起用我打日本鬼子，实在是为找个好死场啊!”而今,他的这个好死场的目标,终于可以变成现实了。想到这里,他运足了力气大笑起来:“哈哈哈……哈哈哈……”

马玉仁躺倒在芦苇丛中,全身上下都是血,脸上却一直在笑,咧着大嘴,眯着双眼。他觉得不能让小鬼子认出自己,便使出全身的力气,将自己的军用大衣扔掉,只穿着一身的便服,脚上也穿着一双普通的布鞋。他又解下脖子上的围巾,将怀表、手枪包裹起来,扔了出去。这样忙了一阵之后,他觉得自己一点力气都没有了,便静静地躺在那片芦苇滩上,微笑着看着自己的伤口往外咕咕地流着鲜血。这时,居然有一股快感袭击了他的心。

他觉得自己死的值得,自己在这一年里,在阜宁沿海一带与小鬼子作战十多次,每次战斗自己全都身先士卒,奋勇当先。这一年自己率领的游击纵队,共打死小鬼子 80 多人、打伤小鬼子上百人。

太阳终于落山了,晚霞照耀着芦苇荡,将冬天里的芦花染成了血色。当小鬼子撤走之后,人们四处搜寻,最后找到马玉仁的遗体时,看见夕阳正照耀着他那咧着的大嘴、眯着的双眼和凝固着微笑、满是血污的大扁脸。

我推想,马玉仁对于自己这样的“好死场”,肯定是心满意足了。他甚至奢望自己在战死之后,还有可能名垂青史。确实,马玉仁的尸体最后被运回他的老家安葬,阜宁等地各界人士隆重集会悼念他,上海的《申报》还报道了他殉国的消息,国民政府又颁发了嘉奖令,并且在抗战胜利后追授他中将军衔,将他的名字刻在南昌百花亭的纪念碑上。后来,马玉仁的事迹还收入《国民党抗战殉国将领》一书。

然而,我一直在寻思,马玉仁之死,是重于泰山呢,还是轻于鸿毛？我觉得，重于泰山或者轻于鸿毛的死人毕竟少数，而绝大多数人之死，全都应该是界于泰山与鸿毛之间。我在想，国人对于死亡的这种二分法观点，是不是过于绝对化了？也正是这种二分法，才导致马玉仁后来在“文革”中被毁墓掘尸，一直到现在仅存着眼前的这道砖砌的残垣了。这个下场恐怕是马玉仁并未想到的。

当然，不管马玉仁之死是轻是重，而他的三姨太在得知他为国捐躯之后，一下子吞下了他送给她的全部金子，殉情自尽了。临死之前，她还凄凄惨惨地唱起了与马玉仁绝别时唱的那曲淮调：“丈夫呀，你死得好惨呀……还留着一条青布衣襟，残骸都裹着模糊血影，最可叹是一箭穿心……”

一座湘西古镇的宿命

一

我真想象不出一个年仅 14 岁的少年是怎样无可奈何地背井离乡外出谋生的。

那天少年背着小小的行囊，踟蹰于湘西凤凰古镇的东正街头时，正是一个云雨霏霏的清晨，脚下的石板小街亦已被祖先的脚板打磨得放射出岁月悠古之光，细雨如泪地淋湿了小街的红石板，亦淋湿了离乡少年的思绪。少年茫然地望着那条狭窄的苗街，望着自己能够熟烂于心的回龙阁吊脚木楼群，瞥见望江楼那墨黑古朴的木板之间的黑洞洞的雕花木窗，感到楼里无比幽暗阴森，似乎真能赶出一个亦已变作阴鬼的干尸来，而田家祠堂门前那一对青面獠牙的门神，又像是一张能够决定人生命运的画符。

少年脚穿着母亲给他连夜赶做的布鞋，黑帮白底，色调鲜明，踏在那一块又一块首尾相连的红石板上，一步又一步地朝城外而去，一步又一步地背井离乡。刚才他离别了那座他整整生活了14个年头的小小的四合院，又去拜别了城郊南华山坟场上祖母的荒冢和二姐的新坟。恋乡的秋雨依旧在万般依恋地下着，古镇模糊朦胧得让他几乎无法理解了。少年将去的远方是起伏不断的山峦，这时只露出一座又一座山尖，而身后的西门城楼亦已变成空中楼阁一般，少年已经看不清小溪河边的那株形状古怪的老榆树，看不清母亲的手臂悠悠高扬着的牵挂。

他穿行于满城飞扬的白色灯笼花絮之间，走至廖家桥经过枫树坳时，看到满林都是长着翅膀的枫叶乘风伴雨盘旋而下，地上便落满了一片枯黄色的悲壮。就在这时，忽而惊巢的晨鸦铺天盖地从枫林跃起，顷刻之后成千上万只老鸦盘旋着、鸣叫着，惊心动魄，悲凉之至。也就在他惊魂未定之时，从天后宫门前的石径之上，忽而现身一个全身佝偻、精瘦矮小、头缠黑布的老妪。少年猛然想起母亲多次跟自己说起过的放蛊的巫婆来。他再定睛注视，又望见那巫婆铁青着老脸，两个浑浊的老眼似乎只能放射冰冷之光，少年的两腿也就像筛子一般打起了哆嗦。

恐怕正是因为他此时的惊惶失措，才没能听清巫婆张开那早已缺失门牙的老嘴说出的话语。从此以后，他总是想回忆起这天清晨巫婆对自己说的那句谶语，可绞尽脑汁就是无法想起巫婆说的是怎样的一句令自己一生都无法逃脱的预咒，一直到他自少年变成青年，再由青年变成中年，最后从中年变成老年，乃至客死他乡之后骨灰被运回故里。

这个背井离乡的少年就是沈从文。

二

沈从文后来曾经对人说过多次，他在1917年离开凤凰古镇时，遇见的群鸦漫舞的场面是多么令人心惊肉跳的悲壮！同时，他还一直对那个巫婆神秘莫测说的那个谶语耿耿于怀。我推想那巫婆的谶语，必定是有关他与这座湘西古镇存在着无法摆脱的因果关联的一个断语。事实正是如此，这座湘西古镇对他有着过多的冷漠、过多的无情和过多的愧疚，可他对古镇却是一往情深、魂牵梦绕。我不禁要问，是他的前世欠这座古镇的太多？还是古镇欠他今世的太多？

沈从文小小年纪就被迫离乡外出谋生的主要原因是家道败落。他父亲外出多年一直未归，家中原有的十几亩薄田也被典当殆尽，二姐不到20岁就被巫婆放蛊得病而死。沈从文离乡之前在二姐那小小的坟头还悄悄地栽下一棵山桃。他知道，二姐在世时十分爱吃山桃，他想让二姐能够尝到阴间的甘甜。当他17年后第一次回故乡时，那株山桃已经长成两丈多高了，树上为他结满了无数的思念。然而，在他重回故里之前，他家那座小小的四合院早已在他母亲饥寒交加无法度日时，以130元钱的价格卖了，他回家时连一个安身之处都没有了。

他这一次回乡是他接到家书，说老母病重，已熬不过这年的冬天，他只得匆匆而回。可当他回到心跳眼热、朝思暮想的凤凰古镇时，他的老母租住在一间破旧不堪、四面透风的小屋里，早已病入膏肓，根本看不出17年前的模样，不时咯出一大口一大口的腥血来，老母的生命只剩下一线游丝在阳间飘忽了。他看着病母、看着破屋、看着这穷困潦倒的一切，看着乡邻对自己的轻蔑，两眼涌出了两行泪水。他原本想在老母的最后日子好好地陪伴她老人家，可就在这个时候，他又得到消息说当地的军阀怀疑他要造反，保不准军阀随时随地都可能把自己抓走。思前想后，他不得不洒泪告别躺在病床上奄奄一息的老母亲。他离乡 17 年，而这次回家只住了 3 天，就仓皇逃离了故乡。

试想这是怎样的一个生死别离的场景呀，这又是怎样的一种母子连心之痛呀。长跪不起的沈从文，眼泪婆娑地望着瘦骨如柴的老母亲，听到老母亲在昏睡之中，还断断续续地呼唤着自己的乳名，他只有一声声地应着，只有痛恨自己的无能，没有能力治好母亲的病。一直到下半夜，老母亲才清醒过来，浑浑噩噩地说她刚才已经见到了他二姐，说他二姐还是那么年轻，死了十多年了也没有长大，又说他二姐在那边拼命喊她哩。老母亲又说他二姐多好呀，能够死在家里，省得死在外乡，省得让老道士用皮鞭抽打自己的尸体，让自己死后的尸体还要翻山越岭走回家乡。她说着说着又猛咯出一大口血来，然后对儿子又说，你晓得吗？赶尸回乡，那尸体的双脚走得都血肉模糊啦！当她得知儿子要走时，长长地叹了口气，手抖抖索索地伸进枕头底下，摸出一个黑渍渍的小口袋交给他说，这是你寄来的钱，我没舍得用，你拿着，回去过日子，伢子，阿妈晓得你在外面过得苦呀。沈从文打开布袋，见是 7 块现大洋，这是他得知母亲生病时邮回来的，老母亲居然到死也没舍得花！他终于忍不住紧紧搂着老母亲放声大哭起来。

他的母亲在半个月之后孤苦伶仃地病死在故乡的那间四处透风的破屋里。沈从文后来在 1937 年那个国难当头的日子第二次回故乡时听人说，他的母亲死后被乡邻草草地埋了，当天夜里有人路过母亲的新坟时，还听到从地下传来母亲高呼救命的喊声。这一次回乡，他还听说，祖母的那个荒冢里居然是空的，压根就没有祖母的尸首。其实祖母那时根本就没死，就因为祖母是个苗人，族人认为有损沈家名望，决定在祖母为沈家生下父亲、叔叔后逐出凤凰远走他乡，为了顾及沈家的脸面才垒起这座空坟的。到了1982年沈从文最后一次回故乡时，祖母的空坟早已坍塌，二姐和母亲的土坟也已满是衰草凄凄了。他家的祖屋早已卖给别姓，他回到自己魂牵梦绕的故乡，唯一让他能去做的恐怕就是为祖母、母亲、二姐她们这苦命的祖孙三代上坟烧纸了。

思念家乡却又无家可归，成为伴随沈从文一生最为苦涩的乡情。尽管如此，沈从文依旧执着地深爱着他的故乡，在他的所有作品里不遗余力地描写他心中的凤凰。

三

凤凰是个尚武之地，凤凰的每一处古迹都落满了习武撕斗、拼杀抗争的历史烟尘。我沿着那条用花岗岩石垒成的古城墙向东而去，沧桑厚重、高大斑斓的东门城楼就呈现在我的眼前了。登上了城楼，从当年用以射击的炮眼朝里张望，里面虽然十分幽暗，可还能看清陈列着的一批苗民使用过的长矛大刀。其中一杆大刀还是长柄的，看上去足足有几十公斤，刀锋已经卷凹生锈，想必有无数个头颅纷纷落地就像滚西瓜一般被它劈斩，那肯定是末代苗王龙云飞才有资格舞弄的。我想，这里陈列的岂止是古旧的兵器？那分明就是一个弱小民族为了生存而浴血抗争的一部血淋淋的历史。而北门城楼却彰显出另外一种巍峨、另外一种悲壮。城门上的铜环早已黯淡无光，铁门上的坑坑洼洼正印记着当年的枪林弹雨。站在北城门楼上向城外眺望，似乎还能看到城外蜿蜒四百里的南方长城和那三百多座高耸入云的碉堡，好像还能听到当年狼烟四起、喋血撕杀、鼓角连天的战争回响。这里正是千年古战场，朝庭在这里防苗驻兵而渐渐变成的边城要塞。正是这个原因，才使这里许多青年都把自己的功名，寄托在练就一身武艺从军打仗之上，湘西青年习武斗狠也就变成当年的时尚。湘西青年的彪悍、力量和速度，在美丽的沱江岸边也就被赋予一种侠者之气，湘西尚武也就变成一种悲壮的诗情、一种武士的浪漫。

我那天去凤凰古镇正是农历四月初八，正是湘西苗族的英雄节。这一天各路英雄齐聚凤凰古城，观者成千上万、人山人海，场面热闹异常，宏大壮观，时间从早到晚，通宵达旦。唱山歌、舞花带、上刀梯、钻火圈、椎牛血。当然，这个盛大节日的主角肯定是各路英豪。他们粉墨登场，各献绝技，各显神通，给我们营造了一个充满寓意、充满尚武的童话世界。只见苗老司身穿大红法衣，头戴野鸡翎毛法帽，左手执令牌，右手执师刀，肩披柳条旗，腰挂牛角号，浑身上下都散发着奇异和神秘。他围着篝火走着圆圈，飘飞的红袍，夸张的舞姿，在悠长的牛角号的呜咽声里变得韵味十足。此时的苗老司已经变成了一个骄傲的国王，一个能够主宰这个世界的神巫。几个苗家勇士裸着上身、赤着双脚，摇摇欲试地准备上刀山下火海。他们的面前是一个直插云宵的刀梯，上面交错安插着一把把无比锋利的牛角尖刀。英雄们上刀山之前，还得让人上前用一块粗布一试尖刀之锋利，让人们坚信那尖刀确能削铁如泥。当苗老司念动咒语之后，勇士们挨着个儿鱼贯而上，尖刀在勇士们的脚下已经变得如履平地了。片刻过后，勇士们爬到了云端深处，下面只能看到一个个小小黑黑的人影，底下的成千上万的人群便传来一片欢呼。他们欢呼英雄，赞美英雄，为英雄喝彩，为英雄歌唱。英雄是节日的主角，尚武则是节日的灵魂。

沈从文的祖父就是湘西苗民的一个英雄，更是凤凰尚武精神的一个传奇。沈从文的祖父沈宏富起于卒武，是累功逐级擢升为湘军高级将领，最后官至贵州提督的。沈宏富的成就正是当时“勘定发、捻、湘、淮、楚营士卒，徒步起家，多擢提、镇、参、游以下官”的代表。据《清史稿》载，湘军得至三品以上的军官，不下数万人。正是沈宏富的尚武才使得沈家，能够从地处穷乡僻壤的苗寨迁进凤凰县城，购得一座湘西常见的三进全木结构的房屋。到了沈从文的父亲沈宗嗣长至少年时，又想重温当上大将军的美梦，家里为他专门请来一位武术教师，使得沈宗嗣自小就练得一身好武艺。由此可见，尚武兴家早已成为沈家的祖训，沈从文少小离家外出从军也就是必然的人生选择了。

然而，令人不解的是，凤凰尚武并未给凤凰带来平安富强，沈从文从军也并未给他带来荣华富贵。历史似乎偏偏想捉弄凤凰人，凤凰千年尚武到头来出乎意料的是让一介文人给凤凰带来了繁荣，沈家三代尚武到头来出乎意料的是文学给沈家带来了盛名。这难道是凤凰古镇的一种宿命，抑或是沈从文的一种宿命?

四

沈从文这个名字在中国虽然沉寂了几十年，可在西方各国却被奉若神明。这正应验了国人那句“墙内开花墙外香”的老话。对于凤凰而言，这座湘西古镇的盛名，却是因为沈从文的作品而远播海内外。沈从文的《边城》《长河》使湘西变成了中国一道不可或缺的文学风景，凤凰也就变成读者蜂拥而至寻觅翠翠的最终目的地。

翠翠并非生活中的人物，她只生活在沈从文的作品里，她在文字里美丽，她在文字里纯真，她在文字里被爱。我甚至可以这样说，对于沈从文的去世，国人好像无所谓，可似乎没有人愿意接受在这个世界上从来就没有翠翠这么一个“皮肤晒得黑黑的，有一双眸子清明如水的女孩”。沈从文使我们的阅读价值远远超过了小说本身。于是，寻找翠翠也就成了所有蜂拥而至赴湘西旅行者的一个魂牵梦绕的话题。也正因如此，美丽纯真的翠翠和她生活的古老神奇的湘西古镇，也就一跃而变成海内外备受关注的旅游胜地。凤凰古镇因此门庭若市、游者云集。凤凰古镇的老少爷们恐怕连做梦都没有想到，曾经备受古镇冷落的一介文人，也就是那个被凤凰人谑称为沈瞎子的弟弟，当年连名字都没有几个人知晓的沈从文，居然会给凤凰带来滚滚财富！沈从文对湘西边陲风情的描写，激起了海内外人士对湘西这片神秘土地的向往，也使得沈从文本人在他去世前后，好像出土文物一般重被发现并冠以文学大师头衔，更使得凤凰古镇仿佛在一夜之间告别了尚武好斗的原始时代，忽而变得斯文起来，以“沈从文故乡”的面目在这个世界闪亮登场了。

几乎就是在沈从文去世的同时，凤凰县委县政府决定拿出近 4 万元钱来修缮他的故居，并于同年向游人开放。然而，沈从文本人自 1917 年离开凤凰之后就再也没有住进过自己的祖屋，现在高悬着“沈从文先生故居”匾额的那座三进全木质结构的房屋，对于沈从文而言仅仅只剩下一种象征意义了。他变成了凤凰古镇的一张崭新的社交名片。而作为坎坷一生的沈从文在他死后还要作一次永久而无私的奉献。沈从文就是这样给故乡凤凰，带来了无法估量的文化影响和物质财富，可他自己却终身潦倒，一生坎坷。静静细想，这一座古城与一个文人之间的宿命，岂是我们常人能够弄清的？

五

浏览沈从文的一生，除了他在20世纪30年代发表一批小说，能够让他勉强度日，并且以此赚得苏州美人张兆和的芳心而外，恐怕几乎就再也没有什么值得他欣喜的事情了。他的一生确实是中国文人的一个悲剧。他坚持文学独立于政治、宗教之外，因此把自己置身于左和右两种文学势力的夹击之中。也正是因为他的这种文学观，才导致了他被骂成是自命清高的“清客文丐”“地主阶级的弄臣”，就连全国第一次文代会都没有资格参加。也就是在这种情况下，沈从文仰天长叹道：“楚人的血液正给我一种命定的悲剧性。”这是他第一次说出这种丧气的话。

然而，即使是在沈从文对生命绝望的情况下，他还念念不忘他的家乡。他在新中国成立后第一次被批判时，在精神极度痛苦之中，对张兆和一而再再而三地说：“回湘西去，我要回湘西去！”那时，他的内心深处一种从未有过的忧患和恐惧一天一天地加重了，使他的灵魂陷入了深度的迷茫。那一天，他走进那小小的卧室，将门从里面反锁起来，不愿再见任何人。他在小屋里焦躁不安地徘徊着。这位曾经名扬华夏的文学大师，此时想起自己在零下10℃以下，蓬头垢面地吃着冷饭，胆战心惊地写着检讨，生怕被打成反革命；这位曾经名冠文坛的名家教授，想起自己大清早天不亮就要出门，在北门桥上买个烤白薯温暖着被冻肿的双手，赶去坐电车到20公里外的城里上班，生怕迟到了被批评；这位曾经弛名中外的文艺名流，此时想起自己晚上下班有时突然下起了大雨，只得披上破麻袋朝家里一路奔跑，别人都以为自己是个叫花子……想到这里，两行老泪涌出了双眼，他突然发现桌上那只给自己一天定量供应的干馍头旁边有一把小刀，觉得那薄薄的锋刃能够解脱自己的所有烦恼，也就不加思索地拿起小刀，去切割自己的动脉，去切割自己的脖子。早已痛苦麻木的血管被锋利的刀片割断了，鲜血从他的手腕和脖颈奔涌而出，他痛苦地呻吟着说："我终于可以回湘西了……"他还没说完就昏死过去。

沈从文就这样被打倒了。以后的岁月，他的境遇就更不用说了，完全应证了他常常说的那句"楚人的血液正给我一种命定的悲剧性"。他无数次被批斗"架飞机"，左右两人将他的肩膀用力往下压，又将他的两手用力朝上提，令他弯腰低头认罪；他八次被抄家，家里所有文稿全部被付之一炬，被逼高唱《混蛋歌》当众承认自己是个大混蛋；他还被迫搬家六次、大病三场、辗转三千里；他先是被责令打扫女厕所，接着下放到双溪农村住猪圈，最后被押解到湖北山区看菜园。

那一天，已经变作一个标标准准的糟老头的沈从文，在看菜地时发现菜园一角有一株秋葵正在深秋的寒风之中微微颤抖，还有一朵红花从秋葵的身边勃起，花瓣叶片上挂着晶莹透明的露珠，看上去生机勃勃，却又楚楚可怜。他轻轻地叹了口气说："那朵小花真美！可美总是不免有时叫人伤心。"这个糟老头此时肯定是自喻那朵美丽而又令人伤心的野花了。也就是在这种情形之下，他又一次说了："楚人的血液正给我一种命定的悲剧性。"我推想他说这话的时候，是不是又想起了自己 14 岁离开凤凰古镇时，遇见的群鸦漫舞令人心惊肉跳的悲壮，想起了那个不知名的巫婆说的那句他一直不能理解的谶语？

沈从文也就是用这样的人生经历，佐证了他 86 年的“命定悲剧”，是完全因为他流着“楚人的血液”，也应证了他和这座湘西古镇的一种无法摆脱的关联，一种令人扼腕的宿命。

六

1992 年暮春的一个傍晚，迷天大雾紧锁沱江，一条小小的乌蓬船承载着沈从文的骨灰顺流而下。几条白色的招魂幡在江面上飞舞，一支唢呐在悠扬呜咽，苗老司伫立于船头，对着逝去的江水呼号：“魂兮归来！魂兮归来！”沈从文的一半骨灰被一把一把地洒入江中，一片又一片黄色的纸钱在船尾飘飞，一只又一只点燃蜡烛的河灯便在沱江的水面上随波漂去，江面便成了天上的星河。有一群夜归的乌鸦好像是闻讯赶来专门为他送行，在江面上作低空盘旋，并且齐心协力地发出一阵又一阵令人揪心的长鸣。

这时，从万寿宫的方向传来一阵三眼铳那震耳欲聋的声响，接着长号低鸣、唢呐吹响、锣鼓喧天。这是苗民在祭祀。高擎各色不同旗帜的祭祀队伍浩浩荡荡从四面八方涌来，每寨都举着不同的旗帜，都有自己的巫师带队，巫师的身后紧跟着提酒壶捧蜡烛端托盘抬全猪的苗汉，再后面就是神情肃穆的全寨老小。祭祀开始后，巫师手执法刀，神情严肃，高举起手中的黄纸，大声念了几遍那黄纸上写好的祷词，然后将黄纸点燃火化。敬献祭品时，所有苗民对着沱江跪下一条腿，静静地聆听着巫师用苗家方言念诵的咒语。香烟缭绕，旗幡飘飞。最后，巫师一声号令，全体苗民一起跳起了湘西流传上千年的迁徙舞。

舞蹈以三摆一跃的节奏进行着。每寨苗民都由巫师带领，青壮年走在最前，接着是老人妇女，最后是高高矮矮的孩子。他们步调一致地做出拉手涉江、攀藤负葛、负重前行的舞姿。数以百计的苗民首尾照应，艰难跋涉，还不时地高呼着“嗬呀嗬！嗬呀嗬！”动作负重之至，情态悲壮之极，一个弱小民族的生存艰难被张扬得淋漓尽致。

这场苗民的祭祀，我不知道是专门为沈从文的骨灰迁回安葬而举行的，还是完全就是一个巧合？人们看到这悲壮的祭祀，必定会想起了沈从文生前常说的那句“楚人的血液正给我一种命定的悲剧性”的话来，必定会落泪长叹。

沈从文是 1988 年的 5 月 10 日突发心脏病在北京逝世的。他去世的第三天，台湾和香港的报纸率先报道了这一消息，据说，他临死之前还说一句“对于这个世界，我已无话好说”。真不晓得当年他写《边城》《长河》风华正茂时的洋洋万言、咄咄雄辩哪里去了？也不晓得他年已古稀赴美讲学时的口若悬河、妙语连珠哪里去了？

沈从文一生的最后一句话，也恰恰能给他流淌着“楚人的血液”而导致“命定的悲剧”作最后一次注解，也是给那无法抗拒的人生宿命作最后一次诠释。

夜幕降临，沱江水面上漂浮着的无数河灯在水雾之间闪烁着，我想那肯定是沈从文赶尸回乡、魂归故里时洒落的无数泪珠。而成千上万的夜鸦还在江面上空盘旋，久久不肯离去，并且发出一声又一声凄惨沙哑的长鸣，我想那肯定是在为沈从文在喊魂招魂。

自由是风，爱情是雨

一

戈公振躺在1928年秋天的夜景里，任凭自己的思绪信马由缰。他想变作一只蝴蝶放飞，可是故国难归，唯有回到这清醒的世界，绞尽脑汁，思绪纷呈。他学着两千多年前庄子的模样，摇头晃脑，扪心自问，自己是蝴蝶飞入别人的美梦，还是别人的蝴蝶飞入自己的美梦？

深秋的夜晚是做梦的季节，清凉的夜空是无垠的原野，梦想的群马便在这原野上，或悠闲自得或仰天长啸或低首寻觅，孤独的牧马人也就在那广袤辽阔的现实与云彩飘荡的理想之间，不停地奔忙。他在放牧思想。

他回想起自己1927年2月，自费出国访问，先后到了西欧的法国、瑞士、德国、意大利、英国等国，后又到美国、日本，考察各国的新闻事业，在这期间还应国际联盟的邀请，出席了在日内瓦举行的国际新闻专家会议。1928年初回国后，着手撰写出《世界报业考察记》，全面推介西方各国的新闻自由，实现新闻自由也就成了戈公振一生的梦想。

20世纪最有影响的人文科学家、精神分析学说的创立者弗洛伊德曾经说过这样的话，梦的根本意义是作为揭示日常生活与灵魂及精灵，和由它们组成的彼岸世界的关系的“跳板”而存在的，他的意思是说，梦是现实的拓展、思维的延伸、生活的企盼。梦能够把微小的生命拓展到整个宇宙，那无限大的宇宙空间也能变为放牧思想的草原。

戈公振觉得他自1913年从苏北来到上海，进入报界这20年，好像就是一场梦。他刻苦学习外语，成为“中国全面掌握世界新闻学研究的第一人”；他接受西方自由主义思想后，坚持倡导新闻自由、言论自由、出版自由；他从学徒干起，然后做《时报》的校对、助理编辑、编辑，最后一直干到了总编；他革新新闻事业，创办了各种副刊，首创了《图画时报》，为中国新闻发展翻开了新的一页；他又当选为上海新闻记者联合会的会长；他在上海国民大学、南方大学、大夏大学、复旦大学讲授新闻学，培养了大批新闻人才；他还利用业余时间致力于新闻学理论和新闻史学的研究，编写了《中国报学史》，成为第一部系统全面论述中国新闻事业发展的专著，在国内外产生了重大影响；他还花费了两年多的时间撰写了《世界报业考察记》一书，将研究范围从中国扩大到世界。

然而，后来的“一·二八”淞沪战争的熊熊大火，将他的《世界报业考察记》书稿烧成了一堆灰烬。再后来在1932年春，他与邹韬奋、胡愈之、李公朴等人发起创办《生活日报》，又因为政府不批准该报出版，使他不得不忍痛宣告停办。就这样《生活日报》如同一个美梦，在戈公振的心中破灭了。他的新闻自由理论，也就在残酷的现实里碰壁搁浅。这真的让他没有料到自己搞了一生的新闻理论，追求了一生的新闻自由，到头来连一份《生活日报》也无法办成。

戈公振是我国新闻学学科建立的倡导者和奠基者，他赞美新闻自由的权利，渴望新闻自由的实现、批判扼杀新闻自由的行为，最终新闻自由也成为他思想的主要标识。但是，戈公振这种新闻自由的美好理想，和“阅大样，捕记者、查邮电”等种种丑恶现实，形成了强烈的反差，他因此痛苦不堪。然而，戈公振将新闻事业比作自己的生命，新闻自由比作自己的灵魂，即使是失败和打击也丝毫不能影响他对新闻事业的热爱。

这时，戈公振躺在上海闸北平民区的深秋里，听着蛙们在夜间歌唱。它们潜伏在秋夜的想象之中，齐心协力地歌唱它们心中的理想。它们明知自己今生来日无多，可依旧充满了对来世的向往，每一个蛙全都满怀着梦想走向生命的尽头。他认为蛙们鼓足勇气，声嘶力竭地合唱，就是它们在秋夜集体为自己超度。他又认为，这是世界上最为悲壮的生命绝唱，更觉得自己便是蛙们的同类，蛙类也有自己的梦想。

他对着天空中的轻风发问，自己死后能够永远入梦吗？因为在梦里才能获得真正的自由。

二

秋天的雨性子慢，时间长，能够让人细细地品味。在《诗经·郑风》中有“风雨凄凄”之说，《诗问》注释道：“凄凄，寒冷也。寒雨而荒鸡，无聊甚矣。雨甚而晦，鸡鸣而长，苦寂甚矣。”戈公振望着那潇潇洒洒、迷迷蒙蒙的秋雨，自然有了“雨甚而晦”“苦寂甚矣”之感，自然又想起了已经离自己而去的爱妻来。

他认为能够突出表现秋雨凄凄这种特征的代表作，应该是柳三变《雨霖铃》中的“寒蝉凄切，对长亭晚，骤雨初歇”，和李清照《声声慢》中的“梧桐更兼细雨，到黄昏点点滴滴，这次第，怎一个愁字了得”。他望着窗外无边无垠的秋雨，又想起上海画家张君绶的《烟台山水图》，夜凉如雨，纱帘深垂，明窗半掩。为此，张大千还题了一首七绝，其中有一句是：“秋灯温梦虫相语。”诗与画都是表现秋季的冷落。戈公振感受那侵骨的秋寒，便不由自主地打了两个寒颤，心也就像合欢树的叶子一般收缩起来了。

1922 年的这个秋天，一个让戈公振痛心疾首的家庭悲剧发生了。他与在北京读大学的爱妻已经分居好长时间了。他和妻子的感情一直不好，爱哭的妻子时常与他吵闹不休，什么人都劝不好。可后来去北京读书后认识了一个比她小了好多岁的年轻画家，好像遇到了她的真命天子似的，对这个年轻画家居然是百依百顺，言听计从，一下子变得温顺无比起来。就这样，暑假中爱妻和自己大吵大闹之后离家出走，就再也没有回来，也就将他久久地丢在了孤独与悲伤之中了。

孤独是因为残缺，残缺增加了孤独。不论是男人还是女人，不论是已婚还是未婚，只要他们感觉到了情感的残缺，就会感觉到孤独或是寂寞，更何况像戈公振这样一直深爱着自己妻子的男人？

早年的生活经历使戈公振变成一个对爱情专一到古板地步的苏北青年。他于 1890 年 11 月 27 日出生在苏北东台小城，自幼就跟随伯祖母翟太夫人设立的“弢庵家塾”接受启蒙教育，6 岁又进入同里杜晴波私塾学习，熟读四书五经，14 岁进入东台高等学堂读书。毕业时由于学习成绩优秀，学校给他披红挂彩，用轿子吹吹打打地送回家。1913年冬，经友人介绍，离开苏北来到上海。讲着一口苏北东台方言的戈公振，对婚姻爱情的忠诚不二，成为当时上海文化界人人皆知的话题。据《清末民初文坛轶事》中的《忆戈公振》一文介绍，他刚到上海不久，邂逅了一个漂泊无依的女子，“虽服御朴素，然不掩其姿色”。言谈间，知道她的父母双亡，依赖叔父为生，叔父又失业，困窘不堪。戈公振顿时动了恻隐之心，闲时两人逛逛公园，吃吃馆子，“很相契合”，后来与之结婚生子。当得知女意欲奋读以求自立时，戈公振感其志向可嘉，于是出资为谋入学。该女亦奋发攻读，成绩甚佳。然而，培养妻子读大学后，妻子却移情别恋，离他而去，他只得独自一人抚育儿子，独守空房。

其实，戈公振的孤独是必然的，大凡文化精英莫不如此。由于精英们的超前和独创，注定了他们的孤独。孤独是一颗值得理解的心灵寻求理解而不可得，它是悲壮的；寂寞则是一颗空荡的心灵寻求满足而不可得，它是平庸的，可见孤独与寂寞的性质不同。

当戈公振得知自己的爱妻已经移情别恋，离己而去之后，还是不遗余力地去挽回，并情深意重地写信给爱妻道：“据汝所说汝等之结合基于爱情，吾敬为汝祝福。唯后事茫茫，未可预料，倘有需吾之处，请随时见告。且汝之重来归吾，尤吾所日夜盼祷者也。”爱是泣血的情诗，戈公振就是这样替移情别恋的妻子着想，为移情别恋的妻子祝福，甚至还低三下四地对她说，哪一天过不下去了，再回来找他，这也是他日夜盼祷的事情。他居然有这样的胸襟，真正是达到了爱情的最高境界，可惜的是这也无法挽回爱妻那颗已经出走的心。

妻子婚外恋的结果不幸被戈公振言中，这段轰轰烈烈的爱情只开花不结果，爱妻居然和她的情人在乘船自天津至烟台途中，双双跳入大海。这两人的殉情，震惊了上海的文化圈，也伤透了戈公振的心。从此，他生活在对爱妻的追忆和自责之中，终身未再娶。

夜悄然走进了深秋，那清冷的雨点不时地落在戈公振的身上，使他的思绪猛然从品评孤独一下子回到了秋雨之中。眼前这灰暗的天幕底下飘拂着雨雾，恰似宋代画家刘松年的《秋雨山水图》。他觉得，自己就是那个孤独地踟蹰在画里那山林掩映小径上的风烛残年的老翁了。

他想那肯定就是自己的前世。

三

1932年春天的一个寒冷的夜晚，戈公振站在沈阳日伪监狱阴暗的牢房里，举头凝视高悬在天边的一轮明月。他在分辨着监狱里禁锢的明月和外面自由的明月有着怎样的区别。他是在化装进入被日本鬼子占领的沈阳城采访时，被日伪军警发现后逮捕的，然后被关进了这所沈阳城东的警察局监狱。他缓缓地迈动双腿，那月宫深处的嫦娥却跟随自己一起向前移动玉步，轻盈无比。他忽然听到一阵阵毒打后发出的恐怖嘶喊声，而头上的月景依旧美丽怡人。

他在漫漫的春夜寻思，嫦娥奔月的神话为何能够流传千古？恐怕不仅仅是因为嫦娥的娇美迷人，更是因为嫦娥得道成仙之后的清苦和缺憾。他甚至觉得嫦娥奔月，简直就是自投罗网，月宫其实就是牢房。因而才有了“嫦娥应悔偷灵药，碧海青天夜夜心”，才有了嫦娥如同坐牢一般的孤寂。

这时，月光如水，他突然觉得过去的自己，就像一条摇头摆尾的小鱼，在月下漫游。他用身体感觉水的清凉和湿润，体会着“如鱼在水中而忘乎水”的意境。而今，他站在沈阳的监狱里，反反复复地端详那轮明月，却又发现明月并非很圆，似乎缺了一角，也就想起了“十五月亮十六圆”的俗语。他似乎从月光中看出了自己过去追求的新闻自由，就像这条摇头摆尾的小鱼，并且发现了这条小鱼的天生缺陷。

确实，1931 年“九·一八”事变后，戈公振的思想发生了极大变化，开始阅读马列主义著作，研究苏联的社会状况，参加了一系列抗日救亡运动，发表了许多呼吁人民大众抗日救亡的文章。有人说，从原来追求新闻自由的单一思维，发展到新闻为抗战服务的辩证思维，是戈公振短暂一生思想发展的一次重要飞跃，而被关进沈阳日伪的监狱，则是他这个飞跃的一个重要节点。

戈公振已经感觉到自己这次冒死来到东北采访，是自己一生多么重要的选择，也将影响着自己今后的人生方向。他甚至觉得自己过去追求的新闻自由在专制统治和外族侵略的面前，为何如此不堪一击，说到底就是自己的新闻自由和单一思维显得太幼稚了。

他想到，古人在选择中秋节作为大团圆节日时，却又在流传着嫦娥和后羿分居两地的故事，这实在是一件耐人寻味的事情。从中能够看出我们的祖先充满了阴阳辩证的思维，在追求完美的同时也在欣赏残缺，而自己领悟到这一点恰恰花费了 20 年的漫长人生。

他在 1932 年“一·二八”淞沪战争爆发后，参加了上海文化界的抗日救亡运动，与巴金、丁玲等 129 人联合签名发表了

《中国著作者为日本进攻上海屠杀民众的宣言》。在 1932 年 2 月，国际联盟派调查团到上海和东北调查日本侵略真相，他以记者的身份，作为中国代表团的成员，参加了这次调查的全过程，在上海调查日机轰炸上海情况后，又随团来东北调查日本侵略情况。他知道去日本占领下的东北有危险，因此在途经北京时，在他的堂弟戈绍龙处留下一封遗书。代表团一到沈阳，就受到日伪军的恫吓："所有中国方面的随员，均不准踏入'满洲国'一步，否则予以拘捕，处以极刑。"但是，戈公振不顾个人的安危，先后三次悄然进入沈阳城，甚至冒死到"九·一八"事变发生地点北大营调查日军侵华真相，结果在他第三次夜进沈阳城内采访时，被日伪军警发现，遭拘捕关进了这所监狱。值得我们注意的是，当他被捕后国民政府居然没有一个人过问此事，没有一个人去设法营救。就这样，他对祖国怀着无限的热爱，而祖国的政府却无动于衷，他被祖国的政府给无情地遗弃了。尽管如此，他依旧对自己的祖国无比热爱。

又是一夜无眠，他一面在阴暗干冷的牢房里徘徊，一面为自己以往的一根筋而懊伤。他又想起老子在《道德经》中说过这样的一句话："曲则全，枉则直，洼则盈，敝则新，少则得，多则惑。"老子的这句话充满了辩证法，说明了残缺与完美的关系。他想，月圆是短暂的，月缺却是经常的；完美是相对的，残缺却是永恒的。想到此，他停住了脚步，那一轮明月居然也不动了。

是自己跟着月亮走，还是月亮跟着自己走？

四

临死前的戈公振躺在 1936 年深秋的病床上，恍惚觉得自己的肉体环绕失血一般的太阳飞行了一大圈之后，和自己的灵魂一起伫立在黄浦江边沉默无语。良久，他觉得自己的灵魂就像夜空中一片闪着荧光、上下飞舞的落叶。

他觉得自己短暂的人生和自己苦难的岁月，全都被挂在黄浦江边这棵老槐的枝头了。他想起自己在苏联读过的名著《钢铁是怎样炼成的》一书中，借着主人公之口说出的那段至理名言：“当你回首往事时，不因虚度年华而悔恨，也不因碌碌无为而羞愧。”刚回国的那天，面对深秋时节，自己凝神静气地伫立黄浦江边，看着纷纷扬扬、即将化作尘土的落叶，就不由自主地想起这段话来，难道这时自己已经预感到生命将要在这里戛然而止？

1933 年 3 月初，戈公振经过国际联盟的交涉后，从沈阳被保释出狱回到了上海，他特地为邹韬奋主编的《生活周刊》撰写了《到东北调查后》，强烈谴责国民党政府的不抵抗政策，热情赞扬东北义勇军的抗日爱国行动。当月中旬，戈公振又随中国驻苏联大使颜惠庆去莫斯科访问。他被苏联的新制度所深深地吸引，于是决定留在苏联研究那里的社会主义。在苏联的 3 年里，对莫斯科、列宁格勒以及乌克兰、高加索、乌拉尔等城市进行了深入的考察，使他的思想发生了很大的变化。他写了不少有关苏联社会主义建设的通讯报道，寄回国内报刊发表。从此，戈公振以辩证思维去观察苏联、推介苏联，去影响国人。现在看来，他是用自己的生命去作最后的人生冲刺。他在被生活与事业、被自己的妻子和自己祖国的政府一一抛弃之后，依旧无怨无悔地爱着他的新闻事业，依旧无怨无悔地爱着他的妻子，依旧无怨无悔地爱着他的祖国，最后又让自己在这种无限的爱恋中悄然死去。

弥留之际，他的脑海里一直闪动着那棵老槐枝头的树叶，它们一直默默地等待着枯死落地，当它们离开枝头时，却产生了一种不再被束缚的自由。正是这种自由鼓动着它们、激奋着它们、怂恿着它们，使它们不由自主地翩翩起舞。它们明知落叶归根就是自己生命的终结，可每一片落叶都十分珍惜这个短暂的自由，都要作一次壮观的舞蹈。凛冽的秋风就是它们告别生命时为自己送行的旋律，呼啸的风笛正是站在自己生命的尽头高唱的挽歌。它们是为自己的自由而舞，也是和自己短暂的生命作最后的诀别，在坠落大地时给世界划过一道从容不迫的弧线。

他觉得那随着风雨漫天飞舞的，根本不是什么残叶，而是自己的短暂人生、自己深情的爱。

戈公振的一生是追求自由的一生，更是从单纯追求新闻自由，向新闻为爱国服务的辩证思维探索发展的一生。然而，他始终不能办成那份《生活日报》，《生活日报》成为他一生的遗憾。1935 年秋，邹韬奋电邀戈公振回国，准备重新筹办《生活日报》，但当他在 1935 年 10 月 15 日冒着绵绵秋雨抵达上海后，紧接着就感到身体不适而住进了医院，初诊为盲肠炎，很快就于当月 22 日下午病情出现恶化而停止了呼吸，享年只有 45 岁。就这样，他带着对祖国的爱、对妻子的爱、对新闻事业的爱，万分痛苦地死去。

戈公振临终前，断断续续地对邹韬奋说："在苏联有许多朋友劝我不要回国……国势乖危如此，我是中国人，当然要回来参加抵抗侵略者的工作……"他知道自己在苏联是不会死的，可是回国后自己只能住进这家小医院，只是得了一个盲肠炎就不治身亡，使他壮志未酬就辞世西去了，那份旨在抗日救亡的《生活日报》也就成了他的终身遗憾。

爱国老人沈钧儒读了邹韬奋为戈公振写的那篇悼文之后，

大为感动，挥笔写下了四首慷慨激昂的五言诗，其中第三首是："哀哉韬奋作，壮哉戈先生。死犹断续说，我是中国人。"在第三首诗写完后还准备写第四首诗时，竟悲痛得写不下去了，于是连续写了四句"我是中国人"。沈老写完，"泪滴满纸"。

戈公振在弥留之际自然想起了自己的妻儿，他想起寄养在亲戚家未成年的小儿时泪如泉涌，自己将死小儿怎样活下去呀？他又想起了自己的爱妻，她已经离开自己10年了，"十年生死两茫茫，不思量，自难忘"。他一直怀念爱妻，一直孤身一人，现在自己将赴阴间与爱妻重逢，可爱妻会同意和自己破镜重圆吗？他满腹狐疑地望了最后一眼窗外的秋风细雨，就永远地闭上了双眼。

如果自由是风，爱情是雨，那么在风雨中不断飞舞的落叶便是他的短暂生命。

太阳的平凡史诗

一

一片六十多年前的灰暗云块从洪泽湖上飘来，遮掩住荒凉寥落的涟水城上空，阳光立马变得暗淡无光，天气也变得阴冷起来。城外那片一望无际的酱黄色的田野，便寂寞地等待着那场影响深远的国共对决在这里隆重开幕。这便是吴强在《红日》的开篇对苏北乡村景色所谓“自然主义”的描写了，他开门见山地刻意将太阳描写得平凡而普通，甚至还带有明显的无奈和忧伤。

我觉得，这里所有的场景全都被吴强写进了平凡，又全都是为了将那个高高在上的太阳写成为平凡。吴强在《红日》里到处给我们展现着这样的一种平凡景致：开始枯黄的树林，惊惶地噪叫着而惊惶地飞来飞去的鸟鹊，大群大群地从这个村庄、这个树林，忽然飞到那个村庄、那个树林里去，然后又飞往更远的村庄、更远的树林里去的苏北特有楝雀，废黄河堤岸的大道边那棵出生了240年的高大的巨伞般的老白果树，深秋初冬时节已经收割完的高粱、玉米、黄豆，像是一条条长辫子拖延在田里的山芋藤子，农场上寂寞地蹲伏着的一堆堆高粱秆、豆秸……吴强就是这样无休无止地渲染着平凡。

这与现在的影视作品以粟裕和张灵甫的PK作为主线完全不同，吴强在对国军整编74师攻占涟水、我军在孟良崮反攻的战争叙说中，偏偏没有正面描写这两个声名显赫的将军，而是用大量的笔墨去描绘在这场国共两军大决战中的普通战士和普通群众。

吴强让历史的镜头聚焦在杨军的身上，尽管他只是一个普通的共产党员，他在这场战斗中，中弹倒在了涟水城里的一座矮墙边。吴强让他平平凡凡地瘫软下来，普普通通地昏倒在了矮墙底下。这时，烫热的枪压在他的身上。他的脸色已经苍白，呼吸也显得微弱起来，他缓缓地呻吟着，嘴里非常干涩，口唇不住地掀动，在强烈的阳光下面，他闭上眼睛躺在地上。大约过了不到一分钟，一股硝烟窜入到他的鼻腔里，他又张开沉重的眼皮。在黄河东岸的一个小庄子，落下了敌人的硫磺弹，房屋和草堆正在燃烧，浓烟随着风势吹拂过来。他想爬起身来，他从腰眼底下抽出麻木的右手，和他的臀部同时用力，按着坚硬的地面，紧紧地咬着牙关，把沉重的身体向上撑起，但是，他没有能够如愿，他又跌倒下去，仍旧躺在矮墙底下。英雄的战士就这样无奈地倒下去了。

在这个战争版的平凡世界里，不仅有平凡的人、平凡的事和平凡的景，还有平凡的牛。那是一头为战争累坏了的牛。那头十分平凡的牛拖了一车的货物，货物上面还有几个战士坐着或者躺着，其中的一个战士在上面沉沉酣睡，他的两条腿悬挂在货物堆的边缘上。牛车忽地停在了路上，而前面并没有什么障碍。赶车人手里的鞭子，虽然打得“格叭格叭”地炸响，那条黑尖牛却怎么也抬不起腿来，嘴里不住地流着白色的涎水。“你打它呀!”坐在车顶上的战士对赶车的人说。赶车人手里的鞭子还是扬向空中，不肯落到牛的身上。他叹了一口气，低声地说：“它委实是累了!”

一直到开篇的结尾处，吴强才用了极其简短的语言，说到了我军军长沈振新和军政委丁元善，连这次战役的实际总指挥粟裕一个字也没提到。其实，沈振新和丁元善这两个高级干部，又全都是吴强虚构出来的名字。吴强一直到第十四章才正面描写了国军方面的第一男主角张灵甫，写他是常胜将军，写他是蒋介石的一等一的精锐部队，写他是蒋介石的“天之骄子”、最大一张王牌，是五大主力的头一个，写他是蒋介石的心腹嫡系，写他的身体魁梧，生一副大长方脸，嘴巴阔大，肌肤呈着紫檀色。故事发展到了尾声的第十七章的最后高潮处，又写了张灵甫的人生结局，写他的那个身材巨大的、肤色发紫的、身着黄布士兵服的躯体，倒在石地上，写他那肥硕的头淹在了血泊里。

我敢断言，整个《红日》通过这样对这场决定中国命运的战争中普通战士普通群众的描写，通过这样一直到打败了74师也没有正面去写这场战役我军的真正指挥官粟裕的刻意回避，表现出吴强对这场战争的思考，突出了他将历史还原成平凡、将太阳描写成平凡的一种历史观。

二

“最后的一碗饭送去作军粮，最后的一尺布送去做军装，最后的老棉被盖在担架上，最后的亲骨肉含泪送战场。”这是在整个解放战争中最为流行的一首民歌。我觉得正是有了这样具有忘我牺牲精神的人民，才迎来了解放战争的最后胜利。正如陈毅元帅说的那样：“淮海战役的胜利，是人民群众用小推车推出来的。”

诚然，孟良崮战役的胜利是粟裕军事指挥才能的一次绝好表现，但这场战役胜利的根本原因还是有了党中央的正确领导和广大群众的无私支持。在这场战斗中有段鲜为人知的插曲，当战斗打到了中途，我军的伤亡较大，物资奇缺，而敌 74 师却轮番反扑，大有对我军形成反包围之势。这时，我军有人主张撤出战斗迅速转移。但正是因为有了千百万群众的支持，破坏了敌人各路援军的必经之路，给我军在敌军靠拢之前全歼 74 师提供了宝贵的时间，才使得粟裕下定了决心要打胜这一仗。所以，从这个角度看，孟良崮战役的胜利是人民战争的胜利，是千百万群众支持的结果。

正因如此，《红日》才详写了普通群众，略写双方的领导干部。《红日》不厌其烦地描写支前的普通群众，用了大量的笔墨去写张家峪的八个妇女捉了五个俘虏的故事，详细地写了这八个妇女活捉了一个营长、四个兵，缴了五支枪的全过程。写莱芜战斗结束的当天夜里，张家峪的男子汉都出去支前了，村里只剩下一群妇女。在村口放哨的姊妹俩，大的叫大妞，19 岁，小的叫二妞，14 岁。她们发现几个敌人走进了村子。大妞就带领七个妇女，有的拿镢头，有的拿菜刀、斧头，先趁敌人睡着之后将敌人的枪支偷出来，然后分成两组，冲进屋子，那几个敌人从梦里惊醒，吓得只是发抖，全都举起了双手，跪在她们面前只是喊饶命，就这样这五个敌人成了八个妇女的俘虏。

当然，群众支前的感人故事不仅是在吴强的小说里，更多的在孟良崮战役的现实中。其中流传最广的是“孟良崮沂蒙六姐妹”的故事。蒙阴县烟庄村有六位20岁上下的姑娘小媳妇，她们叫张玉梅、伊廷珍、杨桂英、伊淑英、冀贞兰、公方莲。她们英勇支前，为子弟兵送军粮、做军鞋、看护伤病员。在孟良崮战役打得最激烈的时候，六姐妹还主动承担起了运送草料和弹药的重要任务。一箱弹药七八十公斤，一个人扛不动，她们就两人抬，翻越10多公里山路，一直送到前沿阵地。当战士们看到她们的肩膀和脚板被磨得血肉模糊时，很多人都感动得抹眼泪。六姐妹还带领村里的妇女，把粮食加工成煎饼送到前线。她们自己饿了舍不得吃粮食，吃两口榆钱饭凑合，手上烫起了泡挑破了接着干。在整个莱芜战役和孟良崮战役中，烟庄村的乡亲们在“六姐妹”的组织下，共为部队烙煎饼7.5万公斤，筹集军马草料1.5万公斤，洗军衣8500多件，做军鞋500多双。就是她们一边扛着弹药粮食，一边唱起了那首支前民歌……

淮海战役发起之初，就兵力而言，敌强我弱，但毛泽东、周恩来和淮海前线将领们敢于与强敌决战，所依赖的远不止60万部队，还有就是这些无私奉献、忘我牺牲去支援前线的广大人民。整个淮海战役期间，浩浩荡荡的支前大军日夜活跃在战场上，支前民工达到543万人，仅苏北就动员了100多万人次参加支前。有人说淮海战役最动人的场面，不是硝烟弥漫的战场，而是后方几百万推着小车运送粮食的民工大军。在这幅波澜壮阔的历史画面上，各解放区通往前线的十几条运输线，车水马龙，人来人往，一片繁忙景象，形成了前所未有的战争奇观。面对此情此景，当听到千百万支前的民众齐声高唱着那首熟悉的民歌时，吴强肯定被感动得热泪盈眶，肯定义无反顾地决定将自己的主要笔墨去叙写这样伟大的人民。

即使在几十年后的今天，当我们再一次听到这首民歌时，也会久久不能平静的，肯定会产生又一番感慨。如果不信，你就再听一遍这首感人肺腑的民歌吧。“最后的一碗饭送去作军粮，最后的一尺布送去做军装，最后的老棉被盖在担架上，最后的亲骨肉含泪送战场……”

三

恐怕看过黑白电影《红日》的人，永远记得张灵甫占领涟水城后的那个留影，只见他耀武扬威地站在那座能仁寺宝塔下面，冬日的阳光正暗淡凄惨地照耀在他那神气十足的方脸上。这张黑白照片也就成为他不可一世的一种证明，在国民党的大大小小报纸上四处张扬显摆。

这幅照片记载了发生在1946年初冬涟水城的那段国共内战的历史。这年的12月张灵甫师第二次向华东解放区疯狂进攻，我军沈振新所部一个军奋起抗击，经过一番苦战，涟水失守，我军被迫撤退，北上山东。这就是张灵甫的胜利开局。在山东，面对敌军南北夹击的险恶形势，我华东野战军经过缜密布置，决心分批吃掉敌人，以求打开缺口，粉碎敌人合围的计划，这就取得了莱芜战役的胜利。蒋介石又命令74师从苏北涟水长驱直入山东境内，从而引发了1947年5月在孟良崮一带与我华东野战军的这场大决战，结果是国民党整编第74师及整编第83师一个团共3万余人全部被歼。这便是《红日》这部史诗性长篇小说的基本情节了。

当然，《红日》肯定不想否定个人在历史进程中的重要作用，但在小说里更想突出表现的是普通战士和普通群众，这是吴强对历史的一种客观理解，这与当今拍摄的电视剧完全不同，而新中国成立初期拍摄的黑白电影就更接近于原著，表现出抒情、平凡、乡土的艺术特色。恐怕看过这部电影的人全都不会忘记那首主题歌："一座座青山紧相连，一朵朵白云绕山间，一阵阵歌声随风传，谁不说俺家乡好，一阵阵歌声随风传。弯弯的河水流不尽，高高的松柏万年青，解放军是咱亲骨肉，鱼水难分一家人……"这首歌用极其抒情的旋律，唱出了沂蒙山区的美丽风光，唱出了军民的鱼水情深，也唱出了普通群众的民心所向。

抒情成为吴强在《红日》中表现"平凡主题"的一种艺术，他写吐丝口战斗时，就是在带着浓郁抒情色彩的描写中表达平凡。在彩霞的光辉照射到吐丝口焦墙破瓦上的时候，宣传弹从四面八方射击出去，彩色的纸片，花蝴蝶样地飞舞在敌人的地堡附近，壕沟的上空。由于灰黄色弹烟的浮漾和傍晚的微风旋荡，它们有的飘扬了好久才落到地上，有的竟然飞钻到敌人的地堡洞眼里面去。天色突然黑下来，彩霞消失以后，从东南角上的崖谷里飘卷来一片迷蒙的云雾，笼罩了整个的吐丝口镇。不久，便落起牛毛细雨来。战场上的景象完全变了，吐丝口镇像沉入到海里，又像浮游在半空里，不住地打着旋转。战地的雨夜，黑得伸手不见五指，黑得叫人发愁、可怕，空气沉闷而又浑浊。炮烟混和着湿气，沾在地面上、墙壁上、人的身上，久久地不肯散发开去。在这里小说似乎变成了跨文体写作，变成了一篇抒情散文了。在彩霞中四处飘飞的像花蝴蝶似的彩色宣传单，笼罩在人们头顶的一片迷蒙的云雾，牛毛细雨中像沉入海里又像浮游在半空中的小镇，让战士们产生发愁害怕的漆黑一片的战地雨夜，所有的意象描写，全都带上了浓郁的抒情色彩，又全都是为了抒写平凡。

我本以为全书肯定会不惜重墨去描写太阳，并刻意去表达红日的寓意。然而，全书一共十多处写到太阳，但只是一笔带过，只是写了一个太阳的寓言，一个将太阳还原为平凡的群众历史观。这与将历史归结于英雄的个人崇拜完全背道而驰。红日在书中被解读为平凡。这也为吴强在后来的政治运动中屡被冲击埋下了命运的伏笔。

小说写我军的撤退时，片片白云在高空里默默行走，银色的太阳隐约在白云的背后，光秃的树梢在飒飒的寒风里摆动身姿，鸟鹊几乎绝迹了；写吐丝口战斗时的惨白阳光，斜照着石圩墙上，圩墙的石缝里，不断地挤出一条一条水柱，眼泪一样地往下流滴。整个小说涉及太阳的描写，仅仅作为一种景色衬托，甚至大部分全都带有一种阴暗与悲伤。

当然，吴强对红日的描写，确实也有着他的政治寓意，他在我军取得孟良崮战役最后胜利时写到了红日。他让一轮红日在渤海海底还没有露出脸来，朦胧的曙光刚刚透过轻薄的朝雾，披挂到沂蒙山的躯体上。然后写杨军他们和另一个军的英雄班攻上孟良崮的高峰；写陈坚、王鼎、李泊他们和大浪的队伍一起，从斜坡的小路上，相继地涌到高峰上来；写敌人迅速地瓦解溃灭，颤抖着举起他们的双手投降。而就在这些普通的战士攻上孟良崮高峰的同时，一轮红日升起来了，鲜艳的红旗高擎在登上孟良崮高峰的英雄战士们的手上，在夏天的山风里招展飘荡，在红日的万丈光芒的照耀下面，焕发着骄傲的眩目的光辉。

如果说“红日”在吴强的笔下也是政治抒情的话，那么他肯定抒发的是对平凡战士和普通群众的深情赞美。

四

没有将粟裕描写成英雄，更没有将他美化成神灵，而是将这位常胜将军还原为平凡，这便是吴强在《红日》里故意将他进行“淡化处理”的原因。因此，整个小说没有出现一次粟裕的正面形象，只是通过张灵甫与部下的交谈，扬言要彻底消灭我军主力时，提及“要让陈毅、粟裕知道厉害”；然后就是通过我军政委丁元善的电话提到了粟裕。这两处提及粟裕的文字，连侧面描写都算不上。

孟良崮战役之后，国共双方都对这一战役进行了认真的总结。我军认为这一战役取胜的关键一招，就在于前线指挥员粟裕善于分析敌情的变化，适时而准确地看出了强敌在一定条件下出现了致命的弱点，从而当机立断，迅速抓住战机，毫不犹豫地下定了虎口拔牙的决心。国军的战史在评述这一战役时也说：“共军在我军云集区内竟能大胆集中兵力，围攻我 74 师，此诚一般始料所不及，亦造成奇袭之基本原因。”从此，粟裕被誉为“百万军中取上将首级”的常胜将军，毛泽东则对粟裕高度赞扬：“这场战役中国只有两个人没有想到，一个是蒋介石，另一个就是我毛泽东！”

吴强这位涟水人，对张灵甫攻占自己的家乡，肯定有着切肤之痛；这位 1933 年在上海参加左翼作家联盟，抗战爆发后投笔从戎，1938 年参加新四军，1939 年加入中国共产党，又参加过莱芜、淮海等著名战役的军旅作家，对于这段历史的描写肯定有着他自己的独特感受。正是由于吴强对群众历史观的不懈坚持，正是由于他对个人崇拜的英雄历史观的大胆否定，也就导致了他本人在“文革”中难逃噩运，才使他多次遭到批判，被戴上“自然主义”等许多政治帽子，《红日》因此被批评。有人批判他“通过大量非战争生活场景的描写，削弱了这场战争的伟大”；有人批判他“写好人身上有毛病，坏人身上有亮点”，美化敌军，丑化我军；还有人批判他“肆意攻击伟大神圣的红太阳”。其实，这些被批判他的所谓“罪行”，正是吴强表现现代战争中的平凡个性和普通场景的主要艺术成就所在。

现在想来，在吴强当年写到我军在涟水失利撤离苏北时，运用这种所谓的“自然主义”方法的描写，就已经注定了他后来的命运像这天的太阳一样阴暗吧？

在这里，他又不厌其烦地写着所谓“自然主义”景色。天冷了！寒气逼人的西北风，凶猛地迎面扑来。太阳老是藏在云的背后，天，老是阴沉昏暗的色调，身上、心上的重担，都把秦守本压得很苦。战士们愁眉苦脸，没有一点快活劲，除去安兆丰有时候还哼两句苏北小调而外，班长秦守本，几乎和涟水前线撤退下来的时候一样，一路上默默无言，连下命令休息、检查人数等事情，都交给副班长余仲和负责。走了一山又是一山，从山下、山前，走到山上、山后，又从山上、山后，走到山下、山前，队伍被吞没到山肚里。他就是这样刻意地给人们展示这一幅又一幅平凡而暗淡的场景。试想，吴强为了将历史还原为平凡，将太阳写成这等“阴沉昏暗”，将我军指战员写成了这等“愁眉苦脸”，将我革命队伍写成被山肚“吞没”，到了“文革”还能有他好果子吃吗？

我觉得正是这种所谓的“自然主义”，才使得吴强的《红日》能够名留青史。这种将历史还原成平凡的群众历史观，其根本意义就在于它标志了我们民族性格的一种成熟，也正是这场战争给我们的民族在精神上带来了一个历史性进步。

一条河的激情岁月

一

我总觉得1951年的那场治淮人海大战，简直就是1948年淮海战役的一次激情克隆。当然，这两处相距不到3年的战役并不仅仅因为它们场景的相似，更是它们所显现出来的豪情万丈的毛泽东诗词（以下简称“毛诗”）意境是何等的相同。

一场六十多年前“千里冰封，万里雪飘”的寒冷，在千里淮河的上空大气磅礴地激荡起来。“顿失滔滔”的“大河上下”变成了一片冰封的世界，高山披上一层厚厚的积雪，像是舞动起一条又一条银白色的长蛇，又像是奔驰着一头又一头乳白色大象。一轮鲜红的太阳照耀在这片白茫茫的雪野上，红艳艳的光和白闪闪的亮，相映出一片鲜艳夺目的雪世界。就是在这样的背景里，一场治理淮河的人海大战打响了，眼前的这条长河立马变成了一条纵横千里的战场，由此“毛诗”万丈激情的风范也就凸显而出。

千里大河，万里雪飘，红装素裹，分外妖娆，要与天公比个高，这些意象复合成激情、磅礴、深远的“毛诗”节奏。那条曾经备受蹂躏的淮河，像是一条被驯服了的长龙无声无息地匍匐在这种节奏里。

一只嘶鸣不已的苍鹰盘旋在新中国的头顶，盘旋在千里淮河激情燃烧的气息里。苍鹰在红装素裹的天地间就是一条一划而过的黑线，它在“万类霜天竞自由”的天空嘶叫着。我推想肯定是目睹了这一切，诗人后来才意气风发地吟诵出“更立西江石壁，截断巫山云雨，高峡出平湖”来，他似乎还觉得不够激情，又加上了“天连五岭银锄落，地动三河铁臂摇！”这苍鹰的嘶鸣声将诗人的心久久地激越，苍鹰将它一连串的高亢，向着“毛诗”的语境弥漫，也向着新中国百废待举的山河弥漫。

在我看来，治淮的人海大战，正是毛泽东诗词激情万丈节奏的一次情景再现。苏北灌溉总渠是开国第一个大型水利工程，在淮安、盐城境内新开一条大型人工河道，西起洪泽湖大堤高良涧，东经盐城扁担港入黄海，全长 168 公里，起到灌溉、航运、排涝、发电作用，更为洪泽湖的排洪开辟一条入海通道。当你亲眼看到在这一百多公里长的战线上，集结了一百多万治水大军时，你就会体会到诗词的这种特有节奏了。

如果当年能有卫星遥瞰大地，你会看到这条千里淮河的那场震撼人心的人海大战是怎样的波澜壮阔了。就在苏北灌溉总渠工程动工的同时，在整个淮河流域，4 省 180 个县、27 万平方公里土地上，同时集结了 500 万民工，上中下游的治淮战斗同时打响，从而在 1951 年的冬天形成了新中国第一次大规模治理淮河的人海大会战。

在这里我们看到了什么是“风樯动，龟蛇静，起宏图”，什么是“虎踞龙盘今胜昔，天翻地覆慨而慷”，什么是“天连五岭银锄落，地动三河铁臂摇”，什么是“为有牺牲多壮志，敢教日月换新天”，什么是“一万年太久，只争朝夕”了。

我们民族的第一个伟大的激情诗人就是这样大气磅礴地向我们走来，我们民族的第一个伟大的激情时代也是这样大气磅礴地向我们走来。

二

“提起贼老蒋，恨得牙根痒。扒开花园口，黄水向东淌。”这是一首流传在淮河中下游地区的民谣，也是1954年上海电影制片厂拍摄的电影《淮上人家》的开篇字幕。这首民谣说的是1938年6月蒋介石“以水代兵”使黄河再次夺淮，给淮河流域造成的灭顶之灾。这部电影将镜头慢慢地拉近，对准了被淹没的淮河下游的大台子庄口的一棵大树。大树上有一个老爷爷和十几个孩子，四周是一片汪洋。突然，一根树枝咔嚓地断了，老爷爷和几个小孩随之往下坠落，他们惨叫了一声沉入了水底。黑白电影将悲伤的场景，放在黑夜的暗光里，将大台子庄农民的叹息衬托得更加压抑，更加忧郁。

其实，淮河流域百姓的精神压抑已经900年了。南宋高宗建炎二年（1128）11月，为了阻止金兵南下，东京留守杜充在李固渡扒开黄河，黄河便夺泗入淮。一直到1855年，黄河在兰考铜瓦厢再次决口，改由山东大清河入海，才结束了长达七百多年的夺淮史，却把一个水系紊乱、河渠垫淤的地理环境留给了淮河。张謇在《请速治淮疏》中说，“所以受灾之源者，淮水也；淮水所以为灾者，入海路断，入江路淤，水一大至，漫溢四处”。为淮河寻找入海通道，改变淮河洪水归海无路而造成灾害频发的状况，成为多少代中国人的梦想和追求。孙中山先生在《建国方略》中提出：“修浚淮河，为中国今日刻不容缓之问题。”抗战期间为了阻止日寇的进攻，在花园口“以水代兵”决开黄河大堤，淹死了89万百姓，又造成9年的黄泛，给淮河流域再一次造成灭顶之灾。

大风起兮云飞扬，千里淮河浩浩荡荡。天苍苍，水茫茫，灾民泪眼望，千里淮河洪水荡漾。900年的洪水年复一年的轮番荡涤，使淮河流域百姓祖祖辈辈产生了精神上的压抑、性格上的忧郁和情感上的悲伤，天长日久便使之成为淮河民众区域性格的一种十分明显的特征。

正是因为压抑忧郁成为淮河流域百姓的性格主导，淮河流域的地方小调全都是悲伤凄惨的风格，地方小戏全都是因为黄河夺淮的悲剧而生，全都是发泄已经达到极致的精神压抑和情感悲伤。因此，新中国的治淮大战，不仅是对破碎山河的一次大规模的整治，而且是对淮河流域百姓这种情感压抑的一次大规模的抚慰。而“毛诗”所代表的时代品格，正是对千百年来这种因为精神压抑而形成的民族性格残缺的一种完善与校正。

我觉得，毛泽东在1950年写下的“长夜难明赤县天，百年魔怪舞翩跹，人民五亿不团圆。一唱雄鸡天下白，万方乐奏有于阗，诗人兴会更无前”，肯定就是对天下百姓从压抑走向激情的一种感叹。因此，我们完全可以由此推论，“毛诗”的淋漓畅快，“毛诗”的大气磅礴，“毛诗”的激情洋溢，绝不仅仅是他个人情感的表达，而是整个民族在压抑郁闷之中寻觅了900年之后，一下子梦想成真时所产生的无限激情的一种情感释放。

三

治淮年代是个激情四射的火红年代，千百万刚刚翻身做主的农民日夜奋战在治淮工地上，“红歌”和“毛诗”变成他们宣泄激情的“端口”。与新中国第一期治淮工程同步拍摄的大型文献纪录片《一定要把淮河修好》，从头到尾就给人一种激情、欢快的节奏。淮河流域四省民众被全面动员起来了，千百万农民报名参加治淮战斗。成千上万个村庄的几百万民工，同一天向各自的治淮工地出发了。他们背着被包，扛着铁锹，举着红旗，唱着红歌，雄纠纠气昂昂地组成了治淮大军。所有的村头全都响起了欢送治淮大军的锣鼓声；所有的村头全都召开了报告会、动员会、决心会、誓师会；所有的村头全都响起了“不到长城非好汉”“今日长缨在手，何时缚住苍龙?”“雄关漫道真如铁，而今迈步从头越”等口号声。欢快的治淮“红歌”与“毛诗”名句一起，成为那个时代表达激情的最好语言。所有的村头又高唱起了《治淮歌》：“红旗飘飘，歌声嘹亮，我们治淮大军浩浩荡荡。向淮河进军，向洪水宣战。千百万工农弟兄，结成巨大的力量，看我们的队伍多么雄壮!”

当然，分到土地当家做主是广大民工治淮激情产生的根本原因，全新的社会制度使被压抑了几千年的农民终于可以扬眉吐气了。这也是淮海战役和治淮大战之所以能够动员几百万农民参加的根本原因。1950 年国庆节，毛主席举行盛大的欢庆宴会，一个头戴旧军帽、粗大健壮的中年农民，端着一杯酒来到毛主席面前兴奋地说：“毛主席，您批准我们开挖新沂河，今年见好处了。要不是开了新沂河，我们家乡今年水能从屋脊上翻。老百姓都说您是大恩人哪，我敬您一杯酒！”毛主席向他笑着点点头喝了这杯酒。这位敬酒的农民就是号称“十县第一，淮海闻名”的治淮导沂特等功臣王大锹。

1949年冬，国家决定治淮导沂，淮阴、徐州地区动员近50万名农民参战，硬是把一条新沂河开凿出来了。王大锹也参加了那次导沂工程。此时的王大锹正值壮年，刚刚分得土地的喜悦激励着他，当家做主的意识支配着他。尽管那时的民工们还处在半饥半饱的状态中，王大锹的热情始终高涨。他又新打了一把大锹，投入治淮工程。他在表决心的时候，还声音宏亮地说了两句“毛诗”：“春风杨柳万千条，六亿神州尽舜尧！我们治淮民工就是舜尧！数风流人物，还看今朝！我们治淮民工都是风流人物！”现存王大锹唯一的一张1963年拍摄的黑白照片，就是他一手扛着大锹一手拿着《毛主席诗词》。

这确实是一个激情的时代。这个时代确实就是“天翻地覆慨而慷”，确实就是“风展红旗如画”，确实就是“唤起工农千百万”。1951年冬天，在千里淮河两岸又打响了治淮大战。这次治淮大战还是由江苏、山东、安徽、河南四省的民工组成。江苏第一次组织大兵团治理淮河，就动员119万民工，建起了苏北灌溉总渠。河南、安徽、山东也分别动员100万以上的民工。又是这四个省的人民，又是这500万民工，遍地都是运土方、运器材、抬石料的民工队伍。治淮大战的胜利也是人民群众用小车推出来、用肩膀挑出来的。当你看到这场人海大战中最动人心弦的一幕的时候，你还会听到工地到处都响彻着“钟山风雨起苍黄，百万雄师过大江”“红军不怕远征难，万水千山只等闲”等名句。民工们就是朗诵着“毛诗”，激情万丈地投入治淮的劳动，“毛诗”简直成了治淮的劳动号子。

四

“毛诗”是毛泽东的艺术杰作，治淮是毛泽东的治国杰作。“毛诗”的品格和治淮大战的品格，全都表现了毛泽东的性格，全都跳跃着激情万丈的节奏。

当然，这个时代又是一个让新中国经历一场严峻考验的时代。新中国成立后的第二年，淮河流域持续降雨一个月，年久失修的淮河中上游堤防多处溃决，地势低洼的中下游地区成为一片泽国。当时的皖北行署上报的灾情报告称：“由于水势凶猛，来不及逃走，或攀登树上失足坠水而死，有的在树上被毒蛇咬死，或船小浪大翻船而死者，统计 489 人。受灾人员共 990 余万，约占皖北人口之半。洪水东流下游，灾情尚在扩大，且秋汛期尚长，今后水灾威胁仍极严重。”

毛泽东看完报告后呼呼地扇着蒲扇，眼睛望着窗外，不愿再读第二遍，任凭左手夹着的香烟燃烧。良久，他在“被毒蛇咬死者”和“统计 489 人”两句话下面，重重地画了一道颤抖的横线。这时，他突然吼了起来：“不解救人民，还叫什么共产党！”说完他的泪水便簌簌往下落，然后扔掉烟头在灾情报告上批示：“除目前防救外，须考虑根治办法，现在开始准备，秋起即组织大规模导淮工程，期以一年完成导淮，免去明年水患。”他写好后叫秘书田家英立即送交周恩来，田家英接过批示时看到他的两眼饱含着泪花。

从这批示中，我们可以看出毛泽东“多少事，从来急；天地转，光阴迫。一万年太久，只争朝夕”的办事风格，可以看出毛泽东“不管风吹雨打，胜似闲庭信步”指挥若定的气魄，可以看出毛泽东“指点江山，激扬文字”的伟人风范，也可以看出毛泽东“不到长城非好汉”的治淮决心。正是在毛泽东的通盘指挥下，大规模的治理淮河战役终于在千里淮河沿线打响了。

治淮战场，红旗招展，车水马龙，人山人海。一个处于兴奋期民族的激情，在千里淮河四处激荡起来，营造出“四海翻腾云水怒，五洲震荡风雷激”和“喜看稻菽千重浪，遍地英雄下夕烟”的诗境。其实，这些“毛诗”的意境恰恰就是那个激情燃烧时代的一种情景再现。

诚然，这种激情后来也会慢慢地削减，但正是因为当年毛泽东如此豪情万丈地指挥了新中国成立初期的首期治淮战役，才为后来的治淮奠定了良好的基础，才使得六十多年来的治淮事业一步一步推向纵深：1950—1958 年，在新中国第一次大规模治淮高潮中，修建了佛子岭、南湾等一大批上游山区水库，整治和修建淮河中游河道堤防，兴建三河闸、苏北灌溉总渠等下游入江入海工程，实施沂沭泗地区导沭整沂、导沂整沭工程；1958—1977 年，兴建了淠史杭等大型灌区，建成江都水利枢纽，建设了昭平台等一批大型水库的战略性骨干工程；1977—1991 年，实施淮河干流上中游河道整治及堤防加固，以及淮河清障、水土保持等工程；1991 年以后，实施治淮 19 项骨干工程，开工建设南水北调东线、中线工程等。正是经过这六十多年长期不懈地治理，才使 900 年来淮河百姓根治淮河水患的梦想终于变成为现实。

塑壁达摩之残

一

那些日子，滑田友总是与九尊达摩泥塑在久久地对视，他想从达摩们的音容笑貌里读懂大唐艺术繁华的缘由，他想从达摩塑像的眼神里寻找自己。他在现实的世界里迷路，却在艺术的世界里失踪。

他的灵魂在苏州甪直保圣寺的达摩群塑的莲花宝座之下游走，亦如一个穷困潦倒的乞丐在一群精神富翁的脚下踟蹰。他看到达摩们放荡不羁地打坐于云山、海水、洞窟之间，喜笑怒骂，神态各异，构成一个完全狂放的极乐世界，用雕塑艺术的语汇淋漓尽致地描摹出大唐盛世的精髓。他完完全全地拜倒在达摩的精神殿堂，跪倒在大唐的艺术之巅。他闭目合掌，菜黄色脸上洋溢出对宗教的虔诚，流泻出对艺术的膜拜，荡漾出对心灵自由驰骋的无限向往。

他看到一层又一层的浪漫与狂放落满了达摩们的全身，他用鸡毛掸轻轻地拂扫，使千年尘土飞扬，很快他就被无边的浪漫和狂放所淹没了。

他完全被大唐的雕塑艺术震惊了，犹如醍醐灌顶。他看到眼前的九尊油泥塑成的达摩佛像，完全挣脱了宗教题材的束缚，自由狂放的无限神韵亦如滚滚气浪，势不可当地扑面而来。

整个巨大塑壁犹如一幅气势磅礴的立体画卷，奇峰突兀，洞窟错列，祥云舒卷，海涛翻滚，九尊栩栩如生的达摩塑像就错落有致地布列其间，他们或闭目颔首，或怒目圆睁，或凝神谛听，或张口欲语，或笑容可掬，或似笑非笑，一反其他各地佛像无比威严的常态。

他被这群泥塑身体里所迸发出来的巨大思想张力所击中，向后连打几个踉跄，不由自主地跪倒在达摩们的脚下，全身的血液一齐像潮水一般向头顶涌来，这股潮水终于涌到了眼帘，然后一步未停就夺眶而下。他的心被大唐的雕塑艺术强烈地震撼了。

他已经在这里生活了 1 年零 8 个月。为了躲避恶霸的迫害，为了还清因为卖地葬母所欠下的债务，他背井离乡，远离妻儿，独自一人踏上这漫漫的求学之路，最终却无可逃避地来到了这个江南小镇，冥冥之中他与这群泥塑达摩有着不解之缘。

1901 年滑田友出生在洪泽湖北岸、江苏淮阴渔沟镇的一个穷苦木匠家庭，主要靠自学完成了小学的课程，后来因为一次恶霸将他父亲吊起来毒打，让他决定继续求学，考上了师范学校，毕业后他又到南京报考中央大学美术系，因英语得了零分而名落孙山，可是徐悲鸿先生看到他给自己儿子刻的头像之后，高兴地说他已经不需再进中央大学美术系了，可以带他直接去法国巴黎深造。在赴法国之前，徐悲鸿先生又将他介绍给上海的一位雕塑家做助手，帮助做了一尊孙中山塑像和一匹蒋介石骑马像中的石马，然后就无可选择地来到这座江南古镇，帮助修复这群彩色泥塑罗汉像。从此，这群泥塑达摩成了他一生的牵挂。

他总是觉得眼前的达摩便是自己的前世。雕塑艺术是达摩们的肉身，自由狂放是达摩们的思想。他要在这里寻找自己的今生今世，他要在这里寻找自己的梦。

在梦里离家最近，他一次又一次地在梦中看见自己的妻儿。他已经一年多没有回故乡苏北淮阴去看望自己的父亲和妻儿了，因为这时正是修复这座出于唐代雕塑大师杨惠之手塑的达摩群雕的关键时刻，根本无暇去看望远在淮阴的亲人。他完全将自己遗忘在雕塑语言的字里行间了。然而就在这时，从家乡传来噩耗，他的妻儿被恶霸掳去惨遭凌辱后含恨死去，临死前儿子还一声一声地呼喊着爸爸。

“爸爸——爸爸——爸爸——”年仅 5 岁的幼子一声又一声绝命的呼唤在他的脑海里回荡着，始终带在他身边的那只儿子木雕头像，从他的手里滚落在地，一直滚到达摩们的脚下才停住。那群达摩依旧自由狂放，脸上的表情依旧喜笑怒骂，他们好像将自己儿子的悲惨看作是这大千红尘的一种必然。他看到这里悲痛欲绝，一下子栽倒在达摩们的莲花宝座之下，一口气闷在肚里呼不出来，不省人事，手里报丧的家书撒落一地。

他晕倒在撕心裂肺的疼痛中，大唐的达摩们无法制止他的伤痛。

二

他的艺术起点是这座 1930 年深秋的达摩塑像；50 年后，

他的艺术终点还是这群达摩塑像。他的起点和终点都是这座甪直保圣寺。达摩群塑成了他艺术的宿命。

几乎所有人恐怕都会认为滑田友对保圣寺塑壁达摩的顶礼膜拜，仅仅是缘于对杨惠之高超艺术的崇敬，而完全忽略了他对这群唐代达摩泥塑们所表现出来的自由精神的无限向往。而正是带着这种向往，他跟随徐悲鸿先生漂洋过海来到法国。法国巴黎是他的艺术从起点到终点的必然路径。

他用15年背井离乡的一腔辛酸，拌和着异国他乡的泥土雕塑出《沉思》的站像。他沿着大唐塑壁达摩们指引的方位，寻觅着生命的最高境界，然而本以为是天堂的巴黎却让他饱受更多的人生磨难，这让他不得不陷入一个裸体男人的无限“沉思”。

它就是他，雕塑的它复制了生命的他，它成为他的替身，他就是它的原件。生命的韵律在它的身上跃动，思考的节奏在他的身上闪现。他与它在这里已经合二为一。它全身赤裸着，无遮无掩，无拘无束，它要让自己不受任何禁锢地陷入思想，它要让自己毫无牵挂地走向憧憬。它完全陷入了沉思的深渊，它的右手在不知不觉之中托起自己泥塑的脸，两眼失神地望着前方未来的路。它替他在思考，它替他在寻觅，它替他在憧憬，它也替他在绝望。它好像什么也没能为他找到，最终一无所获，亦如它的身上一无所有，全身赤裸，两手空空。它让他身陷绝境，它让自己也身陷绝境。它让自己的绝望与自己的沉思在自己的身上融为一体，它让他毫无禁忌的自由憧憬与他无法实现理想的现实形成对比。它让自己成为一个悲剧经典，永远地站立在东西方两个世界的交叉点上。

在漫漫的《沉思》之后，它让他不得不绝望地决定提前走向生命的终结，他从它的身上无法找到自己生命存在的理由。它让他拿起那把用于雕刻的锋锐无比的刀，给《沉思》中的它那条泥质手腕刻了一道深深的伤，然后朝自己腕上的静脉慢慢地游移过去。

一首纸醉金迷的萨克斯乐曲紧紧跟随着一阵巴黎自由的夜风爬进他的窗口，在不到十平方米的肮脏小阁楼上轻轻地回旋。衣着褴褛的滑田友面色枯槁，全身无力，蜷曲在地，唯有两只含着泪花的眼睛失神地张开着，还能证明他还是一个活人。他那位打磨多年的《沉思》裸体男人就一动也不动地站在他的身边，正沐浴着巴黎的夜风，久久地凝视着他，让他陷入新一轮沉想。

他身无分文，已经3天没有吃东西了。他不懂法语，又上不起法语补习学校，来巴黎已经5年了，他就做了5年的哑巴。不懂法语使他找不到工作，他的生活只得靠徐悲鸿先生的接济，这些有限的钱用光了，只得去乞讨。艺术圈子看他土气呆板，都不喜欢他，甚至公开说徐悲鸿先生看走了眼。有一次，他去徐先生家，与他谈了几年恋爱的法国女友居然剥开一个桔子，朝他十分轻蔑地瞥了一眼说："皮真厚!"他受不了这样的侮辱，夺门而去。徐先生后来离开了法国，他的生活来源全断了，他只得将最后一块面包切成10小片，规定自己每顿只能吃一小片，到了前天早上那一小片面包也没了，他不得不外出找活干。可是当他拿着一位素描老师的介绍信去找一份翻石膏的工作时，偏偏他要找的人不在。他失望地拖着有气无力的脚一步一步地往回走，最后饿晕在回家的路上。等他苏醒过来后回到那个肮脏的阁楼时，他的法国女友来了，正式宣布与他分手，而第二天他又接到家乡来信，他父亲因为没钱看病去世了。想到自己这样流落异国、走投无路，看到自己这样穷困潦倒、孤独无助，现在想回国给父亲送葬连路费都没有，一股悲伤绝望之情涌上心头。这一次沉思的结果让他选择了自杀。

他缓缓地将那把锋锐无比的雕刻刀拿在手里，模仿着刚才泥塑手腕的方位，对准自己腕上的静脉，轻轻地划了下去，鲜血咕咕地从手腕上奔涌而出。他听到鲜血奔涌时的声音，闻到了鲜血散发的腥香。这时，沉思泥塑的身上也沾满殷红的血，只是它没有倒下，仍然站着，仍在沉思。

他没有死成，否则就不会有以后的《轰炸》《母爱》《浴女》等一系列享誉世界的雕塑名作问世了，也就不会在后来被西方艺术界誉为“罗丹再世”了。

三

他是个精神梦游者，在现实、艺术和理想的三维空间梦游。他与自己的灵魂一起孵化，生下那群石头刻成的五四青年。他以自己的满头白发孕育成“五四”群雕里的青春，让自己压抑50年的心灵振臂一呼，那群用石头雕刻而成的人物便有了鲜活的生命，他听到了这群石雕的身体里奋力抗争的青春心跳。他们都是他亲生的儿女。从此，那人民英雄纪念碑上“五四”群雕激情昂扬、追求解放的旋律就一直激荡着他，哪怕是在他年近古稀的高龄被下放至五七干校劳动改造的时候，他还是常常拿出“五四”群雕的构图稿看得出神。每到这时他饱经沧桑的脸上就会现出灿烂的天光。这是他在一遍又一遍地重温自己一生的旧梦。

“五四”群雕的游行队伍里分明闪动着滑田友自己的身影，他高举着革命的铁拳，奋力高呼打倒孔家店，打倒封建专制的口号奋勇向前。在他雕塑这组人物群像时，他肯定想起了角直保圣寺里的那群达摩群塑的自由与狂放，肯定想起了法国的沉思站像的个性解放，也肯定想起了“中国人民从此站起来了”的民族解放。

自然，他也想起了自己的传奇生涯。他在法国的那个小阁楼里大难不死，后福不断。他用生命铸造的《沉思》，一举夺得巴黎艺术家沙龙展览的金奖，从而使他一夜成名，被世界艺术界誉为“罗丹再世”。他的所有作品，圆雕、浮雕、木雕、石雕，哪怕是立体构图稿、浮雕构图稿、水彩构图稿、速写、几乎在顷刻之间就被抢购一空，他从不名一文一跃而成为名扬四海，汽车洋房应有尽有。1947 年，他受徐悲鸿先生之邀载誉回国，在南京、北京分别举办滑田友雕塑艺术展，一下子轰动了全国美术界。新中国成立后，他被任命为中央美术学院雕塑系主任、教授，当选为政协委员，周恩来还亲自为他保媒，将我国二胡演奏大师刘天华的女儿介绍给他为妻，1952 年由周总理亲自提名让他担任人民英雄纪念碑雕塑组副组长。他觉得自己追求了大半生的梦想终于变成了现实，他毫不犹豫地加入了中国民主同盟会。他就是要用自己一个备受旧中国欺压而又饱受留法辛酸、在新中国成立后真正扬眉吐气的这种发自内心的兴奋与热情去塑造五四浮雕。五四群雕成就了他一生的梦想，他希望自己在梦里长睡不醒。

他在五四群雕里真正享受了一次梦境体验，往日在达摩群雕里享受的大唐自由开放和在法国《沉思雕塑》享受的个性自由，那仅仅局限于艺术的范畴，而今天的五四群雕已经远远地突破了艺术的界限。那群雕里的每一个青年都是他的骨肉，他用艺术延续了自己的梦境。他让他们振臂高呼，他让他们愤怒申讨，他让他们阔步向前，他让他们冲锋陷阵。他欣喜若狂地在精神世界里尽情遨游。

然而，能够营造出五四群雕的自由抗争之梦的滑田友，他在以后的一系列政治运动中，因为曾经给蒋介石塑马，又留学法国，还当了民盟成员，说话办事都很耿直，先后被打成了“右派”“资产阶级反动学术权威”“反革命分子”，心甘情愿地接受思想改造。

那天傍晚，他按生产队长的要求去养猪场干活，先给猪喂过了糠料，又挑来青草铡碎给猪吃了，最后又主动去挑猪粪。他早在1954年因为雪天上班骑自行车摔断了三根腰椎，从此不得不穿上用钢条做成的马甲。而这天偏偏又刮起了大风，下起了大雨，他这样的一个年已花甲、身上曾经断了三根腰椎的老人，挑着两大木桶猪粪一摇一晃地在风雨之中艰难行进。当他走到一座田间独木桥的时候，实在无法平衡一直摇摆的粪桶，一脚踩空连人带桶扑通一声摔倒在小河里。他疼痛得两只老眼溢出了两行老泪。他清清楚楚地听到自己的胸骨折断时发出的咔咔声响。这一次他摔断了第七、第八根胸椎。很快就不省人事，已经洗得发白的中山装上沾满了粪水和雨水。然而，他那张皱纹纵横的老脸上还定格着他的梦。他梦想有朝一日用自己劳动改造的优秀表现能够光荣入党。

四

在滑田友生命的最后时光，他总是像一头蒙上双眼的老驴，在家里一刻不停地转着圈子。只是他围绕的不是石磨，而是1943年获得巴黎春季雕塑沙龙金质奖章的《深思》。他一步一步地围绕着这座给他带来艺术辉煌的塑像迈着艰难的脚步，银发之下戴着老花镜的双眼总是聚焦塑像。他以塑像为圆心不停地画圆，一天一天地画下去，一月一月地画下去，一年一年地画下去，不厌其烦，马不停蹄，他真的把自己当作一头生命不息、推磨不止的驴。

晚年滑田友因为腰椎、胸椎断了五根，行动已经十分困难，再加上年老体衰，疾病缠身，每走一步都不是一件容易的事情。妻子刘育和与两个女儿都劝他好好休息，不要这样折腾自己了。他说自从新中国成立的那天起，就开始向党组织递交入党申请书，一直到现在已经整整30年了，他一共上交了50多封，眼看自己的生命就要走到终点，如果再入不了党，自己也会死不瞑目的。说到这里，他十分动情地失声痛哭起来，老泪纵横，泣不成声。

他就这样顽强地走下去，顽强地转着圆圈。他走不动时就拄着一根拐杖，让那根细细的竹竿支撑着他的风烛残年，也支撑着他的坚强信念。

他知道自己来日无多，可有一件事情让他总是牵肠挂肚，不能释怀，那就是苏州乡下角直保圣寺里的塑壁达摩的保护修缮。这50年里，一尊达摩的下颔残缺的景象一直在他的眼前晃动，将达摩群塑修缮好成了他一生的宿愿。可当50年后他亲自扛着沉重的油泥、石膏，步履蹒跚地拄着拐杖，踏进保圣寺大门的时候，眼前的情景让他惊呆了。这位年已古稀的老人像一头受伤的野兽尖叫着，扔掉肩上的行囊，摔掉手中的拐杖，踉踉跄跄地向塑壁达摩奔去，一下子扑倒在达摩的脚下，失声痛哭起来，大家劝也劝不住。他万万没有料到，达摩群塑又遭受了新一轮破坏，他原来想修复的那尊损坏了下颔的塑像，现在已经被破坏得体无完肤了。

一座具有世界影响的文化遗产就这样惨遭破坏了，大唐达摩群雕追求心灵自由的艺术思想也随之毁灭。他绝望的号叫在这片唐代雕塑的废墟上飘拂。

他的艺术起点是这座达摩壁塑，而他的艺术终点还是这座达摩壁塑，他的艺术理想也从此宣告终结。他明白即使达摩塑像被修复了，留给人们心头的残缺也不可能完全修复。他终于认识到自己不能再做一个寻梦者，他的梦境被打破了。他步履沉重地一步一步离开了保圣寺，他将自己的梦遗失在这片大唐群雕的废墟里。

终于，他的政治理想在他躺在病床上奄奄一息即将离开人世的时候得以实现，他被批准加入了中国共产党。那是他一生最后的荣光。

滑田友是在他 80 岁那年出席全国四届文代会的那天晚上，突然从床上跌落下去，当时就神志恍惚，语言不清，四肢失灵，下身瘫痪的。出院回家后已经不能行走，只能坐在轮椅上。从此他就用手推着轮椅，围着《深思》塑像转着圈子，默默地望着自己一生艺术的辉煌发呆，一直到他 85 岁光荣入党，一直到他 86 岁去世。

轮椅在他手里慢慢地旋转，车轮摩擦地面发出一阵阵轻轻的声响，走走停停，停停走走，这位满头白发的耄耋老人时而目不转睛地注视塑像，时而陷入无限的沉思。他围绕塑像不停地转着圈子，变成他生命运动的一种惯性，也是他最后生存的精神寄托，甚至到他自己推不动轮椅时，还让家人在后面推着自己。他就像一头又老又病又残的驴，依旧围绕着那座塑像默默地转着圈子，走走停停，停停走走。

他让这个圆圈变成了一种象征，他让自己也变成了一种象征。

第三辑

一眼看千年

一

蹒跚。静默。黯然。三头瘦驴踟蹰在残阳西斜、枯叶乱舞、哀鸿长鸣的情景中，踟蹰在250年前乾隆盛世的那个晚秋季节里，踟蹰在山东潍县街头那条破落凋败的石径上。三头瘦驴满载着一腔怨恨缓缓地朝城外而去。渐行渐远。缓缓地消失在远方的枯树丛中。三头瘦驴岂止是载走了年事已高、刚被革职的一介书生？三头瘦驴载走的分明就是大清王朝文化人在灵魂深处奋力挣扎之后的无限惆怅，载走的分明就是对整个封建王朝官本位体制绝望之后的仰天长叹。三头瘦驴一步一步地走向中国封建时代所有文化精英的必然归宿。

古道。西风。残阳。驮铃叮当。手摇驴鞭的书童在前开道，驮着书画的驴犊居中而行，走在最后的那头老驴背上垂头丧气地坐着的那个干瘪老头，就是被称为大清国诗书画“三绝奇才”的郑板桥。

这天傍晚，刚被革职为民的郑板桥头戴黑风帽，身穿长毡袍，无限依恋地走出县衙的大堂，背倚驴鞍仰望长空叹息道：“我郑燮清贫一生，居然被污告成贪墨而革职，今日归装却是这样轻简，望诸君力据清流，一定无忘我今日之泪也！”接着给闻迅赶来送行的百姓挥泪画了一幅《墨竹离别图》，又在图上题诗一首：“乌纱掷去不为官，囊橐萧萧两袖寒。写得一枝清瘦竹，秋风江处作渔竿。”写罢将手中毛笔上的残墨在水中认认真真地洗净，又异常严肃地对百姓说：“我没有带走潍县的一滴墨水！”

郑板桥因为在灾年开仓借粮给饥民，自己反而被诬陷为贪污公款，因冤假错案而削职为民，告老还乡。可他宁愿让自己背着这个黑锅也不愿让百姓受苦。所以，他取出当年饥民领米的借据当众烧毁，这才安心地跨上毛驴挥手而去。直到他吃力地爬上驴背时，一直强忍着的泪水才从他那清瘦的双颊奔涌而下，顷刻之间为他送行的潍县父老黑压压地跪成了一片，乌淘淘地哭成了一片。

一鞭斜阳是血。一鞭驮铃是风。一鞭老泪是雨。

在书童手里的驴鞭吧嗒的一串又一串的脆响声里，这位“潦倒山东七品官”的12年俗吏生涯就这样走到了尽头。

其实，和郑板桥一样，所有被后人尊为“扬州八怪”的书画奇才，他都无法逃脱同样命运。要么就是无论将手中的狼毫怎样挥舞，即便使尽了吃奶的力气，卖弄炫耀他们的满腹经纶，也不能敲开官场的大门，结果终身怀才不遇；要么就是走上仕途也没有一个不是和郑板桥一样，当了个受罪的七品芝麻官，最后又被强加上莫须有的罪名而罢免，到头来还是一生穷困潦倒。同是江苏兴化人的李惮在乾隆三年出任山东滕县知县，在“两革功名一贬官”之后流浪到扬州卖画为生；山东胶州人高风翰在绩溪县令位上“以忤大吏罢归”，罢官后流寓扬州；江苏南通人李方膺曾经出任山东兰山知县，因为得罪上司而被捕入狱，获释复官后任安徽潜山、合肥知县，仍不善逢迎而再度获罪罢官，最终寓居南京来往于扬州卖画终了残生。由此可见，在以官本位为轴心的封建体制里，大凡爱憎分明的文艺精英，恐怕无一幸免都逃脱不了这个悲惨的宿命。

正当郑板桥和扬州八怪们纷纷落马、先后革职时，寓居扬州的《儒林外史》的作者吴敬梓在贫病交加之中死去，而这一年的欧洲各地的文化精英们却掀起了科技革命的浪潮。英国文化人、牛津大学毕业的“进士”布莱克提出了为量热学奠定基础的潜热概念；意大利文化人、毕业于波洛尼亚大学的“举人”莫尔加尼发表了《疾病的位置与病因》，将疾病概念深化到病理层次；瑞典文化人、物理学“进士”克朗斯塔特分离出金属镍；荷兰的居赖于、穆申布鲁克与德国的克莱斯特三位“秀才”分别发明了最早的电容器；英国文化人、化学博士罗巴克在伯明翰建成全球第一个铅室法硫酸厂。由此可见，中国文人的读书做官与西方文人的科学兴国，是两种东西方社会巨大的思想反差，表现了东西方文化人完全不同的价值取向。

二

不要以为“扬州八怪”生来就是一身傲骨，狂妄怪异，放荡不羁，视权贵如粪土；不要以为郑板桥生来就是傲骨铮铮，坚守清贫，就是中国古代知识分子的道德楷模。恰恰相反，这批文艺精英的早年没有一个不想从政的。其实，在中国这个封建科举制度长达一千多年的历史之中，文化人要想实现“修身齐家治国平天下”的宏愿，唯一的渠道就是读书做官。联系到至今公务员受人热捧的实际，你就会理解那些生活在封建社会里的“扬州八怪”们也就更是无法摆脱官场的诱惑了。这也就自然而然地出现了郑板桥三次进京去拉关系走后门的丑闻。

文艺青年郑板桥家境贫寒，先是教书为生，后来又去卖画。但他在清贫之中仍然希望有朝一日实现“修齐治平”的封建文人宏伟理想。因此，他发奋苦读，先后考上了康熙秀才、雍正举人、乾隆进士，还春风得意地说：“我亦终葵称进士，相随丹桂状元郎。”可见他此时得意之极大有忘形之势了。

然而，此时的郑板桥已经 46 岁了，而他还不得不回家候补。这一等就是 6 年之久！他等到了 52 岁！

难道就这样再苦苦地等下去吗？郑板桥没有那么傻。第一次进京跑官的无功而返，使他对自己的人生哲学进行了全面的反思。从此，他一反常态开始频频巴结达官权贵、巨富名流。由于当时的扬州处于江南商业中心，不仅巨富云集，而且高官极多。而兴化离扬州只有几十里水路，郑板桥抢抓这个得天独厚的机遇，长期寓居扬州，煞费苦心地寻找机会结识了淮南盐运使卢见曾。于是，为了拍卢大人的马屁，郑板桥写下了一大批谄媚之作，如《读昌黎上宰相书因呈执政》《上江南大方伯晏老夫子》《谢中丞尹年伯赠帛》《送都转运卢公》，等等，肉麻之至地将卢见曾比作李白、杜甫，从而赢得了卢见曾的青睐。然而，恐怕是郑板桥官运未至，正当他踌躇满志，走路都能带小跑，放屁都能吹着火的时候，不想那卢见曾自己却因为江南盐政案而被皇上斩立决！郑板桥几年的拍马屁成果一下子付之东流。他看走了眼，跟错了人！

郑板桥在两次跑官失败之后，再一次冷静地进行了总结和反思，因此他于乾隆六年第三次进京时，给自己制定了十分明确的目标：主攻皇亲国戚！他通过法海寺的和尚仁公上人的引荐认识了乾隆皇帝的小叔慎郡王。仁公上人在为他出谋划策时说，大清皇权内部斗争异常激烈，千万不可再投错了门子，跟错了人，站错了队。曹雪芹的父亲就是因为把五太子和十一太子作为靠山，到头来被杀了头。而慎郡王这位二十一太子是乾隆皇帝这一派的，是个可以攀附、利用的大后台、大靠山，更何况这慎郡王还是一位书画高手！郑板桥听了欣喜若狂、火打火六地说，这回恐怕是该派我郑板桥官运亨通了！

按照仁公上人的锦囊妙计，郑板桥这一天沐浴更衣赴郡王府拜访，果然受到了慎郡王最高规格的接待。郑板桥用屁股尖子坐在王爷府的雕花太师椅上居然不敢动筷子！一直到慎郡王脱掉外衣亲自割肉给郑板桥享用，他这才屁颠颠地伸出颤抖的双手接过肉块，龇着门牙在肉皮上狠狠地咬了一大口。郑板桥活了 52 岁，哪里吃过这样的美食？他见慎郡王如此平易近人，也就情不自禁地露出了俗人的尾巴，放肆地狼吞虎咽起来。酒过三巡之后，慎郡王提出要让郑板桥为他的两本诗集编校作序。郑板桥大大地受宠若惊，感动得两只老眼眶里涌出两行热泪。他连忙起身一边打着饱嗝一边下跪道：“王爷，万万使不得，学生只能作跋，哪有作序之资格！”一代大文豪在权贵面前奴颜媚骨表现得如此淋漓尽致，就差为这位年仅 27 岁的慎郡王舔屁股了。

被郑板桥的马屁拍得头脑晕乎乎的慎郡王一时高兴，第二天就把郑板桥放到山东的范县当了个县令。为了感激慎郡王的再造之恩，郑板桥不仅张罗着为郡王编刻那两本诗集，而且还为之撰写跋文，在文中奉承赞美这位二十多岁的郡王的文才完全可与杜甫、韩愈、王维、杜枚、韦应物相提并论。

这一次，郑板桥终于尝到了拍马谄媚给自己带来的好处，因此在当上了七品芝麻官以后的12年时光里，溜须拍马的功夫也没有舍得全丢，时不时地能够露上一手。1748年，大学士高斌这位皇亲国戚，和都御使刘统勋去山东放粮，郑板桥瞄准这个机会，一路相随鞍前马后，一下子写下了几十首赞美诗，讨好巴结这两位钦差。他后来果然通过高斌的这一层关系，在这一年乾隆皇帝南巡山东时，当上了书画史，参与筹备迎驾。皇帝老儿给他一点点颜色，他就扬扬自得起来，开起染坊。从此，他常常以此为豪，并且专门为自己镌刻了一枚印章，上面写着:“乾隆御书画史”的大字，四处题印，作为自己最大的炫耀资本。

三

然而，郑板桥就是郑板桥，和那些封建社会的大大小小的官僚就是不一样，他低三下四地巴结讨好达官贵人当上县令之后，不是去鱼肉百姓，不是去横行乡里，不是去敲诈勒索，而是去身体力行他的治国平天下的理想抱负。如果遇到了百姓的利益和上司的权威之间出现了矛盾，他还会一反过去趋炎附势的常态，与权贵们公开叫板！这使得郑板桥摇身一变而成了和古代的包拯、海瑞一样的清官，这或许就是郑板桥之怪吧?

其实，郑板桥在官场上还很幼稚，也就预示着他的政治生命的软弱和短暂。他常常把那枚“乾隆御书画史”的大印拿出来吓唬人，结果只能赢得文人的羡慕和百姓的敬畏，可是那些贪官污吏没有一个买他的账。“乾隆御书画史”只不过是当年乾隆皇帝赴山东考察调研筹备小组的成员而已，那筹备小组又是个临时机构，无权无势，郑板桥打着这个旗号，大有拿大奶子吓小孩的意味，如果遇到了实质性问题就自然而然地会露馅儿的，结果也正是如此。

乾隆十七年夏天，潍县发生了百年未遇的特大洪水，海水从白浪河倒灌进来，使全县几十万亩夏粮全部绝收。到了七、八月，又连续干旱，一连两个月不下雨。气温太高，瘟疫又起，人畜病死无数。全县境内有几万灾民无家可归，外出逃荒。一时间，灾民载道，饿孚遍野。郑板桥的《逃荒行》反映了这一悲惨景象：“十日卖一儿，五日卖一妇。道旁见遗婴，怜拾置担釜。卖尽自家儿，反为他人抚。”可郑板桥上报灾情请求赈灾的折子迟迟没有回音，他只得责令本县富户轮流在县衙门前开设粥棚供灾民糊口，他又带头捐款，把准备寄回兴化老家给儿子看病的银两全部捐献出来。可所有这些根本不能解决问题，灾民仍然像潮水一般向县城涌来。粥棚已经是杯水车薪，后来又出现了灾民聚众哄抢粮食事件，许多灾民被迫铤而走险。

情况已是万分危急，郑板桥十万火急地把灾情向府衙汇报，建议先斩后奏地打开官仓放粮，可知府大人坚决不准，并且警告郑板桥要慎重从事，要和中央保持高度一致，否则按照大清律法，没有上级批准而私自打开官仓的要处以极刑！而这时灾民们已经把树皮啃光，又开始人吃人了，郑板桥面对着这种惨况泪流满面地说：“恨不得填满普天饥债。”说完擅自命令打开官仓借粮给灾民应急，并且对下属们说：“再等朝廷批文下来，百姓早就饿死了，这个责任由我一人承担，决不连累你们！”知府得知这一情况后勃然大怒，大骂郑板桥目空一切，自以为当过几天乾隆御书画史，就不知天多高地多厚了，连知府都不放在眼里！最后给郑板桥罗织了目无上级领导、违反组织纪律和开仓放粮账目不清等罪名而将其革职为民。

祸不单行，就在郑板桥被革职的同时，他收到自己小儿子病死在兴化老家的噩耗。他的大儿子早已夭折，现在小儿子没有等到他寄回去的钱，没能及时医治而过早地死去了。老年丧子之痛，白发人送黑发人之悲，一下子涌上心头，64 岁的郑板桥一手拿着报丧的家书，一手拿着免职的通知，老泪纵横、呼天抢地地哭道："我救了那么多的灾民，为什么老天爷非得让我断子绝孙！老天爷对我郑板桥真是太不公平了！"哭罢晕倒在兰竹之间。

他的那幅《兰竹图》就是他此时情感的真实写照。翠竹几竿、芳兰数丛、乱石一壁，表现出郑板桥失去爱子的极度悲伤和失去官职的无限愤恨。那淡淡皴染而成的巨石凸显了郑板桥峭拔凌厉的个性气势；那粗细相间的翠竹，迎风摇曳，细致坚韧，流露出郑板桥苍凉孤苦的人生悲哀；那疏密成致的兰草，在竹石之间姿意穿插，那就是郑板桥清高品德的水墨表达。而一直回响荡漾在兰竹之间的就是他失去官职、失去爱子之后的悲痛呐喊。他蘸着怀才不遇坎坷一生的心血，蘸着失去爱子悲痛欲绝的泪水，用大清王朝的黑暗官场作背景，挥毫疾书，奋笔作画，一笔笔渲染出大清王朝文化精英们人生归宿的无限悲哀。

一笔孤竹写清苦。一笔兰草书悲伤。一笔乱石画凄凉。

就这样，郑板桥当了 12 年的穷县令，到头来无限悲伤地离开了潍县。他的那首《潍县署中画竹呈年伯包大中丞》："衙斋卧听萧萧竹，疑是民间疾苦声；些小吾曹州官吏，一枝一叶总关情"，就是他为官 12 年始终关注民生的一篇最好的工作总结，也是中国古今大小官员离职时最好的述职报告。

郑板桥就是这样以他独特的个性重走了一遍中国封建文化精英们早已走过千百遍的读书做官、被贬罢黜、归隐田园的老路。

四

我们姑且把郑板桥说成是跑官要官的官迷，可他一心当官的目的不是以权谋私，不是贪污受贿，而是把跑来要来的官职当作为民作主、和贪官污吏公开叫板的平台。这种一边遭受世人评诟贬驳，一边又清正廉洁、刚直不阿，完全把一切委屈深藏在心底的怪事，的确只有郑板桥才能做得出来。而正是他这种怪异的为人做派，加上他在文艺创作中表现出的独特的艺术风骨，才成就了他的大清朝“诗书画三绝奇才”的艺术盛名。

郑板桥罢官回到江苏兴化老家后穷困潦倒、一贫如洗，过着“两袖空空、逢人卖竹”的生活。他在一幅画竹的题诗上这样写道：“宦海归来两袖空，逢人卖竹画清风。还愁口说无凭据，暗里赃私遍鲁东。”他66岁时二女儿出嫁，无钱为女儿办嫁妆，只是为女儿画了一幅《兰竹石图》，还题了一首诗：“官罢囊空两袖寒，聊凭卖画佐朝餐。最惭无隐奁钱簿，赠尔春风几笔兰。”此诗沉重地写出了他罢官之后两袖清寒而无钱为女儿置办嫁妆的惭愧。

当然，郑板桥作为“扬州八怪”之领军人物，自有他的人格独到之处。他面对现实，随遇而安。他住的只是茅屋两间，和城市贫民没有什么两样。一个乾隆进士、当了12年县令的社会名流在这样的处境里居然也能坦然接受，确实难能可贵。在《雨后新篁图屏风》一文中，他这样描写：“余家有茅屋二间，南面种竹。夏日新竹初放，绿荫照人，置一小榻其中，甚为清凉。秋冬之际，砍下竹子，断去两头，按为窗棂，再用匀薄洁白之纸糊上。风和日暖，冻蝇飞出，撞在窗纸上发出咚咚小鼓声，于是窗外一片竹影零乱晃动，这不是一幅天然图画吗？凡我画竹无所师承，多得于纸窗粉壁、日光月影中耳。”这两间茅屋对于郑板桥而言，简直就是一块风光无限的艺术圣地。

罢官固穷使郑板桥不得不以卖画为生，不得不把书画作为自己唯一的生存方式，生活逼迫他向艺术的高峰不停地攀登。所以，从这个意义上说，他的罢官倒是中国文艺发展史上的一大幸事，大清朝少了一个受罪的潍县县令，却多了一个名震华夏的“诗书画三绝”的伟大艺术家。相反，我们假设他真的能够官运亨通，那么他就绝不会再有兴趣去痴迷书画研究书画了，也就不可能成为“扬州八怪”的领军人物了，郑板桥的名字也就不可能流芳百世。从这个意义上说，以郑板桥为代表的“扬州八怪”和中国所有的文化精英们，确实又是一种无法逃避的人生悲哀。

1765 年，郑板桥 73 岁，是他生命的最后一年。他的最后一幅遗作是《修竹新篁图轴》。在这幅画上他题诗道：“两枝修竹出重霄，几叶新篁倒挂梢。本是同根复同气，有何卑下有何高。”诗书画之间洋溢出来的似乎是参透人生、看破红尘、难得湖涂的飘逸超脱。但是，只要你仔细品咂一番，就会发现郑板桥这临终绝笔里对地位、官品卑高的耿耿于怀，对封建官僚等级制度到死也不能放下。此前，他在扬州曾和黄慎、沈凡民等书画家各携百钱作“永日欢”，在座的有一位叫程锦庄，他就是客居扬州的吴敬梓所写的《儒林外史》中纪君的人物原型。郑板桥和他谈起科考敝端和官场腐败时说：“千百年来生员士子深受读书做官的毒害而全然忘了农商之本。”由此可见，通过这句“有何卑下有何高”的绝命诗，他真的是想呐喊出中国文化精英们千百年来因封建官本位制度而造成的精神压抑和灵魂苦痛。郑板桥用他一辈子的宦海沉浮和艺海搏击的人生经历，看清了中国一千余年的官本位体制对文化人的误导。他一直到临死才看清他生前的千年事，然而为时已晚。而就在他去世的同时，欧洲的文化精英们通过科技进步给经济发展带来了具有划时代意义的大变革，英国文化人、物理学“进士”哈格里夫斯发明了珍妮纺纱机，标志着英国产业革命的开始；英国自学成才的“土秀才”瓦特发明了蒸汽机，促使西方国家出现了第一次工业技术革命。而进入 18 世纪的中国文化精英们仍然像郑板桥那样为读书做官而仰天长叹哩！

郑板桥凄凉地蜷曲在乾隆盛世的晚景里，两只眼睛放射出能够穿透历史的最后光泽，口中呼吸着生命残存的游丝，最终默诵着这句“有何卑下有何高”的封笔诗之后，悄然闭上了他那睿智的双眼。他那绝命的思维快速地掠过一千年的跨度，然后将中国文化精英们的终极理想撕碎，也把那大清王朝的康乾盛世撕碎，一片一片地撒落在他用 73 年时间走过的颠簸坎坷的人生路上。

一路纸钱飘零就是遣散他奔波的灵魂，一路挽幛翻舞就是嘘飞他悲愤的思想，一路悲歌长鸣就是吹灭他凄惨的精灵。

一个浪漫灵魂的最后挣扎

和秋天一起走向荒芜

花果山其实没有水帘洞，所谓水帘洞完全是他意想洞开。花果山是他的虚拟世界。他会伴随这个完全虚拟的世界走完他贫困潦倒的一生，他又会在这个虚拟的世界里尽享荣华富贵。虚拟是他的个性，是他的必然，也是他的归宿。他的一生从未当过官，可在这里他会指挥天兵天将、千军万马；他的一生从未亲历过寒窗十年一朝得第的狂喜，可在这里他会领略衣锦还乡、前呼后拥的狂欢。

尽管他的想象力丰富至极，但他压根儿就没有西天如来那样，能够预料前后 500 年、上下九重天的万事万物，否则他也就不会一而再、再而三地在科考中落榜了，也就不会一次又一次地败下阵来，导致了那天垂头丧气地踏上归程。这一天，他的心和科举一起走向绝望，他的心和秋天一起走向荒芜，他的心又和虚拟一起走向无奈。55 岁的他在第七次名落孙山之后搭乘一叶扁舟，沿着运河古道溯流而上。扯一片叹息的秋云为自己拭去老泪，掬一片沾泪的枯叶珍藏在自己的心底。用仰天长叹去鼓起一船猎猎的归帆，用懊伤愤恨去渲染一河汤汤的秋水。他伫立于船头，思绪一阵青烟似的出窍，幻想自己化作美猴王从西洋的西牛贺洲留学十年，驾驶着喷气式筋斗云回到花果山，学成归来，衣锦还乡。

深秋的寒风似乎是从阴森冰冷的科举考场那里刮来的。他微闭微开着他的那双老眼，龟缩在陈旧斑驳的孔孟思想里，被寒风冻得连续不断地作灵魂的颤抖。那长袍的顶端只剩下他那早已花白的思绪。他的骨骼似乎都在被想象中的蚂蚁精一遍又一遍地啃噬着，他的血肉似乎都在被假设中的白骨精一遍又一遍地吮吸着。他一步一叹地走向那座生他养他的、完全失重的古城淮安。

他闭上了布满泪水的双眼，关闭了现实苦痛的视窗，点击自己浪漫的灵魂，进入了他的虚拟世界。好像他不是回到他多灾多难的淮安城，而是回到他的花果山。

虚拟的世界让我们常常把《西游记》理解成神话的浪漫，而更多的人没有看透它的本质是精神的寄托。作者就是将花果山虚构成自己心目中的精神领地，将孙悟空打磨成一个成功人士的偶像，让自己科举失败的灵魂在这个完全虚拟的世界里，体尝到出将入相的满足和光宗耀祖的平衡。

他清贫潦倒了一辈子的灵魂太需要名列三甲、披红挂绿、平步青云的辉煌了，他必须让自己的辉煌在虚拟的世界里闪耀登场、频频曝光。他让那万千个猴类臣民一齐簇拥着自己山呼万岁，他要享受自己常常在淮安府大街上看到的众星捧月、夹道欢迎、鞭炮齐鸣的快乐；他让自己的属下跪倒一片，给自己行大礼、颂大安；他又命众部下酒果齐上为自己接风贺喜；他让自己荣归故里，雄立于万人大会的主席台上，耀武扬威，使周边地区的72洞主都来参拜，每年进贡，四时点卯，从而把自己的权力范围从一个县级市扩大到省辖市。他让自己寒窗苦读的付出在这里得到最大限度的回报。他在虚拟的世界里开怀大笑，过足了官瘾。

花果山真的没有水帘洞，只有一个不到一米深的凹洼。水帘洞生存在虚拟的世界里。水帘洞既是花果山的首脑机关，也是封建官场的一个象征。等级森严但充满嘲讽，严肃威武却充满戏谑。他崇尚仕途，迷恋官场，却又无法成为现实，只得在虚拟的世界里一边满足自己的官欲，一边又在嘲讽抗争，从而使自己在花果山的水帘洞里得到最大限度的情感自慰。水帘洞是他在思想深处开凿的一条通往封建仕途的精神邃道。

他真的不愿意睁开浑浊的老眼，按下世俗的云头，无可奈何地回落到大明朝的淮安府河下镇，重处江湖之远。

他是现实社会和虚拟世界里的双重失败者。他就是吴承恩。

浪漫是彻心透骨的迷雾

浪漫是彻心透骨的迷雾，笼罩着虚拟的世界，弥漫着叛逆的传奇，也渗透着心底的无奈。浪漫是吴承恩的品行气质。据说，中科院的专家在1982年对吴承恩的头骨进行了认真研究后，复原了他的长相。按这次研究的结论，他的后脑勺就有一块不大不小的反骨，也就是说他的身体里由生而来地存在着叛逆的基因。所以，现在伫立在淮安市楚州区河下镇射阳簃的吴承恩塑像，完全不该是那样文质彬彬的传统封建文人的样子，而应该是一个浪漫形骸、放荡不羁的叛逆者形象。浪漫是他的文人风骨，叛逆是他的英雄本色。

金箍棒是吴承恩叛逆反抗的超尖端新式武器。金箍棒外形像是一枚洲际导弹，直径约有斗来粗，长度二丈有余，高高耸立在东海龙王的海军基地里。孙悟空不费吹灰之力拿过来一看，原来两头是两个金箍，中间乃一段乌铁，紧箍咒有镌成的一行字，唤作如意金箍棒，重量13500斤。金箍棒的优势是可大可小、可长可短，其功能是勇猛无比而又变化莫测。吴承恩把孙悟空武装到牙齿，给他装备了宇宙飞行器使之在太空自由行走，装备了最为精确的雷达让他火眼金睛，装备了72般变化的信息战技术让他变幻莫测。

正是倚仗着这些世界一流的超尖端武器，才使孙悟空当上花果山地区的“一把手”，当上了玉皇大帝的“弼马温”，后来又当上了几乎敢与玉帝平起平坐的齐天大圣，才使得孙悟空有本钱和玉帝老儿叫板大闹天宫，有胆量和东海龙王斗法斩杀龙子，有能耐和天兵天将干仗屡战屡胜。其实，孙悟空的神通越大，就越是表明吴承恩对他生存的那个社会的反抗性越强。孙悟空的所有高超的本事，正是吴承恩发泄心中不满、报复那个社会的绝妙手段。敢于站出来公开叫板的不是孙悟空，而是吴承恩；叫板的对象也不是什么天宫玉皇，而是现实社会的封建统治。

吴承恩的两个儿子都过早地夭折，两位夫人也早已病逝。亲人短寿成为他苦难人生的又一刻骨之痛。所以，在他的虚拟世界里，他得首先让自己的化身长生不老。他派孙悟空手执如意棒，径登森罗殿，喝令判官取出生死簿，把猴属之类的有名者一概勾之，然后一路挥棒打出幽冥界。孙悟空用武力相威胁，将自己的生死时间一笔勾销，从此长生不老，与天同寿。

显而易见，吴承恩将孙悟空武装整齐之后，要做的第一件事情就是对生命的关注。

当然，有了身体这个革命的本钱之后，吴承恩自然而然地想到了自己一生最大的追求，那也是他父亲的遗愿，希望他能读书做官，青史留名。为了考取功名，他从 7 岁开始到 52 岁，花了整整 45 年时间去奋求，到头来还是竹篮打水一场空。现实的一无所获、穷困潦倒，迫使他在虚拟的世界里寻求成功。他二话没说就迫不及待地让孙悟空拿着金箍棒去跑官要官了。他让孙悟空反下天宫，嫌弼马温官太小，撂挑子不干了。玉帝本来想对他再考察一段时间，然后再逐级提拔任用，可这个猴头等不及了。玉帝十分恼怒，命托塔天王李靖为降魔大元帅，哪吒三太子为三坛海会大神，即刻兴师下界讨伐，结果被手执如意金箍棒的孙悟空打得落花流水。孙悟空得胜以后扬言玉帝老儿若不给个齐天大圣的官职，他要打上灵霄宝殿！吓得玉帝赶紧盖章发文、封官许愿，并且为他在蟠桃园边盖了一座齐天大圣府。当然，吴承恩并不知道这齐天大圣也就是一个虚职，并没有什么实权。就这样，吴承恩在他的虚拟世界里过足了官瘾，在现实生活中没有得到的在这里全部得到了。他自己一辈子也就当过几个月的小吏，而在这里居然当上了一品大员，简直就是一人之下万人之上了。

看来金箍棒的本质就是一支笔，吴承恩让孙悟空用这支笔，写出了一篇又一篇降妖伏魔的锦绣华章，让孙悟空过五关斩六将，顺利通过童试乡试会试殿试，最终考取了功名，当上了大官，完成了吴承恩在现实生活中一生未了的心愿。可见金箍棒也无法摆脱官本位思想的束缚。孙悟空是个彻头彻尾的官迷。

一朵追逐自由的花

紧箍儿是一顶美丽的小花帽儿，看上去有几分温馨可爱，还有几分天真烂漫，可它是用封建道德防线纺织而成的，让无法无天的孙悟空戴到头上后，只能束手就擒了。唐僧运用欺骗手段，和观音一起将孙悟空狠狠地忽悠了一把，让这个自由主义泛滥、目无组织纪律的下属乖乖地戴上了它。唐僧迫不及待地检验这个秘密武器的真实功效，当亲眼目睹原本自恃神通广大的孙悟空抱头鼠窜、跪地求饶时，这才长长地舒了口气。

在吴承恩的虚拟世界里，一方面幻想出威力无比的金箍棒，另一方面又虚构出要嘴皮子轻轻念叨的紧箍咒。他让思想的叛逆与精神的镣铐并存，而最终让反抗屈从于枷锁。恐怕是直到他科考彻底失败的这一天，他才真正感觉到自己的一生从来就没有过自由。他不得不把自己的灵魂抵押在五行山下；他又不得不给自己的灵魂扣戴上紧箍儿，给自己的思想戴上了无法摆脱的镣铐。

紧箍咒其实是一种禁锢，是一种枷锁，骨子里却是吴承恩思想深处的无奈。他的一生只能在封建体制允许的范围内为科举而读死书、死读书，他的唯一出路也只能是走读书做官这条老路，除此以外无路可走。他想走其他道路的结果只能是被紧箍咒所害，在地上痛得打滚，痛得竖蜻蜓翻筋斗，最后痛得连声求饶。

唐僧念动紧箍咒，不是让孙悟空头痛难忍，而是让吴承恩心痛难熬。孙悟空在肆意杀生时，在三打白骨精到处逞能显摆时，一而再、再而三地受到了唐僧最为严厉的处罚。整个

《西游记》里唐僧对孙悟空念紧箍咒主要有七次，吴承恩就是让自己狂放的个性在这里遭受七次沉重打击，恰好也暗合了他七次科考的严重失败。也就是在这七次沉重的打击之后，孙悟空锻炼成长为斗战胜佛，而吴承恩却病倒了。他病倒在科举制度的考场里，再也爬不起来了。嘉靖十三年（1534）的那个痛苦的秋天，他孤苦伶仃地躺在淮安府河下镇的那间四处漏雨的破屋里，风烛残年，贫病交加。他联想起自己科考失败，联想起自己家境败落，联想起自己中年丧子，又联想起自己连续丧妻，老泪止不住地纵横而下。直到这时他才无可奈何地仰天长叹道："功名富贵自有命，必须得之无乃痴！"说罢，双手捂脸，痛哭失声。

紧箍儿不是戴在孙悟空的头上，而是戴在吴承恩的心里。他无法冲破封建文化的紧箍咒，只能成为一位描写各种神秘武器的伟大作家，而不可能成为一名真正的伟大科学家。在中国推崇的只有科举而没有科学，让他无可奈何的是他年轻时代没有接触过一丁点儿科学常识，读的全都是四书五经、之乎者也，恐怕连勾股定理、三角函数都一无所知。他被科考制度这个紧箍咒束缚得动弹不得了。无奈是一杯让他喝得酩酊大醉的酒，他端着这杯苦酒，狂饮在他的艰难人生里，狂饮在他的虚拟世界里，也狂饮在他的道德信仰里。

而恰好就在吴承恩科举上一次又一次失败、被唐僧一次又一次诅咒的同时，意大利的塔塔里亚教授出版了他的重要著作《论科学》，首次论述了火炮的射击原理，成为全世界弹道学的先驱。这使燧发枪、击发枪、火炮在西方率先被发明，并运用到法国、意大利、英国等西方军队。此后三百年，我们中国人还在摇头摆尾地读着吴承恩的神话故事，为自己民族的神通广大而盲目自大的时候，西方的八国联军就是用这些步枪火炮打开了中国的国门。恐怕也正是这个原因，导致发明火箭的中国只有嫦娥奔月的动人神话，而没有率先登月的科学实践。

吴承恩无法逃脱自己发明的紧箍咒的束缚，最后不得不像孙悟空一样，向自己的敌人升起白旗投降。当孙悟空经历了九九八十一次政治考验，功德圆满，被如来佛祖提拔为斗战胜佛，紧箍儿也就自然褪去了。唐僧对此一语道破："当时只为你难管，故以此法制之。今已成佛，自然去矣。"通过取经这一炼魔仪式，以前令孙悟空难受的那种道德规范已被内化到他的灵魂中去了。此时的孙悟空可谓"从心所欲不逾矩"，他完全变成了符合封建道德规范的君子，心甘情愿作为封建思想的囚徒。这个时候，戴在他头上的紧箍儿真的褪去了，可是他没有因此而获得追寻已久的精神自由。而这恰恰正是吴承恩的另一种无奈。戴着金光灿烂的紧箍儿的头颅，原本像一朵追逐自由的花，然而这朵花最终还是凋谢了。

无奈的叹息是虚拟世界里的经久不息的飓风，乘着这股狂风把自己的生命季节推向永久的寒冬，让铺天盖地的冰雪把自己的思绪冻僵，最终让孙悟空向玉帝讨一杯毒酒一醉方休。吴承恩就是在一次酩酊大醉之后，孤苦伶仃、万般无奈地死去。

他用在现实社会与虚拟世界里的双重失败，为自己赢得了永恒。

霓裳不是比基尼

曼舞在撕心裂肺的疼痛之中

我推想杨玉环那天傍晚与李隆基生离死别的时候，那铺天盖地、回旋不已的洁白羽毛，肯定不是从昏暗的天幕上撒落的，而是从绝望的胸膛飘然而出。那一片片羽毛就是她多情的往事，如同大雪回旋纷飞，片刻过后就将马嵬坡覆盖得严严实实。叹息汇聚而成的西风残叶悄然而起，随着旋风飞舞的往事便把天地连成了洁白的悲伤。

玉环的灵魂就是在这洁白之间曼舞旋转起来。她最后一次让如玉的胴体旋转在这惨白的三维空间里。她在为自己心爱的郎君作最后的霓裳羽衣舞。

她就这样曼舞在长恨歌里真情与假意的分水岭上，曼舞在她浮华人生的生与死的阴阳界上，曼舞在大唐盛世的繁华与衰败的转折点上。

我推想 16 年前当杨玉环在华清池沐浴之后，第一次穿上这种袒胸露背的半透明乳白色的长裙，在兴庆宫里翩翩起舞的时候，已经注定了她要在今天的马嵬坡作最后的舞蹈。因为李隆基从爱上她的那个时刻起，就打上了十分明显的“以权谋色”的烙印，而她却天真烂漫地以身相许。如今要他在美人和江山之间必须作出抉择时，他最终选择了江山。因此，李隆基对杨玉环的爱情最多不过是一个多情君王的逢场作戏罢了，只是他把这场爱情戏演得和真的一样，在情场上狠狠地作了一把秀，把自己秀成了千年情圣，而玉环却是这个好色之徒的情感和肉体的双重牺牲品。

凄楚幽咽，欲哭无语。她自知死期将至，她必须为心爱的人赴死。她脱去长途跋涉、四处逃亡时的穿戴，重新穿上那件霓裳羽衣。她要为他作最后的舞蹈。

我敢断言，玉环最后的舞蹈不像天女散花，因为她没有仙女那么随心所欲的自由，而是充满了对眼前这个无法保护自己爱情的男人的无限绝望。她是站在地狱的门槛上对家族往日浮华的无限惜别，也是对自己香消玉殒的万般无奈。原来那个完美快乐的舞蹈，离眼前的悲惨现实是多么的遥远，这时已经没有往日无数宫女的众星托月，没有往日散板乐曲的节奏渲染，也没有往日灯光布景的舞台效果，眼前唯有她孤独一人，旋转在西风残月的悲伤之间，曼舞在撕心裂肺的疼痛之中。旋转的姿态早已没有往日的欢快和轻盈，旋转的动力唯有忧伤和绝望。

我想，那大爱与大悲、生存与死亡、享尽荣华与化为尘土之间，就像只有一座摇摇欲坠的奈何桥相连，玉环便孤独地旋转在这座桥上，时而顶胯提胸，一个绝望的回旋，双手画出一道优美的弧线，洒下一路无尽的泪水涟涟；时而推手送胯，一个悲痛的转身，于胸前立起右掌，挥下一路无限的爱恋绵绵；

时而又扭胯踞脚，又一个哀怨的旋转，摆动起那双柔情万种的玉手，留下一路无边的爱恨情仇。她就是这样用中国古典舞蹈的语汇，向一个绝情的帝王倾诉自己最后的衷肠；她就是这样用自己肢体旋转的语言，向一个自私的男人作最后的生死诀别。他们从此阴阳一方。

她带着年仅37的芳菲年华，就这样曼舞着走向死亡。

霓裳不是比基尼

佛说，大喜与大悲互为因果，而玉环在16年前第一次旋转着青春的细腰，跳起霓裳羽衣舞的大喜时刻，是绝不会预感到16年后她最后一次舞蹈时的大悲。玉环那时完全是在追逐自由自在的享乐，她根本没有感觉到悲伤恰恰就是她生命的底色。

她让自己的玉体旋转在自己的信仰里。情爱、欢乐、满足就是她一个个青春的音符，她想让它们合奏出幸福和自由的乐章，从而把那么多的仇恨、敌对、阴谋全都掩盖起来，也把那么多生活对她的暗示全都隐藏起来。当她快乐地旋转在华清宫的时候，死神其实就已经坐在宫殿门口的幽暗处，一夜一夜地等待着她。然而，她没有意识到自己的危险，义无反顾地将自己的青春和生命全都抵押在了帝王的爱情游戏里。

当华清宫长夜明烛，通宵宴欢，梨园乐工演奏起丝竹管弦，乐声悠扬，无数宫女霓裳羽衣，舞姿翩跹时，她完全陶醉在这种场面宏大、流光溢彩的大喜之中了。这时的华清宫成了极乐世界的象征。玉环便乘着渐浓的酒意狂舞在这种象征里。只见她头戴宝石珠翠，晶亮闪烁，肩披羽衣长纱，飘飞回旋。

她那柔软灵巧的手臂和着文雅徐舒的曲调，轻盈抒展，若天鹅亮翅；当旋律转为明快紧促，她那绰约的身姿乘着酒力飞快地旋转，霓裳羽纱随之飘动，如彩环缠绕，她仿佛就要借此曼妙的舞姿而离地升天。这飘飞回旋的霓裳羽纱，也就完全成为她内心情感的一种恣意抒发。这时，她几乎独享了大唐王朝第一夫人的所有荣光。她心热体酥地醉倒在这种荣光里。

我一直认为，隐藏在霓裳羽衣舞深处的精神内涵是羽化而登仙，是对生命自由的精神向往。相传李隆基梦见自己进入月宫，听到仙乐，见素娥身着长练霓裳而舞，心中默记，带回人间，又吸收了《婆罗门曲》加以改制，后来由玉环根据这段乐曲创作成了舞蹈，取名为霓裳羽衣舞。因此，玉环在跳舞时要佩戴珠翠璎珞，身穿霓虹长裙，外披缀满孔雀羽毛的薄纱，旋转起来将裙裾展开如孔雀开屏，薄如蝉翼的霓裳羽衣便随着旋转而上下翻飞，天真烂漫，自由自在，宛若天宫中的仙子翩翩飞翔。

我推想，玉环的霓裳羽衣肯定是那种低胸超薄的长裙，特别是那披肩飘带更能彰显她的飘逸超脱。这正好表现出唐朝开放自由的审美风气。因为女人低胸、超薄、透明的衣装会让人产生自由的想象。让当代女性性感十足的比基尼，就是那种超低胸的设计。它让女性的身体特征成为最直接的审美对象。

当玉环和那个时代的美女们衣着低胸长裙时，女性的美丽也就被展示得淋漓尽致了。这是那个时代的时尚，也是那个时代的公德，就如同当今欧洲一样的开放。女性对自身性特征的刻意放大，目的是肉体的解禁与精神的自由。从某种意义上说，一个社会思想解放程度完全可以从女性的衣着上表现出来。杨玉环和她的霓裳羽衣舞也就变成了大唐盛世的一种象征，杨玉环穿上霓裳羽衣就是给大唐王朝披上了一件雍荣华贵的外衣。

然而，霓裳不是比基尼。

舞蹈变成弱者的巨大依靠

我推想，玉环的灵魂深处一定有一个秘密的不为人知的情感花园。

生活的热情是生命的一种无尽的渴望，而热情地展现身体之美却是一种对爱情的渴望。华清池里香雾缥缈，体态丰盈、肤如凝脂的玉环浴罢出水，通体润泽，神态慵倦，更显妖娆。她让自己芙蓉出水般纯洁的赤裸躯体，让自己那浑圆流畅的曲线与销人魂魄的肉感，展示出青春生命的全部特质，去表达自己就是那个时代尘世佳人的极限之美。由此可见，她是多么渴望能真正地得到李隆基的垂爱呀。

如果说杨玉环穿上了霓裳羽衣，甩动风情万种的长袖飘带，是一种含蓄之美，婀娜飘逸而又缠绵缱绻，那么取下步摇冠，脱尽罗丝裙，展现给李隆基的则是绝代佳人的另一种娇艳风骚，千娇百媚。

可是，伴随着性的给予，女人灵与肉的双重神秘感也就随之消失，女性的价值会因此而贬值。在这种情形之下，舞蹈也就变成了弱者的巨大依靠。因此，舞蹈的旋转也就成为玉环彰显青春的生命旋律。聪明的玉环不得不利用自己的舞蹈天赋为自己增色，因此她变成了那个时代红极一时的明星大腕。恐怕正是因为她将自己的艺术爱好和异常开放的性感服饰完美地糅合在一起，才使她能够战胜众多佳丽，集三千宠爱在一身。由此而见，霓裳羽衣的开放洒脱，杨玉环的自由天性，以及这种舞蹈所表现的放浪形骸的艺术意境，恰好给她的个性增添了无穷的张力。她正是恰到好处地利用了从自己生命深处生长出来的个性魅力，并且让它在霓裳羽衣舞中得到了最大限度的彰显。

人间情多，真爱难说。对于爱情、性、婚姻的理解，被传为经典的《长恨歌》中的两位主人公，对此却有着十分明显的精神落差。李隆基把爱情当作招牌挂在嘴上，在三宫六院、宫内宫外到处留情，而杨玉环把爱情当作生命放在心里，因此对爱情是那么的坚定不移；李隆基把性当作情感的满足，随时可以临幸四万之众的后宫佳丽，而杨玉环把性当作生命的交融，因此对心爱的郎君是心无旁骛；李隆基把婚姻当作权力的恩赐，到死也没有将皇后的桂冠赐给玉环，而杨玉环把婚姻当作生命的归宿，因此到死也要为婚姻去牺牲自己的一切。所以说，《长恨歌》其实讲的是一个真情女子与一个虚情男人的悲情故事。

然而，他们却共同在霓裳羽衣舞里找到了爱的感觉。她在太真殿旁用纤纤玉手为他摘取一枚丰润的柿子，在骊山脚下又用那纤纤玉手取过他回赠的一粒酸枣，特别是他和她的两只手在不经意之间触碰到一起的时候，他们共同感受到了爱的那种感觉，怦然心动，心旌摇漾。而这种爱的感觉在霓裳羽衣舞的排演过程中又得到了全面的升华。

她和他全都沉浸在爱的感觉之中，根本没有察觉到大唐盛世四处游走的晚风正串联起这个封建帝国走向没落的不祥气息。

一朵含泪飘飞的花

16年后的马嵬坡上，那条长带薄纱伴随着玉环悲怆的旋转，飘飞在大唐帝国的夕阳残照里。旋转啊旋转，不停地旋转，向死亡的方向旋转。旋转让她内心的全部疼痛沿着切线的方向抛撒出去，顺着这长带薄纱甩向四周的晚风。爱的疼痛是她现在飞快旋转的动力。痛楚就在她的身边辐射出去，展开成一朵含泪飘飞的花。这时，霓裳羽衣上的长长飘带，成了她疼痛的思想长出的漫长根须，盘旋着缠绕着她那行将赴死的玉体。

她一边像陀螺一样不停地旋转着，一边默默地祈请佛主，保佑大唐能够平定叛乱，保佑皇上能够渡过难关。她便踮足踢腿，一手挥动长带，一手在胸前立掌。那无数洁白的羽毛便从她的身上纷纷脱落，随着冰冷的晚风飞旋在马嵬坡那杀机四伏的旷野里。这是她临死之前的最后一个舞姿，一个为大唐祈祷为皇上祈祷的舞姿。她是穿着霓裳羽衣，披着长带薄纱，跳着霓裳羽衣舞，旋转着走向生命的终结。

长带薄纱成了她爱情人生的宿命。她被皇上派来的刽子手用这条长带薄纱绞死，连心爱的人都没有来为她送葬。唯有那件霓裳羽衣相伴，唯有那条长带薄纱相随，她就是这样赤条条地被掩埋在一领荒丘之中。无数洁白的羽毛飘飞回旋在她尸体的四周，把她与整个大地覆盖成白色一片，纷纷扬扬，飘飘洒洒，如泣如诉，如怨如慕。

这时的世界完全被死亡设置成静音。她再也听不到人世间的红尘滚滚。这里变成了哑语的世界，她已经看不到埋伏在皇权四周的刀光剑影，也听不到宫廷争斗的鼓角铮鸣。这个世界只剩下一具痴情的女子那冰冷的尸体，毫无气息地平躺在荒草乱坟之间。她的一条腿笔直，一条腿弯曲，形成陀螺的外形；两条玉臂向两边伸开，像是展翅欲飞。她至死仍然保持着她那舞蹈旋转的姿势，似乎还在用她那古典舞蹈的肢体语言，对她心爱的人作最后的倾诉。

玉环死了，旋转终于停止，身体不再回旋，长带不再环飞，血液也不再循环。大地从此寂寞。玉环死了，死得凄凄惨惨，死得悲悲戚戚。

我认为玉环之死不仅是她身体的消亡，她和她的霓裳羽衣舞早就成了一种象征，她死了便象征着大唐盛世的消亡。几乎所有的人都把《长恨歌》看作是一出从相爱到死亡的爱情悲剧，而很少有人看透它的本质是一出从精神自由到思想禁锢的社会悲剧。正是因为从杨玉环之死开始，封建时代的统治思想也从此走向封闭禁锢，中国封建王朝的鼎盛从此一落千丈。

杨玉环死了，整个大唐盛世都是她的陪葬。

他已梦回大唐

一

在我看来，900 年前沿着长江顺流而下的那艘白色小舟，完全就是米芾营造一种梦的意境，它在北宋王朝灰暗色的背景衬托下，显现出些许夸张和变形。这时的江水变得墨黑色的寒冷，天空也如同被泼墨渲染成了阴霾，几只乌鸦像是运动着发出嘶喊的黑点，而长江两岸的村庄全都淹没在水墨般的阴雨之中。那艘小舟便扯起了白帆在这样的长江黑水之上游走。

那条小舟就是米芾创作的一个梦中形象，全身都是白色，白帆白蓬白幡白船身，再加上船蓬里挂满了白宣书画。那竿随着秋风瑟瑟飘飞的白幡上面，还写着五个斗大的狂草："米家书画船"。而船舱里端坐着的米芾居然戴了一顶大红高檐帽，穿了一件白色长布袍，像个巫师一般，合掌闭目打禅，全家老小也都不敢吱出声来。

我在想，这条墨黑色的长江肯定就是历史，这只惨白色的小舟肯定就是人生，那顶大红朱砂色高檐帽就是性格，围绕船桅四处盘旋墨点似的乌鸦肯定就是谶言了。它们在一起便组合成一个由水墨渲染的梦境。

米芾确是一个作秀高手，在书画创作和政务活动两个方面，同时将显摆夸张到了极致，将宣传放大到了极致，从而成就了米芾在中国文艺史上书画狂人的形象，“米颠”也就成为他的外号而风行大宋王朝，流传中华书画史。他就是带着这个外号，乘着那艘白色小舟，戴着那顶大红高檐帽，疯疯颠颠地走向他的生命终点。

变形、扭曲、夸张，成为米芾的颠狂个性，也成为他书法艺术的特征。书法是他作秀的一种形式，书法是他发泄的一种表达，书法也是他颠狂的一种载体。狂放开张的书法特色，是一个时代的艺术表达，更是一个知识分子在备受压抑之后的一次又一次情感畅快地吐槽发泄。

他的书法艺术成就之大，是那个时代的共识，甚至有人认为他的书法名列“宋四家”之首。也正是倚仗着这样的成就，他才有了颠狂的资历。他经常被皇帝请去写字，这又进一步增加了他颠狂的本钱。最后，他甚至发展到了在皇帝面前也无法掩饰颠狂本性的地步。因而，在这个时候再有人告他的状，写他的人民来信，他还能不倒霉吗？

早就耳闻米芾乖张行为的宋徽宗想看个究竟，便藏在帘后看米芾写字时的颠狂举止，米芾也已发现皇上的偷窥，就更加颠狂起来。只见他头戴红高檐帽，身系绿袍袖，在桌边跳来跳去，口中念念有词，手中运笔龙飞凤舞，一丁点儿没有收敛的意思，最后写到了高潮时竟然大呼小叫起来。这宋徽宗好在也是一位书法大家，并未怪罪他，反而哈哈大笑地走出了帘幕，和他探讨起“本朝以书名世者”的书法高下。米芾便利用宋徽宗的这种谦虚精神，立马将当时的书法大家全都点评了一通："蔡襄勒字，沈辽排字，黄庭坚描字，苏轼画字。"当皇上又问他米芾的字写得如何时，他吹自己是"刷字"，居然情不自禁地自我表扬起来了。

一个"刷"字，是"用快笔写"，是在勒、排、描、画之上最为恣肆的挥扫，是八面出锋，挥洒自如，行笔如狂，犹如仙游天外。这一个"刷"字道出了米芾书法的颠狂本性来。从现存于湖北襄阳米公祠里米芾书法拓片、碑碣上，我们还能清晰地看到他当年的颠狂笔意。这些由清雍正年间，襄阳知府高茂选晋谒米家祠时，嘱米芾20代孙米澍按墨迹摹写，后经广东名匠张源襄历经18年刻成的碑刻，虽非米芾的笔墨真迹，却可以清晰地感受到米芾书法"锋出八面""风樯阵马"的无比颠狂。

也正因为他这样无以覆加的颠狂，使他在56岁这一年被贬出京城，乘着一艘小舟到边远的淮阳军上任去了。这个淮阳军，在今天的苏北邳州，当时属于边远荒蛮之地。米芾在大观元年（1107）6月，"迁礼部员外郎，未入拜而弹章其言，出身冗浊，冒玷兹选，无以训示四方，有旨罢，遂出知淮阳军"。也就是因为他的颠狂，皇上准备提拔重用他，可刚被考察公示，就被人举报，皇上只得将他贬出京城。可叹的是米芾在淮阳军任职半年之后，就病死在工作岗位上。

这时在小舟上，心灰意冷的米芾一杯浊酒狂饮而下，然后飞笔写道："三峡江声流笔底，六朝帆影落樽前。忽忆赏心何处是？春风秋月两茫然。"长江三峡的涛声从他的笔下飞泻，杯中六朝的帆影连同血泪一起饮下。此时此刻，他似乎已经预感到苏北就是自己的最后时光。

一笔书写是汗，一句吟诗是泪，一杯饮酒是血。

二

夸张、滑稽、嬉戏。米芾给我们又营造出一幅漫画式的历史画面。

他在公元1103年宋朝的那个灰暗色调的国度，国人早已习惯了简洁质朴的直领对襟，色彩暗淡，拘谨保守的背景下，给京城带来了一股惊艳和狂热。虽然他已经年过五旬，还是刚从外地调到汴京改任太常博士、书学博士。只见他摇头摆尾、耀武扬威地穿上几百年前的古人艳丽服装，幺五喝六地行走在首都的大街上，迅速制造出街头巷尾无不议论的头条新闻来。

米芾本身是搞艺术的公众人物，穿着打扮十分另类，平时就喜欢奇装异服，带个尖头红檐帽，穿个长袖垂地绿袍，看上去就像个漫画式怪物。这一天，他应同事之邀公款吃喝，更是标新立异一番，穿起了一套唐装。全身上下，色彩艳丽，夺目抢眼，在大宋街头灰暗色调的背景衬托之下，显得格外的醒目。

只见他身穿一件粉绿色宽袖长袍，长袍上朱缘领袖，上面还绣着他亲自设计的富贵红牡丹，内穿一条金边黄丝裤，下面是红袜赤屣，脚踏一双绣花高缦鞋，腰间还佩带一副玉石双佩。当然，还是那顶高帽子最为抢眼，它是米芾将唐代的通天冠改造创新而来。这大红高帽原本就是唐朝文人雅士郊祀、朝贺、宴会时所戴的礼帽。所以，米芾每当重大活动全都将它戴上。

可是，他今天设计制作的红帽子，上面就像个锥形大烟囱，下部像个圆盘似的帽檐，戴在头上实在是太高了，足足有两尺多高。那又高又尖又红的唐代通天帽从轿顶伸出，在大街上招摇过市。一路之上，人们争先恐后去一睹趣事，笑得路人前俯后仰。行到大酒店的门前，正好遇到老友晁以道，晁以道看见成群结队的人跟随而来看热闹，便忍俊不禁地笑道："哈！米颠呀，你坐的简直就像监车一般，你就像个示众的囚犯！"

峨冠博带，游走于市，引来无数市人围观，更加激起米芾的表现欲，益发扬扬得意，口若悬河，滔滔不绝，居然在大酒店的门前即兴来了一段单口相声。从此，京城市民把米芾当成一个怪物看待，都以为他是个"神经病"。时间久了，汴京城里的男女老少，即使不认识他，也能从唐装上推断他就是米颠。

当然，米颠的红高檐帽还吸引了首都大批美女的眼球。米颠是大艺术家，荷尔蒙的分泌想必比普通人旺盛得多，自然对于美女有着特别的兴趣。他的唐装自然也吸引了无数美眉的青睐。米芾曾写过一首《满庭芳》，似乎就是借助品茶去记叙自己的艳遇，词中写的"美盼""娇鬟"就是写一位芳名叫作朝云的美女。估计是她见到风流倜傥的米才子，穿上唐装的飘逸潇洒而美目传情。这就引得米颠创作热情高涨，诗兴大作，"轻涛起，香生玉乳，雪溅紫瓯圆。娇鬟，宜美盼，双擎翠袖，稳步红莲"，自然是"频相顾，余欢未尽，欲去且留连"了。可见米芾勾引女人的手段十分高雅。

当然，在我看来，米芾穿上唐装艳服，绝不仅仅是一个艺术家标新立异的外在表达，更不仅仅是为了招引美女少妇的青睐目光，而是他面对宋朝软弱无能的国家形象，产生对大唐盛世的一种精神向往。

米芾出生成长在一个充满理想的地方，襄阳的水土培育了他理想主义细胞。然而，他生活的时代让他一次又一次地失望，使他不得不生存于自己的梦想世界里，让自己穿上唐装，一次又一次地感受做大唐公民的强国梦想。

米芾（1051—约1108），襄阳人，本名黻，后改为芾，字元章，自号“襄阳漫士”“鹿门居士”。他自幼聪慧好学，“六岁，日读律诗百首，过目即成诵”。“十岁，写碑刻……自成一家。”在他所作的《书戒》中，我们得知他少年时代便立下宏图大志，可见故乡襄阳是他确立人生理想的一处乐土。

襄阳因位于襄水之阳而得名。襄阳的历史名人对米芾产生过重大的影响，特别是修身济世平天下的诸葛亮。诸葛亮先就读于襄阳城内的学业堂，后躬耕于襄阳城西的古隆中，并与聚集在襄阳的众多文化精英广泛交游，27岁时受刘备“三顾”之请走出襄阳，为光复汉室立下汗马功劳。而隐居在襄阳东南鹿门山的孟浩然，则是用诗歌创造了一个令米芾向往的世外桃源式理想世界。

然而，襄阳给米芾营造的这种理想越是美好，与他18岁离开襄阳后生活的时代越是产生巨大的反差。作为世界经济文化科技第一强国，却又屡战屡败的宋朝，怪事、奇事、变态之事、不可理喻之事，出人意料的多，让文人带兵打仗、不思收复失地、攘外必先安内、莫须有地冤杀忠臣、内奸多如牛毛，以及女人裹小脚、宣扬“三从四德”，所有的这些都顺理成章地在宋朝发生了。而面对北方金人的不断挑衅，边境报警的狼烟频繁地升腾，整个民族已经到了最危险的时刻，宋徽宗居然能够一心去做文艺潮人，留起了长头发，蓄起了大胡子，带头穿起了奇装异服。上行下效，米芾自然也就没有什么思想顾虑了，放心大胆地做一把时装潮人。

当然，不同的是，米芾穿上华丽唐装，戴上大红高檐帽，喜剧般地穿行于北宋王朝，完全是他悲剧情感的一种寄托。

三

“米芾拜石”，其实是在煞有介事的颠狂表象之下，不与世俗为伍、纯真自由天性的一种自然流露。根据宋人蔡絛《铁围山丛谈》记叙，年轻时的米芾在新婚之夜，见到新娘子李氏的嫁妆中竟然有一件传家之宝“灵璧研山”，便喜出望外，疯颠之情又上来了，立马摘去红高帽，对着研山石纳头叩拜起来。

这块砚台如同一座奇山，有“华盖峰、月严、方坛、翠峦、石洞”，使米芾觉得自己在前世就曾“神游于其间”，而此砚台又“龙池遇天欲雨则津润，滴水小许在池内经旬不竭”。米芾一见便爱不释手，忙问新娘子何得此宝，李氏便将自己是李煜后世之事告诉了米芾，又说这块研石正是李煜曾用之物。米芾一听更是惊喜，顿觉这块砚石肯定就是李后主笔下描写的一江春水般多情的美人，断言这块美丽多情的研山石就是自己的前世情人了，便将美石揽在怀中，嘴里念念有词，像是与这位玉石美女在互诉衷肠，一直缠绵悱恻到了深夜，最后抱着这块砚石恍然入眠，一觉就睡了三天三夜，居然把新婚妻子丢在一边不闻不顾。

后来，晚年的米芾途经镇江甘露寺时，看到临江有一座官员豪华别墅极为喜欢，便在此住下，而那块“灵璧研山”也深受这座豪宅主人的喜爱。高官宅主又托人撮合，在米芾酒后用“灵璧研山”换了这座豪宅。米芾醒酒之后，交易已成定局，便万分悔恨起来。特别是他搬进这座豪宅之后，常思他的“灵璧研山”，竟然到了饭不吃、茶不思的地步，思念到了月夜，更是泪流满面。“研山不复见，吟诗徒叹息。惟有玉蟾蜍，向余频泪滴。”他由此抱恨终生。也正是他思念这位“玉石美人”心切，米芾的著名书法代表作《研山铭》才因此一挥而就，并且流芳千古。

“五色水，浮昆仑，潭在顶，出黑云，挂龙怪，烁电痕，下震霆，泽厚坤，极变化，阖道门。”这幅《研山铭》用南唐澄心堂纸书写的行书大字，正是米芾对那块研山石的情感追念。今天，我们在北京故宫博物院里看到这幅书作时，还能清晰地体会到，米芾痛失美石之后的那种悔恨交加，他将一块石头描写得如此沉顿雄快、跌宕多姿，确如苏东坡痛失爱妻时“十年生死两茫茫，不思量，自难忘”一般肝肠寸断了。

米芾和石头相知、相爱、相伴，他对奇石的鉴赏与理解，绝不是停留在表面的层次上，而且有许多与众不同的感悟。在他的《书异石帖》里，就总结出了相石四字法则，认为“瘦、秀、皱、透”是石头的选美标准；还认为万物有灵，石头也不例外。所以，他常以石寄情，以石励志。他甚至把自己喜欢的石头分出雌雄，放在玲珑剔透的水缸里供养起来，认定这石男石女放在一起交欢，肯定会生出漂亮无比的石子石孙来。

当然，我觉得米芾之所以爱石如命，其根本原因还是他的纯真天性使然。个性张扬，崇尚天真，是米芾“自我”意识的一种表现，因此，他的生性率真，行为乖张，言行举止有异常人，得了一个“米颠”的外号也就不足为奇了。说到底“米芾拜石”这样颠狂的作秀，其本质一半是对世俗的抗争，一半是想引起世俗的关注。

正是这种颠狂造就了一个新锐艺术家，而不是一个平庸官员的米芾；也正是他的这种崇尚纯真的天性，促使他天真自然之书风的形成。他在诗中写道："意足我自足，放笔一戏空。"这句诗表达了他在书法创作时一任感情流淌、不受丝毫世俗束缚的心态。正因为如此，才导致他书画的巨大成就，使之与蔡襄、苏轼、黄庭坚合称为"宋四家"。

当然，米芾的崇尚纯真，成就了他的书法，却影响了他的仕途。他在无为做官时，听说城边河中有一块怪石，当地人们迷信地认为是神仙之石，不能轻举妄动，生怕招来不测之祸。可米芾哪里管得了这些，命部下将怪石从水中打捞上岸，然后又沐浴更衣，戴上高帽，出门恭迎。怪石移至大院内，又抬上方桌，摆好供品，燃起香火。他便躬身下拜，口中念念有词："兄长呀，兄长，您好吗？我想见你已经整整二十年了！"其激动之意，兴奋之情，溢于言表。

上次是得到一块研山，他视如前世情人；此次是得到一块怪石，他视如今世兄长。就这样，米芾拜石之事被传了出去，有人说他是有失政府体面，米芾因此被人多次弹劾告状，真的给他招来一场不大不小的灾祸，最终他就是因为颠狂而被人举报，被贬到苏北地区并且客死他乡。

四

如果说米芾 57 年组成的颠狂人生是大宋王朝的一个象征，那么米芾的洁癖就是那个时代一个含义深远的寓言了。

崇宁二年（1103），皇家宗庙的春秋祭祀大典开幕式开始了。祭坛上高悬起皇家宗祠专用的横批对联，供桌边围上龙凤绣裙，所有祭品也都安放妥当，全猪全羊上架，糖果馔盒、饭羹茶酒等各种祭品全部置于供桌之上。前来出席祭祀大典的皇上皇后、皇亲贵族、满朝文武，全都衣冠整齐、恭恭敬敬地跪倒在地。总司仪宣布开幕式启动，随即鼓乐喧天，唢呐高奏，礼炮齐鸣，震天撼地，呈现一派热火朝天的动人景象。

也就在主祭宣布开始祭拜的时候，有几个同事打了个小报告，说米芾出席这样神圣的开幕式居然衣冠不整，这是犯了大不敬之罪。皇上听说后抬眼望去，站在队伍里的米芾果然穿了一身[illegible]白长袍，居然还戴着那顶大红高檐帽，在一片灰暗色的队伍里显得十分刺眼，立马气得胡子翘得老高。

原来这一年，53 岁的米芾被招进京任太常博士，就任皇家春秋祭祀大典筹委会成员。而主祭者都有统一的礼服，米芾不穿不行，但他又嫌前任穿过太脏，就将礼服拼命地洗，结果将衣服上的花纹洗掉了，变得又白又旧，因而受到了同事们的联名举报。最后，他因此受到撤职查办的行政处分，被赶出了朝廷。

米芾确实有着一种异乎寻常的洁癖，他一天要洗手数次，但又从来不用脸盆，而是特意制作了一把银制的长嘴水壶，让人站在高处往下倒水，自己就着水流洗手。洗好后，也不用毛巾擦拭，嫌毛巾里藏有细菌，干脆用两手互相拍打，一直到手干了为止。不仅如此，米芾的洁癖表现到了极致，朝靴被别人碰了一下便觉得十分恶心，就一遍又一遍地清洗，直到洗破了不能再穿；平时对室内进行反复打扫，器皿反复擦洗，客人坐过的凳子更是要用水反复冲洗。甚而至于在选女婿时，竟然首先考虑的因素也是清洁卫生，因为有个候选人的名字叫“去尘”，便一眼看中将宝贝闺女许配给了他。

我觉得，米芾的洁癖是他在故意给自己创造一种清洁如玉的公众形象，他曾在苏北涟水县政府任职，离任告别涟水时，行至半道又转了回来，在众人诧异的目光中，他从囊中掏出一捆笔来，一一在池中洗净，并且对大家说：“为官当思地方，笔中之墨乃涟水之物，我不能带走涟水的一草一木。”很明显他的行为已经不仅仅是洁癖了，而是想为自己留下一世的清名。因此，后人有诗赞道：“一泓池水耀清光，犹是南宫德泽长。墨沉浮香传胜迹，人人争说米襄阳。”米芾曾经多次表现出他为民请命、清正廉洁的个人品质。他在雍丘当县令时，见乡村吏催租逼人、民间啼饥号寒而深表同情，对上级领导不顾农民的死活催租行为也是极其不满，心情沉痛地写下了一首《催租》诗，并且愤然辞去了县令之职。而他在“任满之时，归橐萧然”。

米芾生活的时代，正是北宋后期，社会变革激烈。王安石变法后，接着就是元祐党祸，权臣倾轧，尔虞我诈，官场一片黑暗肮脏。他这种颠狂、扭曲的洁癖，正是在这样畸形官场和变态时代里孕育而生的。这样的官场自然容不得他这样的“洁癖”，他因此一生仕途不顺，全都干了一些没有实权的虚职。

这一次，米芾被逐出京都之后，举家迁居镇江丹徒，又于大观元年（1107）赴苏北“知淮阳军”，派到贫困地区工作，来了个明升暗降，米芾受此接二连三地打击之后就病倒了。

西风萧瑟，夕阳西下。病病歪歪的米芾乘着一艘小船，带上他的那顶大红高檐帽，载着他珍爱一生的书画玉石，朝着他的人生终点漂然而去。

五

在 900 年前大宋王朝的灰暗色背景之上，永远凸显着一个绝世无双的白色灵堂。因为这个告别生死的场所，正是米芾别出心裁亲自为自己精心布置的。这是宋大观二年（1108）初春，米芾57年的颠狂人生终于走到了尽头。

米芾觉得自己很快就要梦回他的大唐盛世，很快就要魂归他的故里襄阳了。因此，他精心为自己设计了一个灵堂。他将整个后院全都披上一层白纱，院墙挂上白幛，庭树高悬白幡，院内撒满白花。而设在后院主屋里的灵堂，更是设计成一个洁白的世界。主屋的后墙上高悬的一个斗大的“灵”字，那是米芾的手书。上面又挂了一块写有“陟岵兴悲”的榜书横匾，两旁则悬着一副由长子米友仁书写的灵堂挽联，上面写道：“痛此日丧未敬礼对灵何以报答深恩，忆往昔生死无善养伏地难禁流血泪。”灵堂里还安放了一张供桌，供奉着供果、供菜、供酒，两旁点燃两支香烛，前面摆着一只燃烧着的香炉。主屋正中摆放着米芾亲自订购的一口黑漆楠木棺材，棺前摆放着几只白布拜垫。一位古筝名师正弹奏着悠扬古远的《高山流水》。

去世一月之前，米芾就已经预感自己大限将至，便开始正式入住这口楠木棺材。在这口棺材里，提前适应这种新的生活环境，就连“签署公事，坐卧饮食，皆在其中”，每天早晨戴上大红高檐帽让子孙们前来一一跪拜，上午分别致信与亲友一一作别，下午则逐一焚烧平生收藏的字画奇珍。

米芾生有五个子女，二儿子20岁就死去，“老来又失第三子”。这时，他躺在棺材里，听着长子米友仁、两个女儿，以及孙子、外孙们前来跪拜哭泣，自然想起了早已死去的二儿子和刚死不久的三儿子，心间居然产生一阵喜悦，觉得自己马上就要到极乐世界，和自己那两个心爱的儿子见面团聚了。想到此，从棺材里爬起身来，戴上那顶大红高檐帽，对着跪在棺前的子孙们，摇头晃脑地说出一句话来："众香国中来，众香国中去。"说完便命人端来早餐，就坐在棺材里吃了起来。

米芾少年时代就拜师学禅，在临终时终于大彻大悟，居然丝毫没有悲伤怕死之意。其实，他曾怀报国济民的理想，但终因朝堂内党争不断，官场上无比险恶，他变得"举止颉颃，不能与世俯仰"，也就"仕数困踬"了。他大半生都在七八品的职位上徘徊，抑郁不得志，直到晚年才对人生有了觉悟。他在《画史》中说出过"功名皆一戏，未觉负平生"，表明他开始确立了以禅悟道、以禅悦心的人生观。

尽管"众香国中来，众香国中去"，可是在临死之前，他还是想起了自己遥远的故乡襄阳，想起自己埋在故乡的祖先们，想起自己将要客死他乡，也就不禁潸然喟叹起来。他躺在棺材里，肯定想起了始建于汉朝的巍峨矗立的襄阳古城，想起了王粲的仲宣楼和萧统的昭明台，想起了真武山的摩崖铭，想起了岘首山上的杜甫衣冠冢，想起了孟浩然隐居的鹿门山，想起了建于唐代的广德寺和多宝佛塔，也想起了诸葛亮躬耕的古隆中，更想起了自己曾经生活了18年的故居的一草一木、一砖一瓦。想到此，他居然长叹起来，两眼直钩钩地望着棺材板，半天没有说出一句话。他在想自己只有死后才能魂归故里了。

米芾在去世前七天，就开始斋戒、沐浴、更衣、熏香。临死当天，他又命人请来了所有的同僚亲朋，端坐在棺材里，高举起拂尘，对着众人念了一首《临化偈》："众香国中来，众香国中去。人欲识去来，去来事如许。天下老和尚，错入轮回路。"念完扔掉拂尘，合掌闭目。家人见他不再言语，便上前试探，口鼻已无呼吸，居然已死。

米芾就是这样在苏北给自己不同凡响的一生画上一个异想

天开的句号。

他生平收藏的字画在棺前焚烧着还在散发着袅袅青烟，古筝独奏的《高山流水》还在如泣如诉地弹奏着天籁之音。

我想，自设灵堂，戴高帽、穿唐装、焚书画、念禅语、别亲朋，绝不是简单的作秀，而恰恰表现了米芾对这个世界的最后抗争。米芾的颠狂就是那个社会的一个象征，也是那个时代的一个寓言，更是那个王朝的一个预言。

他死了，带走了整个北宋，那个畸形的王朝 20 年后便宣告灭亡。

他死了，就开启了梦回大唐的起征。

爱垂青史

一

这是千古一吻。

这是能够晕倒亿万万国人的长吻，这是能够晕倒 2000 年历史的长吻。当小羽和阿虞的双唇紧紧地贴在一起，想从对方吸吮到生命中最后精华的时候，天地之间便响彻起电闪雷鸣。那光电以每秒 30 万公里的速度，无可阻挡地向 2200 年以后的今天辐射而来；那雷鸣以排山倒海之势，荡气回肠地震撼着整个宇宙空间。

这便是阴与阳的交汇。

31 岁的小羽和 26 岁的阿虞是在垓下那个苍凉荒芜的山沟里，伴随着楚国的民间歌谣，举行这场生死诀别的隆重典礼的。面对着行将熄灭的生命篝火，小羽和着山外传来的阵阵凄凉的楚调，慷慨悲歌："力拔山兮气盖世，时不利兮骓不逝，骓不逝兮可奈何，虞姬虞姬奈若何！"小羽歌罢仰天长叹。阿虞深知大势已去，提出要为阿羽跳一曲阿羽最最喜欢的剑舞，并且歌而和之。据《史记正义》引《楚汉春秋》言，阿虞唱和小羽的歌词是：“汉兵已略地，四方楚歌声。大王意气尽，贱妾何聊生!”

残阳如血。阿虞一面舞剑一面低歌。啊，一路的桃花依次绽放，一路的风情千般妖娆，一路的清泪涟漪如雨，一路的惜别依依难舍。

阿虞舞罢扑进小羽的怀里，满面泪花地亲吻着小羽。这可是阿虞和小羽一生的最后一吻呀。

小羽泣不成声，眼睁睁地看着阿虞毅然拔剑自刎，眼睁睁地看着她慢慢地倒在自己的怀里。

整个世界在此静音，整个宇宙在此定格。

小羽，就是楚霸王项羽，阿虞，就是他的爱妾虞姬。他们的千古一吻，就是《霸王别姬》。当下东方歌舞团正在把它改编成芭蕾舞剧《爱情双人舞》，运用极具张力的舞蹈语言，表现这对英雄美人的柔肠寸断的惜别。他们的千古一吻，成就了站在刀刃上翩翩起舞的中国式的《天鹅之死》；他们的千古一吻，把爱情的凄艳悲壮之美淋漓尽致地演绎到了人类情感的巅峰。

我们完全可以说，在中华5000年文明史上，项王和虞姬的千古一吻，能够使征战不休的帝王厮杀变得苍白空虚而失去生命价值，使人们争相传说的所有爱情故事变得相形见绌而不值一谈。

是的，我对项羽的膜拜，是对英雄的膜拜，是对失败的膜拜，更是对爱情的膜拜。所以，我每次有机会去江苏宿迁，总是首先直奔项王故里，去谒拜失败，更去谒拜爱情。

二

崇拜胜者，鄙薄败者，是国人的一种固有的民族心理，那句“胜者为王，败者为寇”是国人评判是非功过、成败得失的一个常用标准。注重婚姻，淡漠爱情，也是国人的一种固有的民族心理，那句“不孝有三，无后为大”便是国人评判婚姻是非、为人逆孝的唯一标准了，而婚姻里面是否有爱情根本无关紧要。这两个处世哲学在中国盛行了两千多年，可谓根深蒂固。然而，这两个准则运用到楚霸王项羽的身上却不灵光了。我们仔细思量其中的缘由，只能得出这样的一个结论，那就是项羽自有他独特的人格魅力。全国各地曾经有的或者是现在有的关于项王和虞姬的纪念地，就是一个很好的说明。这是国人崇尚失败、崇尚爱情的一个特例。

位于江苏宿迁城南废黄河和大运河之间的项王故里，现在已经发展成为一座颇具规模的汉代风格建筑群了。项王自刎乌江之后，当时名曰“下相”的宿迁的“江东父老”为他修建了庙宇，从此千百年来香火不绝。直至清初，废黄河发生特大水灾，把建在废黄河大堤上的项王庙给冲毁了。仅剩项羽当年亲手种植的一棵老槐和一棵古桐。民国二十年（1931），西北军张华棠师长率部驻扎宿迁时出资修复了项王故里，在古槐旁建了一座草亭和三间草堂。四年之后，宿迁县长张乃藩修建英风阁；新中国成立后，政府多次拨款扩建，使这座中国规模最大的爱情宫殿愈加彰显出王者气派。

从项王故里的兴建，足以看出国人对项羽的膜拜的热烈与持久。据有关史料记载，项王死后，首先给他建庙的就是江东父老，紧接着，在项羽自刎的江边和虞姬自刎的垓下，当地百姓又分别为他们建了项王墓和虞姬墓。公元前 201 年，刘邦在河南河阳谷城之西筑墓，隆重移葬项羽。由此可见，项羽当年兵败垓下之后，不愿过江去见家乡父老，可是家乡父老却没有忘记他这位失败了的英雄。

我认为，后人之所以这样怀念他，根本原因是景仰项羽的英雄气概，称颂他和虞姬之间的荡气回肠的爱情，而后者则是更主要的原因。民国二十四年（1935）建成的英风阁大门口的对联就说的十分明白："鸿门垓下大英雄，哪关成败；骓马虞兮有情种，不易生死。"横批为"英雄情种"。我们不能不认为这副对联的精妙。上联说的是后人对项羽一生的评价，而下联说的是产生这种评价的真正原因，横批又进一步说明了这个原因。先人们把项羽誉为"真情种"，一语道破了世人对项羽为什么不以胜败论英雄，就是因为他和虞姬的那段缠绵悱恻的爱情故事。

三

我站在废黄河的大堤上，身边那高大的石牌坊，让我依然感怀出当年项羽雄霸天下时的伟岸。那牌坊上的"项王故里"四个大字，似乎正向前来朝拜英雄的人，昭示：这是一块英雄的土地，更是一块培育"真情种"的绿洲。从大堤上的牌坊走过，沿着那上百级石阶，一级一级地朝下走去，眼前坐落在大堤之下的一座残存着汉代风格的建筑群便会尽收眼底。这是一座占地 50 亩的三进院落。前者为高大的皇家石阙；中院以英风阁为主要建筑，阁内供有项王高大的雕像，四周墙壁上镶嵌着项王一生的英雄业绩的浮雕；后院为花园式庭院，相传项羽当年就是住在这个房子里的。现在正堂供奉着的是婀娜多姿、风情万种的虞姬雕像，室外还有系马亭，亭内是石雕乌骓，亭外则是当年项羽用过的拴马槽。整个建筑简直就是一幅居家过日子、温馨浪漫的场景画，整个庭院都是用极具抒情风格的建筑语言，在给人们营造出一部项羽和虞姬的爱情经典。

当我仰面凝视虞姬那彩色塑像的时候，我不得不这样称道她是中国的爱神、中国的美神了。她的美艳绝伦，她的婀娜多姿，她的羞花闭月，能够使贪图权贵的杨玉环无地自容，能够使甘作卧底的貂蝉惊厥汗颜，能够使沉鱼落雁的西施自愧不如。而虞姬之所以比杨玉环她们更加美丽，就是因为她不但拥有了外表的美貌，而且还拥有了其他中国古代美女们无法比拟、轰轰烈烈、惊心动魄的爱。

是的，我们在项王故里能够强烈感受到的是，虞姬对项羽的那份能给两千多年之后的人们留下的那段日久弥香、刻骨铭心的爱情历程。

我想，这后院供奉虞姬的雕像，是家乡百姓打破国人的传统思维方式的又一个特例。据说虞姬的祖籍是楚地沭阳，跟随父母来到虞地，也就是今天的苏州。公元前 209 年，项羽跟随伯父项梁杀了会稽太守，于吴中起义，虞姬爱慕苏北老乡项羽的勇猛，嫁与这位年长自己 5 岁的项羽为妾。项梁死后，项羽先为次将，后升为上将军，虞姬和项羽形影不离，一直到垓下自刎。由此可见，虞姬恐怕生前没有跟随项羽回过宿迁。因此，把虞姬的雕像贡放在这里，确实表现出江东父老对这位好儿媳妇的无法抑制的赞叹。

四

千百年来，江东父老把项羽和虞姬的这对美满的婚恋，看作是一种莫大的幸福。每当家乡哪家新婚大喜，总是要到项王庙去祈拜，祈求他们赐福给新人，也就有了“白果果，开白花，白家大姐嫁人家。哥哥抱上轿，嫂嫂去拜项王庙。扯黄旗，放鞭炮，新娘房里好热闹”的宿迁民谣了。由此可见，家乡百姓早已把项羽和虞姬两人当作是美满爱情幸福婚姻的典范。

如果说虞姬的恩爱表现了她性格的一个侧面，那么她性格的另一个侧面则是刚强。清朝诗人何浦的《虞美人》中有这样几句诗：“遗恨江东应未消，芳魂零乱任风飘。八千子弟同归汉，不负君恩是楚腰。”认为八千楚军全都投降了刘邦，没有一人能够像虞姬那样坚贞不二，宁死不屈。把中国所有的女人的似水柔情全都汇集于一身，又把整个中国所有的女人的如钢坚韧全都汇集于一身，她把女人的柔情和女人的刚烈，淋漓尽致地表现到了人间情感的极至。

是虞姬成就了项羽，成就了一段英雄传说。

风干在历史深处的王朝

一

一轮困惑的月徘徊在900年前燕京房山的那片山林之间，仿佛是在苦寻着自己的归宿。那座高大的石塔顶尖，默默地指向清冽寒冷的夜空。石塔四周那片已经枯萎的树林落叶飘飞，石塔脚下十几位高僧在正襟危坐地念经，为刚刚圆寂的高僧张伟超度。头发花白的张通古燃起三炷高香，祭拜张伟这位人生知己的西去。三缕青烟袅袅升起，很快便在寒夜里化作一片虚无。

张通古望着眼前的青烟朦月，又一次想起自己28年前隐居的河北易县那座太宁山。要不是张伟三番五次去请自己出山，自己恐怕早已剃度为僧了。他忆起自己当年和张伟吟唱的那句诗来："人间无此景，树下悟前生。"

张通古那时一直在问自己的前生是谁？难道是三国时的诸葛孔明？那太宁山难道就是当年的南阳郡？自己就像当年的诸

葛亮一样，在等待着前来三顾茅庐的明君？这时恰好也是宋、辽、金三国混战的乱世。自己是当时属于辽朝的河北易县人，辽天庆二年（1112）进士及第，候补枢密院令史，可自己坚决撂挑子不干，以替父丁忧之名请求辞职，结果“恳辞不获，因遁去”。后来宋朝也几次派人来请出山都被自己婉拒了。

隐居多年，清心寡欲，修德明志，等待的结果是跟随老友张伟出山一展宏图。然而，他不会想到自己虽然今生也被大金朝拜相封王，可后世非但没像诸葛亮一样流芳百世，反而成了千古罪人。他生前死后都被人咬牙切齿地骂为卖身求荣、十恶不赦的国贼。直至今日，还有人为他这样的一位文弱书生，描绘了一幅丑陋无比的肖像：歪戴着一顶貂鼠毛圆沿的毡帽，帽顶斜插着两支野鸡长翎，身穿一件女真贵族的紫色圆领窄袖、狐貉皮毛的短袍，脚穿一双尖头毛皮靴。两眼阴毒地斜视着前方，嘴上留着八字山羊胡，满脸是丑陋的横肉。哪里还有一丁点儿诸葛孔明的羽扇纶巾，道骨仙风？

当然，让张通古遗臭万年的根本原因，是他代表金朝出使宋朝，直接主演了引起汉人义愤填膺900年的“绍兴和议”。绍兴八年（1138）冬天，金国居然选派他作为“诏谕江南使”，携带诏书到达宋朝国都。据《宋史》记载，他极其傲慢无礼，视南宋国家之尊严于不顾，对宋国不称国只称江南，将金熙宗的诏书不称“国信”而称“诏谕”。更有甚者，还要求宋高宗必须面北跪拜他张通古，并双手接过金国诏书，捧着诏书举过头顶称臣。最后，宋高宗借口给宋徽宗守丧，由首相秦桧代表他向张通古行跪拜大礼这才作罢。

“绍兴和议”的结果是：宋帝向金国皇帝称臣，金朝赐予刘豫所占据的河南、陕西等地，金朝归还徽宗和皇太后，南宋每年向金朝贡献银25万两、绢25万匹。“绍兴和议”之后，他回到金朝就被一下子提拔为参知行台尚书省事，成为金王朝参与最高层决策的汉人。也正是“绍兴和议”，年仅39岁的主战派岳飞被以“莫须有”的罪名处死，而投降派秦桧居然因此被吹捧为“圣相”。虽然“绍兴和议”后20余年，南宋与金朝未发生大的战争，但是全体汉人真正恨死张通古这个狗汉奸了。这就有了以后的各种版本的平话、唱本、戏曲，这就将张通古推上了历史的审判台，成了死咸鱼到今天也没有翻过身来。试想，如果张通古能看到以后的这些事，对于这位饱读圣贤书的士人而言，留取身前身后名比什么都重要，他肯定不会从太宁山走出去的。

此刻，想到这些如烟的往事，一滴浑浊的老泪慢慢地溢出了双眼。他凝望着自己为张伟建造的石塔，对张伟的一生顿生无限感慨，自然又想起自己隐居的太宁山，想起那里两座并列的净觉寺石塔，想起双塔的四周一直飘逸着的白雾。他一直认为这白雾里含有某种玄机，让自己无法参透。

那两座石塔耸立在太宁山的半山腰，它们选择在“回峤层峦，隐映殊状，峭拔直起而高者，积翠屏”的世外桃源立足，确实玄妙之极。那时，张通古经常沿着山间的小路，背着行囊向着双塔朝圣而行。他似乎被天空的蔚蓝、树木的青翠、山溪的清澈完全陶醉了。那里正是他的“岩壁四向，卓立万仞，青耸接天，空翠分色，风雷之所吐纳，日月之所蔽亏，脱落埃尘，此非常境”的世外桃源。

然而，就是那个张伟，去太宁山将他拉进了滚滚红尘，而十多年后张伟本人却辞官出家，来到这房山过起了隐居生活，而张通古在乱世里想像诸葛亮那样鞠躬尽瘁死而后已，谁想到今天却落得个遗臭万年？

其实，张通古是个刚直不阿、敢于与权贵叫板的文人。他的人生名言是："以正道获罪而死，比活着好。"在金熙宗时期，海陵王造谣中伤自己的政敌胙王，金熙宗居然信以为真。这时的张通古是参知行台尚书省事，抓住其中的谬误，极力辩解制止。然而，金熙宗还是认定海陵王的话是真的，最后还是处死了胙王，同时还要治张通古的罪。他这时便斩钉截铁地说：为真理而死比活着更好！当然，金熙宗没有杀他，后来弑君上台的海陵王也没有杀他。大金朝从建国到灭北宋只用了短短的 12 年，这样一个富有生气的王朝，是离不开张通古、蔡松年、宇文虚中这样一批优秀"汉奸"辅佐的。

然而，宋以后广泛流行于民间的说唱评书，将张通古推上了历史审判台。评书里说宋朝那段历史的就有《杨家将》《三侠五义》《五鼠闹东京》《大破冲霄楼》《龙虎风云会》《水浒全传》《说岳》《呼家将》等几十部。而其中说到宋金战争，就必然说到"绍兴和议"，也就必然将张通古恶狠狠地鞭挞一番，张通古也就成为众口一词的千古汉奸、历史罪人。

这样的后果确实令张通古始料未及，他在出使南宋时居然写过这样的诗句："明月望不见，白云徒自愁。征鸿悲北渡，江水奈东流。"这首诗表达出他对人生的无奈和惆怅。他在经历世事沧桑之后，多次萌发重归山林的想法，这个想法一直到他临死之前也没有打消。当然，又一个让他没有想到的是，自己死后不仅是汉族不放过他，就是自己毕生效力的金朝也没有放过他。

海陵王完颜亮于正隆二年（1157），诏令削降王爵封号，不仅包括活着的人，而且殃及死者；不仅公私文书中涉及王爵字样的必须毁掉，而且连埋在地下的碑志也要掘出凿毁。有王爵封号的张通古死后的墓葬，也就自然被金朝掘毁，最后居然无葬身之地了。

当张通古真正地看破红尘，真正想像张伟那样激流勇退，真正想重归山林时，可惜为时已晚。自己是汉人敌国的宰相，早已成为汉人口诛笔伐的头号汉奸，背上千古骂名了。

老态龙钟的张通古满脸迷茫地凝视着石塔的尖顶，高悬夜幕的那轮困惑的月显得十分朦胧，依旧在那片落叶纷飞的山林间徘徊。

二

金大定二十四年（1184）4月的一天，天上飘拂着毛毛细雨，位于辽宁辽阳境内的清安、垂庆二寺，正在举行着盛大的浴佛法会。下个不停的春雨似乎就是外在的佛，是专程来洗净人们内心污垢的。

风烛残年的金世宗正颤颤抖抖地被太监宫女们搀扶着，从寺院的山门一步一步地走上大雄宝殿，半道上已是气喘吁吁，咳嗽不已了。殿内高大无比的释迦牟尼坐佛像重新镀了金身，金光四射地端坐在莲花宝座上，用凝重庄严的神态，凝视着俯跪在脚下的这位满头白发的金朝皇上。住持率众弟子先后念起了“戒定真香赞”“南无本师释迦牟尼佛”“心经”“唱浴佛偈”。此刻，执意长跪的金世宗一下子晕厥过去。

61岁的金世宗本来就得了严重的肺病，长年积劳成疾，加上从京都一路颠簸来到辽阳，龙体肯定是吃不消的。然而，驾临清安寺、垂庆寺顶礼膜拜，是他这几十年的宿愿。他预感自己来日无多，再不来就可能再也没有机会来了。因而，他不听劝阻坚持将浴佛法会的礼仪进行到底。他要为大金朝“浴佛”，洗净心间的恶，他苏醒后居然又跟着和尚们一起唱浴佛偈了。震耳欲聋的集体诵经声在高大巍峨的大雄宝殿里回荡着，金世宗却能听到自己发出的中气不足的声音。他的眼前一直恍忽看到自己心中的恶，像污泥一般被冲洗下来。

金世宗名为完颜雍，金朝的第五位皇帝，即位后便停止侵宋的战争，和宋朝重新订立了和约，并且在和约上作出了让步，改宋向金称臣为称叔，而且将岁贡改称岁币，并减少了10万两，使金宋保持了四十多年的和平。他还十分朴素，连丝织龙袍都不肯穿。一次他正在吃饭，公主来了，他竟没有多余的饭菜给公主吃。他使女真族从奴隶制过渡到封建制，使金国国库充盈，农民富裕，天下安康，出现了“大定盛世”的繁荣景象，金世宗也被史家称为“小尧舜”。

然而，他的身体却一年不如一年。他一直担心自己驾崩后，金朝会再像以前那样南侵，给天下苍生带来战争的灾难。他认为，只有用佛洗净心间的恶，才能真正消除战争的罪恶。这或许就是他选择“浴佛节”驾临清安、垂庆二寺的一个原因吧？

当然，金世宗来这里还不仅仅为了这些，他的母亲就是在这里出家，后来又是在这里圆寂的。金皇统五年（1145），为了向佛主祈求对大金征伐罪恶的宽恕，他的母亲落发为尼，法号“通慧圆明”，朝廷便出巨资扩建寺院，并在寺旁另建垂庆寺让她居住。金正隆六年（1161），通慧圆明大师圆寂，葬于垂庆寺塔园。他母亲临终之前留给他的遗言只有四个字：“行善积德。”他登基后又增修了李氏葬身塔，在塔前建了一座奉慈殿，并且亲笔御题了“行善积德”的匾额。

金世宗多次扩建清安、垂庆二寺，使之成为当时北方规模最大的佛教胜地。寺庙的主体建筑是大雄宝殿，是三层拱檐前后抱厦楼阁式建筑，其体量大大超出一般庙宇。殿内供奉的大佛是当时全国殿内佛身最高、体积最大的木质释迦牟尼坐佛像，张开的手掌一根手指的长度就相当于一个人的身高。与其他佛祖坐像不同的是，释迦牟尼抬举的右手轻拈一只金婆罗花，仪态甚是不凡。据说，这正是按金世宗的母亲的意愿建造的。

或许是佛主佑护金世宗吧，他于金正隆六年（1161）10月，在这座寺庙里发动政变，逮捕了政敌高存福与李颜隆，然后宣告即皇帝位，改元“大定”的。登基23年后，他这次亲临清安、垂庆二寺顶礼膜拜，其中的原委确是太多太多了，是感恩佛主，是祈福求寿，是怀念母亲，还有洗净心恶。这次他还应住持之请专门为大殿立柱御题了“任何大罪念佛即消，何等恶人念佛即善”的对联。

他颤颤抖抖地走向寺院的塔林，迷蒙的春雨还在无声无息地下着，简陋的华盖遮挡不了苦风凄雨，所有文武大臣全都在雨中跟随着，一直走到奉慈殿才停下脚步。在母亲的牌位前，他双目流泪地燃起了三炷香，然后跪下去深深地拜了三拜，接着走到殿后，围绕那座葬身塔缓缓地走了三圈。雨还在淅淅沥沥地下着，水雾灰霭将那座高大的白塔凸显在他的面前。这座白塔确是北方古塔中的佼佼者，为砖筑八角十三层实心密檐式结构。塔门口还高悬着他御笔亲题的对联：“念佛之身必有余庆，积善之人定得往生。”他望着这副对联，边咳边说：“念佛，积善。”所有随行大臣全都跪在雨地里高呼：“臣等一定念佛！积善！”

然而，不管金世宗如何像“小尧舜”那样“行善积德”，也不管他“任何大罪念佛即消，何等恶人念佛即善”的对联想表达怎样美好的愿望，也无法弥补金朝几代皇帝数十万铁蹄南侵的凶残掠夺，更掩饰不了海陵王完颜亮的残暴荒淫。

海陵王完颜亮因弑君夺位、残忍嗜杀、淫荡好色而臭名昭著。他在位 12 年，为人残暴，杀人无数，荒淫无道，“海陵王欲为君则弑其君，欲伐国则弑其母，欲夺人妻则使之杀其夫。三纲绝矣，何暇他论。至于屠灭宗族，翦刈忠良，妇姑姊妹尽入嫔御”。他的凶恶残暴彻底损毁了金国的国家形象。

随着时间的推移，“小尧舜”金世宗的“大定盛世”还是被金人的滚滚铁蹄淹没了，还是敌不过汉人众口一词的评书说唱对金人的丑化鞭挞。最终造成今人没有几个知道鼎鼎大名的卢沟桥就是金世宗诏命建造的，也就更不会知道他的“大定盛世”了。这就难怪他从清安、垂庆二寺顶礼膜拜之后不久就驾崩，从此国人就没有多少人能够记起他的丰功伟绩了。所以说，九百多年前那场盛大浴佛法会时下个不停的春雨，即便就是外在的佛，也无法洗净金人被口诛笔伐的恶名，到头来就连“小尧舜”金世宗也被这种恶名株连了。

历史将金朝抽象为胡虏，评书将胡虏抽象为凶残。一个王朝就这样被时间风干，遗臭万年了。

三

那片凄迷荒芜的杂草丛中，静默无言地伫立着一面陈腐斑驳的残碑，如血的残阳从地平线直射而来，给古碑的四周镶嵌上一道闪光耀眼的轮廓，几株荒草便从残石的破缝之间探身而出，迎着晚风摇曳着细长的腰肢，一片淡薄迷蒙的雾气正缓缓地飘拂游荡而来。

我是按照一篇文史资料上写的“汝州城东 20 里有北岳行宫”寻到这里来的，资料上说这座曾经辉煌过的行宫，是当年完颜宗弼所修，还有人传说他死后便是下葬于此。眼下，原本恢宏气派的北岳行宫只剩下三间东倒西歪、破旧不堪的断墙颓垣了。

这座历史上的北岳行宫位于河南省汝州市纸坊乡完庄村。据完颜家族的人介绍，他们清楚地记得完庄村的墓地碑文上有“金完颜四太子之墓”的字样。20 世纪 50 年代“大跃进”时，人们将这块石碑断为三截，搬去修建石道，作为通往田野的阡陌了。虽然村里人都说完颜宗弼就葬在汝州完庄，其墓址就在完庄村的西头。然而，墓地旧址现在已是一片青青麦田，几乎没有任何蛛丝马迹可寻了。

我伸出双手抚摸那粗犷冰冷的断碑，感受着这座行宫陵墓的废墟，体验着埋葬在地下被误读了 900 年的一个民族勇士的人生。确实，在中国封建社会酿造的诸多千古冤案之中，最为冤枉的恐怕就要数金代的完颜宗弼了。虽然，他不像韩信那样被满门抄斩，不像胡惟庸那样被屠杀三族，却是被汉族人用口诛笔伐的方法酿成的一起千年冤案。

凡是看过或听过评书《岳飞传》《说岳全传》的人，全都知道金兀术这个人。评书对他作了这样一段脸谱化的描写：“头戴一顶金镶象鼻盔，金光闪烁；旁插两根雉鸡尾，左右飘分。身穿大红织锦绣花袍，外罩黄金嵌就龙鳞甲；坐一匹四蹄点雪火龙驹，手拿着螭尾凤头金雀斧。好像开山力士，浑如混世魔王。”就是这位“混世魔王”统率金军向宋朝发动了一次又一次侵略战争，杀死汉人无数，生俘宋朝徽宗、钦宗二帝，把宋高宗赵构又逼到海上，他是著名的“岳家军”的死对头，是穷凶极恶的刽子手和侵略者。评书描写岳飞与金兀术在战场第一次刀兵相见时是这样写的：“岳爷道：‘我已认得你这毛贼，正叫作金兀术。你欺中国无人，兴兵南犯，将我二圣劫迁北去，百般凌辱，自古至今，从未有此。恨不食你之肉，寝你之皮！吾非别人，乃大宋兵马副元帅姓岳名飞的便是！'”这个被岳飞骂为“毛贼”的金兀术正是完颜宗弼，金兀术是他的女真族名字。

一部评书将汉族英雄岳飞与金国女真族名将金兀术之间的争锋鏖战，演绎得淋漓尽致、家喻户晓。岳飞以其赫赫战功和“精忠报国”永载史册。然而，作为岳飞最重要敌手的金兀术的结局，却值得我们深思。此后900年间，岳家备受尊崇，威名不绝，而金兀术的名字却在历史上臭名昭著，备遭鞭挞。他的后人甚至一度不敢使用自己的姓氏，金兀术就连死后葬在何处都成了千古之谜。近年出版的《汝州文史资料》提出，“金兀术应该是逝于开封，葬于汝州城东”。不过，这只是一家之说罢了，没有被史界公认。

面对着夕阳笼罩之下历经沧桑、早已荒芜的废墟，我的心灵被强烈地震撼着。因为从这断碑颓垣上，我们仿佛听到了一声声隐藏在废墟深处的冤魂在呐喊，仿佛看到了隐藏在评书文化背后的汉民族精神的种种局限。而这时那泼金洒银般的夕阳落在废墟的身上，正好勾勒出了废墟画面里一种耐人寻味的悲剧轮廓。

其实，评书的情节并非历史的真实，评书的情感只能表达当年的汉族情绪。金兀术也不是评书所说的那样凶残狠毒，广为流传的《说岳全传》的“虎骑龙背，气死兀术，笑死牛皋”，只是说书人为了发泄对金兀术的无比仇恨罢了，而历史记载根本没有相关印证，压根就不足信。作为正史的《金史》记载，金兀术薨于1148年。《宋史》也说“兀术班师，未几病逝”，可见并非评书所言“气死兀术”。

历史上真实的金兀术是一位杰出的政治家、军事家。据

《金史》记载，他是金太祖完颜阿骨打第四子。他“有胆略，善射，战功赫赫”。康王赵构继位后，金国屡屡南侵，战事频繁，由此为完颜宗弼和岳飞等杰出军事将领，提供了一展鸿图的舞台。“金皇统二年金兀术还朝，兼监修国史，以功拜进太傅、太师，令三省事，都元帅”，独掌军政大权。“金皇统八年（1149）10月薨。金大定十五年，谥忠烈。”然而，这些正史早已敌不过评书，史实早已败给了虚构。

废墟是历史遗留给我们的悲剧见证，那散落于荒城脚下的陶片碎瓷，似乎都是英雄被评书虚构的历史撕裂之后残存的肢体，那遍布废墟上一口口淤塞干涸的古井，似乎都能飘忽而出被众口铄金造成的千古冤魂。废墟是现实对900年前英雄悲剧的祭奠，废墟需要后人重新对千秋功罪的公正评说：英雄不应该只属于当年岳飞、杨家将、韩世忠等汉人，英雄也应该属于当年完颜宗弼、完颜阿骨打等女真人。废墟更是历史向后人发出的警告：当今中华民族的视野，不应该仅仅囿于900年前汉人的目光。

血写桃花

一

孔尚任给后人演绎的爱情传奇《桃花扇》，之所以能够300年经久不衰，不仅仅因为李香君和侯方域两人爱情故事的感天动地，更因为它是对中国文人永远无法挣脱的“徘徊情结”的深度表现。我们完全可以说，李香君宁死不嫁、以头触桌、血溅诗扇的忠贞，就是对中国文人深藏于骨髓深处的“徘徊情结”最成功的艺术对比和最鲜明的形象反衬。

那天傍晚，我就是带着对《桃花扇》的这种评价，借着昏暗的余辉，沿着孔林那条被阴森杂乱的灌木掩映的小道，踩着被萧瑟秋风刮得四处飞扬的枯叶，想寻找埋在孔林墓群一隅的孔尚任墓，想聆听300年前孔先生给后人演绎的悲剧传奇。然而寻了又寻，找了又找，就是没能找着，反而又走到了已经拜谒过无数次的孔老夫子的高大墓前。

此时此刻，我忽然觉得自己是在官场与文坛之间查找，在情场与仕途之间寻觅，在封建与自由之间盘桓，在显贵与清贫之间追问了。

二

中国传统文化人几乎无一例外地徘徊于官场与文坛之间。读书做官、光宗耀祖早已深入每一个文化人的骨髓。作为孔夫子 64 代孙的孔尚任更是如此。穷困潦倒、屡试不弟的他终于受到祖先的恩泽，在康熙二十三年（1684）玄烨南巡途经曲阜，被荐为皇上讲经，从而受到了皇上的赏识，破格录用入京为国子监博士，从此开始了 16 年的官场生涯。从孔尚任一朝为官而欣喜若狂、春风得意的言行上，我们就可以看出他对仕途是何等的痴迷。

亲瞻龙颜，让他欣喜若狂、心花怒放；为君讲经，更让他踌躇满志、春风得意！他兴奋得三天三夜没能合眼。他躺在床上辗转反侧，憧憬着被皇上宠幸的荣耀，畅想着升官发财的美梦。他又想到自己 31 岁赴济南参加乡试名落孙山，34 岁在世人耻笑声中卖尽田产，买了个国子监生的功名，当时自己的心情是多么的可悲、可叹、可笑啊！正如他在给他的亲家颜光敏的信中所写的那样："弟近况支离可笑，尽曲负廓田，纳一国子监生，倒行逆施，不足为外人道也。"然而，就在自己几近心灰意冷之际，命运却让自己一举成名，一跃成为世人景仰的国子监博士！

他觉得龙恩浩荡，他简直感激涕零。他在《出山异数记》一文中写道："君臣于父子，一日之间三问臣年，真不世之遭逢也。"当他翌年 2 月高高地站在京城的讲坛之上，看着环绕四周的三百多八旗子弟虔诚地向自己连拜三拜而聆听自己教诲的时候，你能想象得出他的心里又是怎样的一种淋漓畅快吗?更何况在康熙二十八年（1662），康熙皇帝第二次南巡，已经被派往淮安治水的孔尚任到江口迎驾，让他万万没有想到的是，皇上在众目睽睽之下居然高兴地呼唤着他的名字，并且召他登龙舟、赐御宴！当天晚上自然又是彻夜未眠，他一手抹着盈眶的热泪，一手提笔写下了“彻出琼筵惊两岸，尚方饼饵非常品。最是光辉人队里，龙颜喜顾唤臣名”。大有唐代大诗人孟郊的“春风得意马蹄疾，一日看尽长安花”的意气和豪情。

这种寒窗十年一朝得中的狂喜心情是可以理解的。因为修身齐家治国平天下是中国文人的人生最高理想，而仕途的腾达正是他们达到这种人生理想的必经之路。当然，正是因为他们是文人，所以比起别的什么人来要多几分酸气。未入仕途时文学是他们的敲门砖；春风得意时他们会用文学来附庸风雅、装潢门面；官场失意之后文学又成为他们发泄不满的载体，孔尚任从文的经历就完全可以佐证这一点。

康熙二十四年（1658）7月初，奉命随工部侍郎孙在丰往淮安，协助疏浚洪泽湖的入海水道废黄河的入海口，孔尚任本来期望自己身为朝官，意在为国为民干一番事业，将洪泽湖水患治理好，结果却落得个“与渔人为邻，鸥鹭为伍”，使他大失所望。在淮安治水的四年，孔尚任“时有迁客羁宦、浮沉苦海之感”，亲见“河政的险峻反复，官吏的挥霍腐败，百姓的痛苦悲号”，故而大发“呻吟疾痛之声”，成诗630余首，后来编为《湖海集》。这些作品彻底摆脱了他早期应酬、颂圣的写作倾向，较深切地反映了当时淮安河道以及社会现实的腐败。淮扬一带是明清之际政治军事斗争的重要地区。在这里，孔尚任感慨于淮安清江浦河道府的声色犬马，凭吊于扬州梅花岭的史可法衣冠冢，去南京又走访了明故宫明孝陵，还特地到栖霞山白云庵访问了后来被写进《桃花扇》的张瑶星道士。可以说在淮安治水的四年，不仅使孔尚任对现实认识不断深化，而且也是创作《桃花扇》最重要的思想和素材的准备。

四年之后，他被召回京城仍任国子监博士，到了48岁两鬓已经熬成白发，皇上似乎把他给忘了。直到这时，他终于感到前途的缈茫。他觉得自己就像一棵又老又黄的荠菜，花开花落无人问津。他的那首七绝《国子监博士厅》正是抒写出他心中的这种无奈："雀噪新槐吏散衙，十年毡破二毛加。不知城外春深浅，博士厅前老荠花。"那十年前的春风得意一扫而光，剩下的只有满脸的皱纹、满头的白发和满身的晦气。他果然在55岁那年，只当了两个月的户部广东清吏员外郎就被革职，心灰意冷地回归乡野。他终于用了16年的时间，重走了一回中国文人都已走了千百遍的发奋勤学、得第出仕、被贬放归的老路。他这才猛然醒悟到书房与庙堂之间的道路是多么的漫长，在这条路上自己用了大半辈子徘徊犹豫，结果还是一事无成。他只有用文学来稀释这官场失意的缠绵情怀了。

三

在中国传统文化人的心里，金榜题名、洞房花烛和衣锦还乡这人生的三大乐事中，金榜题名是最为得意的，而洞房花烛则被认为是"小登科"。孔尚任金榜并未题过名，只弄了个"不拘定例"破格提拔，16年后还乡时已被革职，压根儿就没有尝到过衣锦还乡的滋味。因此，他就幻想在洞房花烛这个

“小登科”上好好地乐一把，企望着品味到别人无法承受得到的江南第一佳人的艳福了。

孔尚任在他的文学世界里，发生的“艳遇”是他官场失意之后思想王国的一次情感自慰。这个爱情故事发生的时间被他设计在310年前春天的一次诗会上。那天正是清明佳节，按照秦淮地方的风俗，佳人们都要作一次以吟诗弹唱为主要形式的PARTY。秦淮河边，梨花似雪，绿草如烟，先生踏青而来，穿过莺花深巷，走过烟水板桥，只见得那暖翠楼的黑漆双门上插了一枝带着晶莹露珠的柳花，又有抚琴小曲从楼上飘下。他听得入了神，魂已被勾了大半。他得知所有人等一律不得入内，只能在楼下赏听，若是相中了楼上的佳人就把扇子抛上去，楼上若是扔下了果子就可以密约幽会了。这在中国封建制度森严的背景下又是一种多么令人费解的浪漫呀！从此，先生以他的多情和多才赢得了芳龄16的阿香的芳心。

先生与阿香那天夜里的鸾巅凤倒、云翻雨腾，确实超越了一般男欢女爱，那芙蓉帐里的高潮迭起，简直就是大地之阴与苍天之阳的交配，简直就是雄山之雷和沧海之电的共振！只有在这时，什么仕途腾达，什么功名利禄，什么皇权贵胄，什么江山社稷，一切的一切，全都变得不足挂齿了；只有这时，他才能悉心体验到一位旷世奇女的恩爱情怀；只有在这时，他才能被这位南国佳人风情万种的抚慰而暂且忘却仕途失意带来的心灵苦痛。

然而，激情过后仍旧是现实，高潮过后仍旧是世俗。孔尚任在石门山头仍然眺望着京城，在江湖之远仍然心系着皇上。所以，他不得不按照中国文化人的天赋秉性，将这个爱情传奇往下推演。男主人公也就不得不离别女主人公，身不由己地避祸远去，心底下仍然存有出将入相的妄想。事实上，他本来就没有再想回来与阿香重逢的打算，恐怕连明媒正娶的念头都没有过，就这样撇下被他“破瓜”的女子，头也不回地奔他的前程去了。他没有留下一句承诺，没有留下一丝希望。而就是在这种情形之下，一往情深的阿香，洗尽铅华，闭门谢客，天天凝视那把和他定情的绢扇，一心等待着他的归来。她后来在权贵300两黄金的面前，甚至在坐牢杀头的恫吓面前，居然死着心眼地念着他。最后在封建恶霸逼嫁时，也就顺理成章地出现了大义凛然、义无反顾地用她那充满爱情理想的头颅，去猛烈地撞击那个坚硬冰冷的残破河山，以身殉情的悲壮了。我想，在阿香用她那纯洁的鲜血染红了那柄素洁的绢扇上桃花的时候，金钱顿时变成了粪土，权贵顿时变得缈小，乌纱与顶戴顿时变得一钱不值，甚至若大的江山也顿时变得无足轻重了！

先生的好友看着昏迷不醒的阿香，深深地为她的贞节忠烈感慨唏嘘，提毫将扇面上的血迹稍加点染，描画成了一朵朵鲜艳夺目的桃花。从此，这把桃花扇一直到阿香死去也没有离开过她的身边。当清兵攻下南京之后，到处火光冲天，夜空一片血红的时候，她带着这把生死相随的桃花扇，随着逃难的人流高一脚低一脚地逃往苏州。由于一路颠簸劳苦，精神上又是极度的悲伤，到了苏州便身染重病倒下了。她得了当时被称为不治之症的肺痨。她深知自己来日不多，每天总是凝视着那把桃花扇发呆，一幕一幕地回想着与他一起生活的美好往事，憔悴清癯的脸庞便凝固着甜美的笑容。她倦卧在病榻之上思念他到了极至的时候，泪水就会悄悄地流出她的眼帘，浸透她那亦已破烂的衣衫。不久，她的病情开始恶化，咯出的浓血一日多于一日，终于在那个夜深人静的夜晚，独自一人悄然离世。在弥留之际，她用尽全身的力气，剪下一绺青丝，小心翼翼地用红绫包好，再把它绑在她早已视为比自己生命还要重要的桃花扇上，然后请人转交给自己心爱的人，并且留下了遗言："先生当为大明守节，不可事奉异族，妾于九泉之下会铭记先生的厚爱。"就这样她在极度悲惨之中悄然死去。

四

现实中的孔尚任并没有按照文学里的阿香的遗嘱行事，而是春风得意地当上了大清王朝的国子监博士，每天早朝时总是垂着马蹄衣袖四脚落地，匍匐在大清皇帝的脚下，用尽吃奶的力气山呼万岁。

孔尚任就是通过虚拟的文学世界与真实的现实生活的两相对比，来强烈地反衬出像侯方域这样的文化人在政治上的动摇和对官场的迷恋。这便是他的自我反省，也是对中国文化人"徘徊情结"所带来的千年惆怅的深度发掘。

他就是把阿香的淋漓鲜血当作泼墨去勾画出一朵朵失去故国和失去恩宠的悲愤之花的。在文学作品里侯方域失去大明故国的惆怅，和现实生活中孔尚任失去皇上恩宠的苦痛完全融为一体。侯方域正是孔尚任的精神化身。就这样他 16 年官场压抑、怀才不遇的郁闷在文学的天地之间得到了充分的释放，他的人生得失化作《桃花扇》中男女主人公的悲欢离合得以淋漓尽致地发泄。就这样他十年奋笔、三易其稿，终于完成了这部传世之作。剧本公演之后立即轰动朝野，市井巷议，百官争抄，一时洛阳纸贵，就连皇上都研读再三。

"十六年拙宦而碌碌无为"的孔尚任用心血一句一句地写成了《桃花扇》，就像李香君用她的鲜血点画出一朵又一朵桃花。孔尚任就是饱蘸着从心底滴出的心血挥笔著书的，他就这样满怀着官场的疲惫回归那阔别了16年的文坛。16年宦海沉浮没有造就一代名相，反而造就了一代文豪。而他在淮安治水的四年生活成就了他的这个伟大的文学转折。然而，孔尚任并未因为自己变成了戏剧大师而欣喜若狂，恰恰相反，正因为他的这部《桃花扇》使他被贬出京。他因锦绣文章而得宠入仕，也因锦绣文章而被贬革职。

1700年深秋的一天，他雇了一头瘦驴，驮着他的全部家当五大木箱书籍，一步一回头地向着他隐居读书的曲阜走去。秋风残照里，孤雁哀啼中，一路长叹相伴，一路落叶相随，他沿着中原古道向着自己人生的最后归宿踟蹰而去。

300年后的今天，我执着地沿着孔林那群乱坟之间的阡陌苦苦地追寻着孔尚任先生的最后归宿。一直到天色已晚，我才找到那处寂寞地深埋着一代文豪尸骨的荒丘。我觉得，孔尚任不论在生前还是在死后，都沾了孔夫子不少的光。如果今人不是去瞻仰被历代帝王反复加封、官至“大成天圣文宣王”的孔夫子而顺道去看他，恐怕没有多少人会专程来造访这么一介书生的。这恐怕就是中国2000年一脉相承的官本位思想的现代表述吧？无怪乎这位大文豪死后的墓碑上只刻了“奉直大夫户部广东清吏员外郎”一行大字，可见在古人的眼里只有当官的孔尚任，没有戏剧大师孔尚任。

寻觅九百年

一

不管是黄花堆积的傍晚，还是清凉初透的半夜，抑或是西风卷帘的清晨，只要天上飘着那如烟如织如泣如诉的秋雨，她总是一次又一次地轻翻起《漱玉集》那叠泛黄暗淡的宣纸，弹奏着《声声慢》那把凄美幽怨的扬琴，轻轻地推开《醉花阴》那座荒芜已久的院门，总是会一次又一次凄凄惨惨戚戚地走向孤独之巅。

她就是能够把这种悲秋情结穿透古老中华900年厚重历史尘烟的李清照；她就是在金人的滚滚狼烟里花自漂零水自流地独身一人巅沛伤感的李清照；她就是孤傲地独立在大宋王朝那灰暗苦涩的天庭之上绽放着文学光芒的李清照。

确实，就是这位大宋才女，900年来一直有着经久不衰的魅力。我想，她之所以能够让国人倾倒近千年，其中最大的原因，就是她用自己寻寻觅觅的凄惨一生演绎出来的悲秋情结。

那是建炎三年（1129）6 月 13 日的清晨，那是一个让李清照永远无法忘怀的日子。那天，爱人赵明诚赴建康面见皇上然后准备去湖州上任。她万万没有想到这一别会是她和爱人的永别！她站在长江古渡、杨柳岸边，看到那只满载离愁的木船已经扬帆，船家的催喊一次又一次地传来，便情不自禁地把爱人的双手紧紧地握着不放。她的心里突然袭来一种不祥的预感，两眼奔涌出无限的依恋。这可是国破家亡、兵荒马乱的年头呀，金人的 40 万金戈铁马席卷而来，这一别前途难测。想到此，这种生离死别之痛，使他们不禁紧紧地相拥着最爱，紧紧地相拥着沉默。他们这时唯有执手相看、唯有泪眼双流、唯有无语凝噎了。可她不得不眼睁睁地看着爱人的兰舟渐行渐远、渐行渐小、渐渐地消失。片刻过后，她的眼前唯有滚滚长江无语东流。

从此，她望眼欲穿，度日如年。可两月之后的秋天，她盼来的却是自己的爱人去世的噩耗！而那天恰恰就是一个秋雨绵绵的傍晚！如果说她的双眼在送别爱人的时候让人看到的只有无限柔情的水，那么到了这时虽然冬天还没有来临就已经变成无法融解的冰了。她经历了人生的最大悲恸。她总是回想起和爱人在江口分别时的最后一个眼神和最后一句话语。他就这样撒手而去，就这样把她一个人孤苦伶仃地留在这乱世之上。他没有一句遗言，没有任何眷恋，没有给她以后的生活做过任何的安排，就这样永远地走了。她望着灵堂里昏黄的烛光在秋风之中跳跃，听着窗外秋雨斜打着芭蕉发出的点点滴滴，便坐立不安地徘徊在失去爱人的空旷与寂寞之中。

也就从这时起，那种悲秋情结便牢牢地占据了她的整个心灵，她也就站立成了大宋王朝一道时代悲剧的背影，她也就变成了独立于秋风黄花之间对于真善美执着追求的一座美神。失去爱人而丢魂落魄总想追回已经逝去的爱情而去寻寻觅觅，就是她这种悲秋情结的爱的渴望；如同乍暖还寒、晚来风急、细雨点滴一般的山河破碎，就是她这种悲秋情结的忧国情怀；自比落花、无人堪摘而伤心独饮，结果只落得个冷冷清清凄凄惨惨戚戚，就是她这种悲秋情结的人生写照。她就是将这种悲秋情结，抽丝剥茧一般地精心纺织成这道愁的天幕，永远地高悬在一个文学大国的苍穹了。

二

我对李清照的《声声慢》有着别人无法体会得到的一种感受。

前几年我小姨发生的那个寻觅爱情的故事，就与李清照的悲秋情结有着一段不解之缘。我小姨在师范毕业之后的那年秋天，突然被我外婆发现怀孕了！经我外婆他们连续多日的盘问，这才得知我小姨居然怀上了我外公雇用来看鱼苗的一个外乡人的孩子！我外公这下子可气炸了，硬说那外乡人是强暴，非要把那人送去治罪不可。我小姨没有其他办法，只得草草准备了一些钱物，叫那个外乡人连夜逃亡。那天傍晚天上下着丝丝小雨，我小姨把那个外乡人送到了废黄河边，让他乘上那条事先准备好的小船，冒着秋雨落荒而逃。

从此，我的小姨总是在下雨时到废黄河边的那棵老柳树下面发呆，在那里等待着那个外乡人的归来。她曾经对我说过，那个外乡人答应她找到一个安身之处后就回来娶她。可是时间一天一天地过去了，又一月一月地过去了，她没有等到他的归来，而她的肚子却一天比一天地大了。我外公先是叫她去医院把那个孩子打掉，可我小姨说什么也不肯，我外公后来一气之下就把小姨赶出了家门。

小姨便挺着个大肚子到处寻找那个外乡人，一遇到下雨天就本能似的披上旧雨衣，到废黄河边的那株老柳树下等着盼着。然而，一直等到了她的孩子生了下来也没能等到。她只得一个人住在废黄河边的那间看鱼的草棚里，而她的孩子又得了病没活三个月就死了。她舍不得把孩子埋了，想等自己的爱人回来看一眼他们的孩子，便把孩子装进她在学校读书时用过的书箱里，为了防止腐烂又用盐巴洒在那具小小的尸体之上。

到了第二年的秋天，我小姨还是没有等到那个外乡人回来，可她还是一如既往地在秋雨绵绵之时伫立在那棵老柳树下面守候。再后来我小姨变得疯疯傻傻的了，秋雨之中居然脱光了所有衣裤，一丝不挂地跳入废黄河里裸泳，嘴里便没有标点没有停顿地吟诵起李清照的这首《声声慢》来："寻寻觅觅冷冷清清凄凄惨惨戚戚……"

我小姨对李清照《声声慢》的这样如泣如诉地吟咏，一直到今天总是在我的记忆深处不时地回响。每当遇到连绵的秋雨，我总是会自然而然地想起我小姨那独特的朗诵声调，想起她对心爱的人那种坚韧执着的寻觅。

是的，每一个人都在寻寻觅觅，都在寻一个梦，都在寻一段情，都在寻一份爱。女人多情挥泪和男人仁义滴血，女人黯然销魂和男人壮怀激烈，女人柔情似水和男人荡气回肠，全都是在用他们的生命去对爱的寻寻觅觅，寻无怨无悔，寻矢志不渝，寻生死相许，寻天长地久。然而，到头来只落得爱情如梦，誓言如风，只落得冷冷清清，凄凄惨惨戚戚。我想这就是悲秋情结产生的真正原因吧？

三

我觉得悲秋情结并非李清照一人独有，而是中国文化人共有的一种精神元素。国人最早的悲秋情结表现在《诗经》中的《风雨》三章，写秋雨之词曰“风雨凄凄”云云；《诗问》卷二载王瑞夫人对此解说：“凄凄，寒凉也。秋雨荒鸡，无聊甚矣。雨甚而晦，鸡鸣而长，苦寂甚矣。”这便是中国古代文化人对秋雨所特有的悲戚孤独情怀。到了北宋，早于李清照一百年的柳永也吟咏出《雨霖铃》。他站在杨柳岸边长叹一声“寒蝉凄切，对长亭晚，骤雨初歇”。不用说，不论是《诗经》《诗问》，还是《雨霖铃》，全都是借用秋雨来寄托孤独，又都是用孤独来表达寻求爱情的失望和绝望。

这种悲秋情结的意义在于失望甚至绝望之后仍然义无反顾地不断寻觅。这一点恐怕正是悲秋情结给我们提供的悲剧审美价值所在。前一段日子，周作人的《雨中人生》在大陆上一版再版，畅销不衰，其中主要原因就是他迎合了人们心中的这种悲秋情结。这本书的开头三篇《雨天闲谈》《苦雨》和《风雨谈》都是写秋雨的。他在扉页上就写了这么一段话：“人是合群的动物，他最怕的就是孤独，谁都不能安于寂寞。”据说周作人在写这几篇文章的时候就是因为受到了失恋的打击，可是尽管他遭受打击仍然说出这样“不能安于寂寞”的话来，可见他和900年前的李清照的悲秋情结同出一辙。

今人对李清照情有独钟的原因，恐怕是能从她在寻觅挫败之后仍然执着追求的悲剧审美效果上，获得心灵深处的最好慰藉和最大满足。她爱人去世之后又在寻觅新爱，所以经弟弟李亢的介绍改嫁给了张汝舟，而她的弟弟并不了解张汝舟的真实为人。张汝舟娶李清照完全是为了夺取她的文物字画，所以，他们还没有度完蜜月他就迫不及待地向她索要了。李清照想，那些字画可是爱人生前的唯一遗产呀，那也是自己不惜性命从金人的铁蹄之下一路逃难带出来的，自己怎么能答应他的这种无理要求？结果遭到了张汝舟刻薄的辱骂和狠狠的毒打。从此，李清照便陷入了精神肉体的双重折磨之中。在这种情况下，她就更加思念起自己死去的爱人。那种重获爱情的希望与眼前绝望的现实产生了十分强烈的反差。这时，爱人往日的眉目传情没有了，倾心长谈没有了，爱抚慰藉没有了，两情相悦没有了，万种风情也没有了。现在面对丈夫的只有冷若冰霜，只有冷嘲热讽，只有责怪辱骂，只有拳脚相加。她是一个品尝过爱情甜美的女人，也就格外明白没有爱情的痛苦。她寻寻觅觅到头来只落得个冷冷清清什么也没能寻到，自己只有孤独一人去悲悲惨惨戚戚了。她红颜不再，浓香已去；她最难将息，孤梦连绵；她冷冷清清，无人爱怜。就这样，李清照在寻觅爱情遭受失败之后，用自己的血泪吟唱出来的《声声慢》，也就变成了今人在无法寻到真爱时的一种最好的诗意表述。

第四辑

破碎在宋词里的河山

一

我总觉得1128年的那场洪荒简直就是1938年的一次预演，或者说1938年的灾难就是1128年的翻版。当然，这两出相距810年的悲剧并不是因为它们场景的相似，而是它们所叙述的委婉悲怆的宋词意境是何等的相同。

苍茫悲情的狼烟伴随着1128年失语的寒风，沉默着游荡在中原故国的上空，像一个个“驾长车，踏破贺兰山缺”的幻想被撕成的碎片，无奈地飘，凝重地飞，悲摧地升腾。一场兆示国破家亡的大雪越过昏睡的天空，无休无止地抖落着绝望。倏忽之间，嘶喊着的洪水像是从地球的体内奔涌而出，排山倒海，很快就将所有的生灵吞噬，一如开凌破竹。眼前的这座开封古城就变成了一座死亡的孤岛，由此宋词里的孤城情结也就凸显而出。

昏暗色天空，青黑色狼烟，惨白色飞雪，浑黄色洪水，复合成苍茫、悲怆、荒远的宋词节奏。开封那座孤城像是一头被抹了脖子的动物匍匐在这种节奏里作垂死地挣扎。

一只悲鸣不已的断鸿盘旋在头顶，盘旋在开封古城死亡的气息里，在“八千里路云和月”的天空嘶哑地长鸣。目睹这孤鸿的绝望，大宋词人叶梦得老泪纵横地吟出“送孤鸿，目断千山阻”，辛弃疾挠着花白的胡须悲愤欲绝地呻吟“宫殿孤鸿鸣，弦解语，恨难说”，然后又捶胸顿足地感叹，“落日楼头，断鸿声里，阑干拍遍，无人会，登临意!”多愁善感的柳永也与他们一起落下忧郁的泪水，“凝泪眼，杳杳神京路，断鸿声远长天著”。孤鸿声将词人的心撕碎，孤鸿将它一连串的绝望向着宋词的语境弥漫，也向着大宋破碎的山河弥漫。

目送着孤鸿远去的黑点，开封守备司令杜充，在一阵急促铿锵如暴风骤雨的锣鼓声中粉墨登场，并且让舞台的灯光全都聚焦于他那奸相十足的花脸。十番锣鼓，一番走场，他就在这样的场景里将自己石头上的脚印，无可避免地刻入罪孽的记忆。

谁也没有想到，这记忆刺穿经年的苍茫，居然成为810年后的国民党新八师少将师长蒋再珍的人生模板。

二

狼烟重峦叠嶂，笼罩着孤城末日的时光，也笼罩着宋词里的意境。

开封府衙门前的校场上人头攒动，广场正中已垒成一座几丈高的天台，青灰色狼烟便在高台的四周缭绕不散。高台四面旌旗招展，居中是一杆大旗，旗上绘着阴阳八卦的图案，几十位素衣挽发的道士双目紧闭，正在装模作样地作法。远处的狼烟一阵阵飘飞而来，又从天台上空飘飞而去。

杜充那肥胖的身躯被织有鸟兽锦纹的紫色祭服包裹得严严实实。确实，今天他的这身祭服穿戴得十分严整，内着白色罗中单，外束大带和绯色蔽膝，身挂锦绶、玉佩、玉钏，脚穿一双白绫袜、黑皮履。此刻，他正气喘吁吁地一级一级爬向台顶，他那满是横肉的肥脸上显现出十分虔诚的表情。

这些日子狼烟四起，金兵东路军的20万大军统帅完颜宗望的铁蹄已经攻占山东、淮北的所有城池，眼下正直逼东京开封，开封的最后一道防线相州昨夜也告陷落，守城官赵不试三次派人求援，杜充竟一兵不发，最后赵不试被迫自杀殉城，眼下金兵正长驱直入向开封杀来。面对如此绝境，杜充的生死抉择就是登高占卜。

随着一阵悠扬凄婉的唢呐声响起，立于天台之上的老道挥动着手中的青龙宝剑，一道耀眼的火光就从老道的口中喷吐而出，前面的铜盆便窜出一道火龙，天台上下就响起众道士念咒之声。杜充扑通一声跪倒在地，向着苍天叩拜，请求太上老君保佑。三双筷子插在一只煮熟了的猪头上面，猪头前面有两根烛、三杯酒、一炷香。杜充平日是最爱吃猪头肉的，只是眼下不敢造次，那是供给太上老君享用的牺牲祭品。

老道一阵作法之后，俨然已经就是大仙在世了，指挥着大宋朝廷的命官杜充在竹筒里抽签，随即就是一阵震耳欲聋的鞭炮响起，老道又将事先备好的纸钱向空中抛撒开去，黄白色纸钱纷纷扬扬地在半空飘飞，和着狼烟一起乱舞。杜充早已三净其手，跪着挪到桌前，两手从竹筒里抽出一支签来，只见上面写了一句谒语，最后四个字是“以水克金”。杜充一见这四个黑字，肥脸上居然堆满了胸有成竹的笑意，连连叩谢太上老君的神启。

抵抗外族入侵的重大战略决策就这样产生了，就这样宋朝军队决定以水代兵掘开黄河大堤，就这样中华两千年封建史从这一天起开始走向衰败，当然也就是这样的民族悲剧，导致了宋词创作悲情时代的到来。

这个狼烟时代留下的2万首宋词，仿佛中华2000年封建帝国的挽歌，荡气回肠，缠绵悱恻，凄凄惨惨戚戚。

三

宋词里营造出无休无止的夜晚黑暗的意象，正是那个精神残缺时代特征的形象表达。晦涩幽暗和悲愁怨愤的宋词是那个时代民族情感的宣泄，不管是豪放还是婉约，骨子里只有宋代汉民族性格的无限悲怆。

作为世界经济文化科技第一强国却又屡战屡败的宋朝，怪事、奇事、变态之事、不可理喻之事，出人意料的多。让文人带兵打仗、不思收复失地、攘外必先安内、莫须有冤杀忠臣、汉奸多如牛毛、狭隘的民族主义以及女人裹小脚、宣扬“三从四德”，所有的这些都顺理成章地在那时候发生了，因此挖开黄河大堤，活活淹死几十万百姓的罪恶也就不足为奇。

精神残缺的时代造就了性格变态的杜充，性格变态的杜充成为精神残缺时代的典型象征。据史料记载，杜充是一个夜盲症患者，对于夜晚天生就恐惧，每到夜晚总是恶梦连连，而他对付夜晚恐惧的办法就是残杀，似乎他哪夜不杀人就无法入睡。《宋史・叛臣传》就是这样记载他的：“喜功名，性残忍好杀，而短于谋略。”而就是这样的人物居然会平步青云，从北宋绍圣年间的一个小小进士，一路飙升到了南宋建炎年间的尚书右仆射同平章事兼江淮宣抚使。由此可见，残缺的大宋王朝就是杜充这个怪胎迅速成长的宫床。

我敢断言，宋末词人蒋捷的那首《声声慢》，肯定就是叙写靖康初年杜充调到沧州任知州之后残杀 3 万百姓的悲愤之情。那个秋夜里的雨声、风声、更声、铃声、角声、马蹄声、笳声、砧声、蛩声和雁声汇集在一起，合奏出一曲国破家亡的哀乐。也就在那天夜里，杜充见到从燕云十六州逃来的 3 万汉族百姓，便认定这些人都是金兵的内应，不分青红皂白全部杀光。我推想，陆游的那首《夜游宫》肯定不止是写自己“睡觉寒灯里，漏声断，月斜窗纸。有谁知，鬓虽残，心未死”的壮志未酬，肯定想到了在那幅用雪、笳、铁骑等意象渲染的有声有色的关塞夜晚的画面里，被杜充斩杀的三员请命驰援的爱国将领。遥想建炎二年，杜充干的第一件坏事就是中止前任的北伐部署。统制薛广一部已奉前任之命去了相州抗金，那时金兵已将相州团团围定。正是在这样的一个夜晚，杜充一连斩杀了三员请求驰援的大将，导致薛广、赵不试战死，固守两年的相州城陷落；他接着就发布了攘外必先安内的命令，残杀十几万北方民间抗金武装游击队将士，致使包括北京大名府在内的大片国土被金军攻占。陆游想到此肯定满襟清泪，肯定为这些壮志未酬身先死的英雄挥洒热泪。

正是像杜充这样的一大批精神残缺的人物导致了宋朝河山的破碎，也正是宋朝破碎的山河才使宋词产生了与其他时代明显不同的慷慨悲凉，而宋代几乎所有的词人都将这种慷慨悲凉寄托于夜晚。李纲就是用秋夜去寄托亡国之恨，呻吟出“缺月如钩，微云半掩，烁星河碎”。陶明淑也是用夜晚去表达国破家亡的悲哀：“天渐晚，把酒泪先弹。塞北江南千万里，别君容易见君难，何处是长安！”辛弃疾的“醉里挑灯看剑，梦回吹角连营”的昂扬情感同样也只能在夜晚的梦里表达。国破家亡的残缺成为夜晚意象的视角，如晦如磐的夜晚也就成为表达残缺的载体。无数词人，无数词句，句句泣血，“一声声更苦”，抒发的都是“故国不堪回首”的亡国之恨。

四

无独有偶，时隔 800 年，中华民族的历史居然按照杜充的模板又翻印出一个蒋再珍来。杜充似乎就是蒋再珍的前世，蒋再珍好像就是杜充的来生。

杜充 36 岁那年镇宁大名府，巧合的是 800 年后的蒋再珍也是 36 岁那年，当上了国民党军的师长，他们可谓是少年得志。这两人新官上任后的第一把火居然烧得也是何等的相同，那就是拿防区内的农民起义军开刀。杜充派重兵去围剿活动在开封一带的丁进、杨进两支抗金农民武装，打死打伤上万人；800 年后的蒋再珍也在遵义一带镇压当地的农民武装，命令部下割下农军的耳朵作为领赏的依据，农民赤卫队一下子几千人被他残杀。

当然，这两个相距 800 年的历史人物，最为相似的还是他们挖掘黄河大堤。1128 年，金国东路军南犯，将开封团团包围，为了阻止金军的进攻，杜充的唯一对策是下令在开封滑县开决黄河堤坝，结果非但没有阻止金国东路军的进攻，反而淹死了 20 万宋朝百姓；1938 年，日军土肥原师团两万多人马占领河南兰封之后，立即向相距仅有 50 公里的开封进攻，也将开封城团团围定。这时，惊恐万状的蒋再珍接到蒋介石的命令，在开封中牟县花园口扒开黄河大堤，结果居然和800年前一样，非但没有从根本上阻止日军的进攻，反而淹死了89万中原百姓。

更令人惊奇的是，这两个人后来的行径也相似。1130年，金军10万大军渡过长江直逼宋朝国都，杜充接到军报后慌忙率领3000亲兵弃城逃到江北。金军大帅完颜宗弼写信给杜充劝降，并派人告诉杜充："若降，当封以中原，如张邦昌故事。"杜充二话没说就投降了金国，被金先后任命为燕京三司使、燕京行台尚书省事、行台右丞相等职，成为宋朝最大的半汉贼。宋高宗得知杜充不战而降，哀叹"朕待充自庶拜相，可谓厚矣，何故至是?"难过得"不食者累日"，下诏削去杜充的爵位；800年后的1949年，蒋再珍也在解放大军进军贵州时随部投降。对此，蒋介石深感"用人失策"，下令开除其国民党党籍。

最令人不解的是，杜充和蒋再珍的人生结局也是何等的相似。杜充降金之后，金军大帅完颜宗翰瞧不起他。杜充的孙子逃到金国占领的相州投奔杜充时，有人揭发杜充勾结南宋准备反水，完颜宗翰乘机撤销了杜充的一切职务，又逮捕了杜充并对他进行严刑拷打，最后他不到60岁就被金人活活地整死；800年后的蒋再珍也于1950年暗中组织反共救国会，在黔北土匪的一次暴乱中被我军抓获，于1952年9月在遵义市纪念广场的南侧空地上被执行枪决。这一年蒋再珍恰好也不到60岁。

五

建炎二年（1128）冬天的一个清晨，一柱柱青烟又冲天而起，一处处鞭炮又此起彼落，前线告急的狼烟再次从远方的重山叠岭之间的烽火台上次第燃起。“古之烽火用狼粪，取其烟直而聚，虽风吹之不斜。”直冲云霄的狼烟成为洁白如银的中原大地上的一曲灰蔼色悲歌。

无险可守的开封已经变成一座孤城，杜充在发布挖掘黄河大堤命令之后，带走了开封留守司的主力部队，将守卫开封的责任推给了副留守郭仲荀，自己逃之夭夭。这个郭仲荀还没等到杜充逃跑多远，又将守城的任务移交给了留守判官程昌寓。当然，这个程昌寓也不是傻瓜，又将这副重担交给了左腿伤残的上官悟，这样开封城里的宋军就只剩下二百多个无法逃跑的伤兵。城里的百姓早已四处逃散，剩下几百个老弱病残。这些日子总数不到1000的残兵弱民只能依靠野菜度日。

预兆着国破家亡的大雪还在万分沮丧地下着，灰黑色狼烟幽咽着飘荡在开封城的末日里，城头那杆悲壮的宋旗迎着寒风在猎猎作响，反复盘旋在孤城上空的断鸿发出一声声报丧的嘶鸣。金兵围城已是第三天了，先后派来两批使者送来劝降书，都被这位左腿伤残的瘸子留守给断然拒绝了。等到第三次金国使者前来劝降时，上官悟瘸着左腿，拔出长剑将那个金国使者当场斩首，令人将其首级高悬在城门楼的旗杆上。

金军发起了最后的总攻，金人的战鼓擂得震耳欲聋，几万金兵发出一阵阵攻城的嘶喊，箭矢像雨点似的飞向城头，金军的战马战车也万马奔腾直抵城下，一批金兵正在用粗木奋力地撞击着城门。

城墙上的宋军早已力尽粮绝，所有的老弱病残百姓也爬上了城墙，和士兵们一起搬起了石块砸向正在攻城的金兵，金兵的响箭尖叫着飞射而来，击中了他们的胸口，他们呼叫着、呻吟着，仆倒下去。上官悟望着城墙上一批又一批战死的士兵和百姓的尸体，又望着仅剩下的两百多个伤痕累累的士兵和百姓，两只老眼充满了仇恨的泪花。

城破了。身负重伤、浑身是血的上官悟挥动着长剑，瘸着腿爬到了高处，对着两百多个残兵弱民，老泪纵横地使尽全身的力气呼喊起来。他这时肯定是高喊着“此地暂胡马，终身只宋民!”他就是这样狂呼着，瘸着腿，纵身从城头上跳下了护城河。这时的上官悟自然不会知道，自己死后会被南宋朝廷指责为守城不力，背上失城误国的骂名，当然也不会知道带头逃跑的杜充会连升三级，成为宋高宗的宠臣心腹。

两百多个残兵弱民也跟随着上官悟一起高呼着“终身只宋民”，纷纷跳城自尽，无一生还。两百多个人如同两百多片落叶，从高高的城头纷纷扬扬飘落而下，一个接一个，一排又一排，无一犹豫。他们有的坠落到河里淹死之后漂浮在水面上，有的坠落在城脚下摔死血溅城墙。天上飘下的白雪落进河里被染成了红雪，城脚洁白的雪地溅开了无数朵鲜红的花。

血肉横飞，尸骨遍野，开封城变成了一座孤岛，漂浮在死亡气息里。

六

大地失去了耐心，时间失去了知觉。

伴随着一阵从城外传来的巨大轰鸣声，排山倒海的洪峰便奔涌而来，顷刻之间就冲到了城下，原本攻城的金军掉头逃窜，来不及逃跑的被洪水全部吞没，霎时间城内城外变成了一片汪洋。

开封城变成了一座水城，最后只剩下城头露在水面上，水上漂浮着无数人和生畜的尸体。“是冬，杜充决黄河，自泗入淮，以阻金兵。”“决口以下，河水东流，经今滑县南，濮阳、东明之间，再东经鄄城、巨野、嘉祥、金乡一带汇入泗水，经泗水南流，夺淮河注入黄海，使今河南、山东、安徽、江苏一带的百姓至少淹死20万以上，因流离失所和瘟疫而造成的死亡数倍于此，北宋时最为富饶繁华的两淮地区毁于一旦。”也就是因为这次黄河南泛入淮，在淮河下游潴集而成了浩瀚800里的洪泽湖。

我推想，被迫随杜充一起逃跑的岳飞，肯定是得知开封失守之后才写下那首荡气回肠的《满江红》，悲愤填膺地高呼：“靖康耻，犹未雪。臣子恨，何时灭！”看着陷落的开封才发誓：“待从头，收拾旧山河，朝天阙。”后来的陆游读了南宋初年的这段伤心史，再看看此后几十年也没能收复中原，这才满腔悲愤地写下“王师北定中原日，家祭无忘告乃翁”的绝笔诗。一曲曲燕赵悲歌，如泣如诉，荡气回肠。

那只悲鸣不已的断鸿，仍然盘旋在开封古城死亡的气息里，盘旋在中原故国一片汪洋的悲剧意境中。

灵魂无法远航

在光天化日之下梦游

我推想，徐福肯定是一个梦游者，不仅在夜晚甚至在白天，不仅在想象里甚至在现实中，他全都是在梦游。他在鬼谷子那里学会辟谷修仙之后就神秘兮兮地说，他的身体已经没有任何重量，轻得就剩下了一颗灵魂。他穿起了象征翅膀的青色道袍，身轻如燕地四处寻找神仙的踪迹，最后为我们描绘了一幅色调灰暗、幽灵游荡的梦游图。

画面上一支黑魆魆的庞大远洋舰队，从刚刚焚书坑儒之后依旧冒着浓烟的东方大陆起锚远航，迎着凛冽的海风，高扬起巨大的航帆，破风斩浪，渐行渐远，越来越小，最后这支舰队悄然无声地消失在远方虚无缥缈的海市蜃楼中。他将这幅图画几乎全部铺满了轻纱般的白雾，唯有舰队、海岸用精细的线条勾勒出轮廓。我总是从这幅版画似的梦境里，联想起荆轲于易水河边在夜幕的掩护下乘船去刺杀秦王的“风萧萧兮易水寒，壮士一去兮不复还”。这两起同样悲壮的暗夜远行，结果也完全一样，全都一去不返。徐福用轻纱般的白雾给这次一去不归的梦游增添了更多的神秘和悲壮。

无声无息地飞行于大海上空，随心所欲地滑翔于惊涛骇浪，那是梦游者的日思夜想。梦游到了这种程度，已经浑然不知自己是生活在梦里，还是梦发生在自己的现实里。如痴如梦的他，像是剪影一般地站立在那艘最大的旗舰指挥台上，凛冽的海风将他那花白的长须吹得四处飘飞，隐藏在长须里一直期待梦游的思想被抖落满地。他望着自己率领的灰暗如铁的庞大舰队离岸越来越远，望着岸边伫立在求仙台上也如同剪影一般的秦始皇，这才如释重负地长长吐了一口气。故国幽暗如晦的土地被迷雾笼罩变得越来越模糊不清了，他那饱经风霜的脸上落下两行清泪，他的梦便随着泪珠滴落开花。

我从这幅如梦一般的画面上，反复推想徐福 2200 多年前率 3000 对童男童女的那次远航会是怎样的情景。在秦皇三十七年（前 210）初春的那一天肯定会举行盛大的出航祭拜仪式，秦始皇肯定会出席仪式并作重要演讲，然后这支庞大的舰队慢慢地驶出了刚刚建立的大秦王朝的现实港湾。他们一边齐声山呼万岁万万岁，一边向着虚无飘渺的瀛洲仙山破浪前行。船舷上站立着无数个身穿黄色衣裤的童男童女，船上装满了足够消耗几年的淡水、粮食、武器和其他物资，洁白的海鸥们一边唠叨个没完，一边围绕着拔锚起航的大船作回旋往复、不厌其烦地飞翔。我推想，无数的海鸥也就是无数个梦游者，它们是在自己无数个梦境里游荡。

他曾在这个梦的世界里身穿一领青色道袍，头挽一个道髻，脸上留着三绺黑白相间的长髯，手持一支浮尘，身背一口宝剑，在焚书坑儒席卷全国的时候，主动上书要为秦皇去海上仙山寻求实现万岁梦想的仙药，白日做梦般地说了一句“东海中祖洲上有不死之草”的梦话。我不知道他是在骗别人还是在骗自己，或者是既骗别人又骗自己。然而，让我更加不能理解的是像秦始皇这样的伟大领袖居然会深信不疑。

中华民族第一次以政府代表团的名义组成的庞大远洋舰队永远地消失在大海深处的白色迷雾之中，东方初升的中国封建王朝的太阳放射出来的强光再也无法将他们笼罩。

徐福在离开故国之前说了最后一句话：“我的灵魂漂浮在这梦游的世界已经整整的六十年了，我的灵魂已经飞向了海市蜃楼。”就这样，徐福为了他的梦境义无反顾地走了，永远地离开了这个教会他修仙辟谷的国度。他告别故国时的心情异常的沉重，我推想他肯定会感到自己无法带走一个民族十分沉重的灵魂。

他在自己的国度里梦游了大半生，最终不得不背井离乡寻找另一个梦去了。

黑是白的大地，白是黑的长空

我开始不能理解鉴真为什么总是认为完全由黑白组成的世界才是世界的本色。他多次一本正经地对弟子们说，黑是白的大地，白是黑的长空。

在鉴真的眼里世界真的是黑色一片，他根本看不到苏州黄泗浦航运码头的黑魆魆的上空高挂着的753年的一轮清秋明月，也看不到月光下所有日本人全都恭敬笔直地站立在甲板上；他只能听到一首轻缓悠扬的日本乐曲在大唐盛世的夜空奏响，只能听到船桅上高悬着的无数面日本国旗在夜风中猎猎作响。鉴真的眼前黑黑的一片，没有一丝色彩，然而，他从这沉闷的黑暗中体会到了自己深受日本人欢迎的热烈气氛。

我不知道已经60多岁的鉴真大和尚在唐天宝十二年秋天，秘密登上日本国遣唐使大船离开中国时会有什么样的感受。我真的无法想象一个具有广泛影响的国际名人，为了出国弘扬佛教文化，居然要在黑夜的掩护下进行偷渡。这完全不像是发生在大唐盛世，而像是发生在秦始皇焚书坑儒的时代。我也没有想到唐玄宗与1000年前的秦始皇居然一样地崇信道教，居然全都想得道成仙长生不老。更糟糕的是，唐玄宗下令不准鉴真出访日本，也不准日本僧人在中国活动。这就造成了鉴真自742年冬天至748年秋天连续五次东渡的失败，最后一次偷渡在海上又遭遇了暴风袭击，导致船只被毁，他在海上漂流了16天。在振州侥幸生还后又因为水土不服，庸医误诊，最终使他的双眼失明。从此，他再也看不到世间的一切，他的眼前只有一片黑色和微微透来的一丝白光。

鉴真真的没有想到自己踏上日本的船只会受到如此隆重的礼遇，这就如同1000年前也是60岁的徐福踏上日本的国土后被奉若神灵。鉴真听到船上的所有日本人在遣唐使滕原太君的命令下十分虔诚地向自己行跪拜大礼，想起自己这些年来在风风雨雨中历经磨难，不禁心头一热，两行泪水从失明的眼眶里一下子流泻下来，一串白色的泪珠放着微光穿行于黑暗的夜空。

他对随行的弟子们说，黑与白才是世界永恒的属性，五彩缤纷只能破坏人类的至境。就在他说这话的时候，突然听到江边传来一阵炮响，他朝岸边的方向看去，结果只能看到一片漆黑，无法看到岸边亮起的一片灯笼火把，他听到大唐采访使班景倩率领马队追来勒令自己上岸的喊话。他感觉到了高悬着日本国旗的海船缓缓地离开了码头，听到了自己搭乘的日本大船加速朝着大海的方向远航，也听到岸边的吆喝声渐渐地被丢弃在了远方。

他在大海汹涌澎湃的波涛声里对大日本遣唐使滕原太君说，这个世界完全由单调的黑白两种色彩组成，黑里有白，白里有黑，黑白合一。他说自己在双目失明之前看到的彩色世界只是一个虚假的表象。

鉴真的眼前黑乎乎的一片，他在黑色中让自己的思想远航，可他又为看不到自己国家的最后一轮皎白的明月而仰天长叹。从此，他也和徐福一样一去不返，最后又和徐福一样死在了异国他乡。我推想，他肯定不想与国人一起亲身感受大唐盛世由兴转衰的无限痛苦。

鉴真就这样走了，带走了大唐盛世的最后辉煌。

他的一半是女人

我不知道作为下西洋钦差总兵官的郑和为什么突然对求神拜佛变得那样的虔诚，他的性格也突然变得如同妇道人家一般优柔寡断起来，根本没有当年六下西洋时那样的英姿飒爽。

在那些日子里，一种女人般的绝望和悲伤之情时刻占据着他的心田，因为从京城菜市口飘来的焚书的浓烟一直笼罩着他，久久不能散去。

明宣德五年（1431）冬天的南京下关码头被一场大雪覆盖得严严实实，几十艘巨大的远洋海船整齐地排列在江面之上，那座祭海高台上彩旗迎风猎猎招展，郑和扭动着粗腰飘然上前虔诚地奉上一支焚香，青色的烟雾便在这洁白的天地之间缭绕盘旋起来，这飘飞的烟雾使他再一次想起两年前的菜市口焚书。

洁白的雪花飘落在他的身上，一股阴柔的女人气息便从他的身上流泻出来。他的脸上带着几分悲惋苍凉，身体也已变得柔弱瘦长，他披着那件随着寒风四处飘飞的战袍，倒像是一件女人爱穿的风衣，只有腰间挂着的一柄长剑还能证明他是一个曾经六下西洋的钦差总兵官。

他不是女人，也不像男人。他的脸上没有一根胡须，下颌光滑如砥，嘴上居然涂了一层厚厚的唇膏，脸上也搽了一层光滑的油彩，眉毛也被精心修整过，留下两道月牙似的弯眉。只是两眼已经浑浊无光，迎风就会不由自主地落泪，使他不得不戴上从西洋带回来的墨镜，远远地看去，他成了一个怪物。

他愁眉苦脸地站在祭海高台上，眺望着川流不息的浩瀚长江，便多愁善感地想起自己六下西洋的种种痛苦经历，一股悲伤像长江的潮水从心底泛起，两眼不禁又流下了两行老泪，他真想从这座高台上跳下长江，结束自己这辈子被人瞧不起的太监生涯。

他想起在自己六下西洋与狂风恶浪拼死搏斗的时候，北京皇宫三大殿遭受雷击被毁了，朝中大臣趁机攻击自己六下西洋花费千万两白银，致使修建皇宫的银子都拿不出来了；还有人指责自己贪污公款、拥兵自重、在海外另有所图。其实，明成祖选择让自己下西洋，就是认定一个太监是绝不会谋反的。这一点自己的心里十分清楚。可就在这时，明成祖朱棣病逝了，皇太子朱高炽即位后立即重施海禁，放出了一直反对下西洋的户部尚书夏原吉，罢撤下西洋的一切活动，让自己改任南京守备。这时，自己被人视为祸国殃民的“国贼”，水师与海船尽遭裁撤。这样凶险莫测的命运，真的使自己悲痛欲绝，深感“帝王不可信，亲人不可期，荣辱不可计”，真的想饮恨自尽了。

他的眼前突然升腾起自己六下西洋写下的十几万言的《航海日记》被当作妖言罪证焚毁的浓烟，火光冲天，烟雾四飘。当时京城官民争先恐后去菜市口围观，当一把大火将自己用十几年心血写成的科技著作全部焚毁时，全场响起了经久不息的掌声，人们对这样的一个太监被贬而奔走相告、欢呼雀跃。从此以后，他变得一蹶不振，原本残存在他体内的雄性激素急转直下，雌性激素完全占据了主导地位，他变得更像女人了，特别是讲起话来更像捏起了半边嗓子。

这时满脸愁容的郑和身披如同风衣一般的长袍，迎风跪倒在高耸入云的祭海高台上，两眼失神地看着刚刚亲手求到的竹签，竹签上写的是“不宜远行”。他早就料到自己此行凶多吉少，心里明白要不是朱高炽暴病身亡，明宣宗为了炫耀国力，也就不会有这第七次下西洋了。然而，海禁的国策并没有改变，弄不好自己还会落得个汉奸卖国贼的骂名。再加上自己已经整整60岁了，预料自己这第七次下西洋会一去不归，自己会像徐福、鉴真一样，同样都60岁远渡重洋，结果全都死在异国他乡，自己会与他们一样成为孤魂野鬼。他默默无言地转过身来朝着自己居住了几十年的南京城望去，然后长长地叹了一口气，他吐出的热气与紧紧笼罩他的寒气融合在一起，形成一团乳白色的雾气。他伸出女人一般的手将那根竹签轻轻地放回竹筒，再一次双手捧起竹筒摇晃起来，竹签们便互相撞击着发出一阵清脆神秘的声响。然而，在他虔诚祈祷到最后，他抽出的还是一根下下签。

他无可奈何地满脸愁容，垂首长叹。我推想，他是不是也像徐福、鉴真一样，在叹息无法让一个民族的灵魂随自己一同远航？他最后居然像一个女人似的一把眼泪一把鼻涕地痛哭起来，凄凄惨惨，悲悲戚戚。

浮华不会随风而去

一

清宴园是大清皇族风韵犹存的遗孀，百般落寞地斜躺在苏北淮安里运河的南岸。黄昏，秋风，落叶飘飘；斜阳，古桥，秋水萧萧。她伫立在这晚秋的气氛里，肯定在凭栏长叹，肯定在叹故国不堪回首月明中，肯定在叹春花秋月何时了、往事知多少，肯定只想起二百多年前那一场场歌舞升平的皇家盛宴。她肯定忘记了在淮安设立江南河道总督府署的目的是治理黄河夺淮的水患。

蔷薇园、淮香堂、今雨轩，清宴园的每一处江淮绝景，全都残留着二百多年前淮扬菜的遗风；蕉吟馆、荷芳院、紫叶园，每一处亭台楼阁全都落满了淮扬菜的余味；回廊、水榭、船楼、曲桥，每一道清澈流水全都飘荡着淮扬菜的残香。这座出身名门的清宴园就是为皇亲国戚而生，就是为声色犬马而生，就是为色香味俱佳的淮扬菜而生。那座用太湖石垒积而成的玉妃山就是当年乾隆皇帝六下江南时大摆御宴的屏风，方圆几十亩碧波荡漾的荷花池就是君臣同乐的海洋，经九曲玉桥通往湖心的湛亭里摆放的石桌，就是大清皇上与爱妃同饮的御宴。在这里君臣人等似乎早已忘记了来江南的目的是视察水患的治理。

二百多年前，乾隆皇帝前呼后拥、浩浩荡荡地摆驾清宴园，端坐在湛亭里的石桌上，一边品尝着满汉全席，一边欣赏着杨柳岸边的轻歌曼舞。淮香堂回廊里，满汉文武大臣站在那恭候着。主持江南治理水患全面工作的江南河道总督高斌，心里七上八下地站在最前排，不知自己的这位皇帝女婿这次来江南，会怎样考核自己治理水患的成绩，或是查出什么样的腐败大案来。他听到一位太监尖声尖气地宣读皇上的口谕，对自己的这桌淮扬菜大加称赞，还说“满汉全席”这个名字更好，表现出我大清民族团结的大好形势。高斌听到皇上的口头表扬，心里的一块石头终于落了地，扑通一声双膝落地，他身后的文武官员全都随之跪倒山呼万岁。

明清时期，淮安因为黄河、淮河运河在这里交汇的特殊地理位置，成为全国漕运指挥、河道治理、漕船制造、漕粮储备的中心，主管国家赋粮储运与治水保运的两大政府机关——漕运总督府、河道总督府以及直属数十个司道衙门，陆续驻节淮安，从而使淮安出现了延续400年的畸形繁华。康熙、乾隆二帝十多次下江南巡视治水等工作，每次必经淮安的江南河道总督府，而作为府署后园的清宴园也就每每变成接驾的行宫，河督们为了迎接圣驾一次又一次地扩建清宴园，也就使这座官署园林成为“淮上园林以河帅署中为最。池广数亩，叠石为峰。有荷芳书屋、听莺处、恬波楼，颇极水木之胜”，成为举办皇家盛宴的“江淮第一园”。

清朝为了确保漕运的畅通，投入治理水患的经费之巨历史罕见，江南河道总督每年从国库里领取 600 万到 1000 万两的白银用于河务治水，其实真正用于治水的仅占三分之一，而三分之二被贪污行贿、吃喝挥霍了。从乾隆中期一直到道光末年的 100 年中，就挪占了治水的专项经费 3 亿两用于大吃大喝，贪墨与吃喝也就直接阻碍了苏北水患的治理。而同在淮安的漕运总督也不甘落后，与河道总督你邀我请，你来我往，争奇斗法，“脂膏流于街衢，珍异集于胡越”，淮安各大官署衙门的厨师们也求新求异，也就创造出了河、漕二总督的官署菜。

恐怕今天的人们谁也没有想到，雍容华贵的淮扬菜产生的缘由之一，居然是对水患的治理，恐怕谁也没有留心淮扬菜与黄河、淮河、运河、洪泽湖一样全都带着三点水，恐怕谁也更没有想到淮扬菜姓水。

二

一排正在落叶的古柳搀扶着秋天，歪歪扭扭地在碑廊边站立成伤感的风景，一片片金黄色树叶沿着缓慢而忧伤的节奏，飘落在一块块残碑断石之间，每一块头顶着龙雕脚踏着龟甲的御碑，全都落满了昔日帝王恩宠的余辉。这些残缺不全的御碑上皇帝钦题的宫阁体大字，依旧气度非凡地站立在清宴园的碑廊之间，它们在默默地向后人诉说那一段段辉煌显赫的人生。

清宴园是我国唯一的一座保存完好的府署园林，明代原为户部分司的后园，始建于明永乐十五年（1417），保存至今已有 600 年的历史了。康熙六次下江南，乾隆六次下江南，都无一例外地临幸这座清宴园，也就为清宴园留下了十多块钦赐御碑。再加上其他皇帝的御题，整个清宴园的御碑多达 23 块。我从那块单独敬奉于碑亭之下的康熙皇帝钦题“淡泊宁静”楷书的巨碑上，看出了什么是皇家气派，什么是九五至尊，那右上部康熙皇帝用小楷亲书“赐兵部尚书兼都察院右都御史总督可首”，在左下方又用小楷写下“康熙四十三年三月十日”的落款，整个御碑题字工稳大气，笔力遒劲，再加上石碑高达 2.28 米，这一切都彰显出御碑唯我独尊的皇家霸气。

那乾隆御赐的“绩奏安澜”碑的斑驳陆离，那乾隆七言诗碑底座的弯丝祥图雕刻，那乾隆御赐寿辰碑的风化苍老，那乾隆御赐懋安碑的断裂破损，那乾隆御赐保障碑的残缺不全，那乾隆御赐白钟山碑最后“御笔”二字的皇家风范，那乾隆御赐江南总督李奉翰碑行书的气度，那道光御赐黎世序碑的雕龙腾云，还有那光绪御赐“旌念节孝”的碑首镌刻篆字“圣旨”，全都为我们无声地炫耀着清宴园昔日无与伦比的辉煌。

每一块御碑就是清宴园的一块金字招牌，都是清宴园贵族身份的一种象征。试问在偌大的中国有哪一座园林，能够拥有如此众多的皇帝钦赐的文碑？在中国这样的皇权制度统治了两千年的封建社会里，清宴园就足以身价百倍了。

然而，清宴园就像一座孤岛，被苏北的一片浩瀚无边的洪水团团包围着，清宴园的奢华漂浮在苏北的一片洪荒之中。城里是奢侈至极的清宴园和挥金如土的淮扬菜，城外是流离失所、无家可归的苏北灾民；城里是官府公款消费促成的都市繁华，城外是赤贫千里、饿殍载道的苏北黄泛区。这样的对比与反衬，构成了一个变态的苏北、一个畸形的苏北。

这是南宋变态社会的一种延续，也是封建皇权发展的一个必然。扬州为两淮盐运使驻节之地，“天下盐利淮为大”，正是两淮盐业总督的驻节，使扬州成为当时淮南、淮北两大盐场所产淮盐的集散地，各地的盐商蜂拥而至。富甲天下的盐商们千方百计延揽名厨，穷搜天下奇珍异品，别出心裁地以稀有之味，满足极度侈靡的饮食之乐，以豪宴美食竞奢斗富，从而创造出了两淮盐商的私家菜。有人说，就是在这种畸形的繁华里，扬州的两淮盐商私家菜和淮安的河、漕二总督的官署菜相互融合，淮扬菜作为一种庞大的菜系因此而诞生了。

据清人《子不语》所载，康熙年间肩负治水重任的河道总督赵世显，与肩负里运河治水重任的同知张灏二人斗富，张灏请赵世显饮酒，在树林中掌灯6000盏，高高下下，如银河错落。半个月后，赵世显回请张灏，等到开宴，只听一声掌灯，“刹那间飒然有声，万盏齐明，光焰明亮，张灏大惭”。赵总督的宴席更是让张同知自愧不如。赵总督吃的菜很奇特也很残忍，有一道活食猴脑的大菜，先挑选一头俊美的母猴，给她穿上漂亮的衣服，放一张挖了圆孔的桌子，把猴子放置在圆孔中捆牢，厨师把猴头毛发剃干净，剥掉猴头皮肤。猴子疼痛难忍，凄惨地哀嚎、颤抖、抽搐，热泪滚滚，厨师然后用滚汤灌注到猴头上，用长铁钎击穿猴头颅骨，每位客人手里抓一把银勺子，入猴头中挖脑髓吃。猴子在不断地惨叫哀嚎，总督大员们在狂欢大笑。像这样的“极端”淮扬菜和这座超豪华的清宴园，就是这样变成了封建皇权变态本性和淮安城市畸形繁华的文化符号。

根据台湾清史专家高阳等人考证，“极品”的满汉全席就是诞生于淮安的这座清宴园。据记载，这种“极品”的满汉全席烹饪品种如活食猴脑、剜驼峰等，一共有108道之多，几乎全是奇特而残忍之作。《庸庵笔记》言，当时的“极品”满汉全席一桌菜就要花费上万两白银，清宴园一碗驼峰就让三头骆驼活活地烤死，一品里脊肉就要用钢锥刺痛令数十头活猪狂奔而死。乾隆后来听说自己表扬过的“极品”满汉全席竟是如此的高消费，立马龙颜不悦，自己来江南，是深入基层指导治理水患、漕运和反贪工作的，怎么能浪费公款呢？于是，高斌改换方式，他先上了浦菜炒肉、钦工肉圆和一道平桥豆腐汤，最后看皇帝吃得心情舒畅，也就上了一道炙鹅掌。也就是先将一批漂亮的鹅们，赶到一块烧红了的铁板上，让它们疼痛难忍，然后切下它们的脚掌烹饪而成。这道菜端上桌来，看上去没有什么特别，吃起来又香又嫩，口味极佳。这样的作秀，又一次赢得了皇上女婿的通报表彰，弄得年近七旬的高总督觉得自己连放屁都能吹着火了。

试想，《红楼梦》里的大观园一次接驾了皇贵妃就搞得那样的耀眼显摆，而眼前的这座清宴园十多次接驾当朝圣上，又是何等的无上荣光？再加上皇帝还欣然御赐这几十块碑文，又是何等的辉煌荣耀呀？这真是荣幸到了极至，奢华到了极至，排场到了极至，也变态到了极至！

三

玉妃山是一座温柔无比的假山，那群太湖美人般的玉石故作许多曼妙的姿态，摆出千奇百态的造型，气韵非凡、叠嶂层峦地耸立在清宴园的入口处。我想她肯定就是清宴园如花似锦的玉屏了。这座巨大玉屏的肤色已经被时间慢慢地风化斑驳，几百年的风雨早已磨滑了她脸上所有的棱角。我看到时光在假山底下穿行了几百年，我甚至听到了时光穿行时发出的轻微而艰难的喘息。

伫立在玉妃山的石径之间，我能听到从她那如花一般美丽的玉体内发出的延续了几百年的长叹，这肯定是一个没落贵族对自己身世的喟然叹息。我推想，她是叹韶华已逝岁月最是无情物，叹门庭冷落昔日的显赫已被雨打风吹去吧？

那片秋天的气味笼罩着用洁白如玉的石头建构的花一般的三维空间，犹如贵妇玉体上散发的清香，令无数朵白牡丹般的太湖石叠加而成的假山的骨髓里，浸透了无上高贵而又无边忧愁的内蕴。高达数丈的假山上与蓝天相接，下与湖水相连。山间长满青藤、花草、绿树，她们想将一季秋色怀中独揽，山下湖水涟漪，荷花、莲蓬、香蒲，荡漾出一湖秋景。为此，林则徐在道光二年（1822）到淮安出任淮扬道时曾写过一副名联："秋从天上至，水由地中行。"林则徐确是楹联高手，对清宴园的这座玉妃山仅仅用了 12 个字就道出她的全部征候了。人造的山水成就了一幅江南风景，似水的幽愁和无尽的长叹，便依偎在这幅江南风景里的山石之间袅袅婷婷了。这是一座女性的山，阴柔的山，江南女子般的山。

当然，我从清宴园假山身上读出的远远不止于此，我还读出了她与苏州、扬州园林明显不同的风格和完全不同的气质，也读出了淮安这座城市的性格。因为就在玉妃山之南数十丈远之处，还有一座全身红黄、巍峨高大的皇石山。她是采用太行山石料堆积而成，满身通红，粗犷豪放，大义凛然，独具君临天下的威仪，更具大气磅礴的气概。同一座园林内的两座假山，一南一北，一阴一阳，一柔一刚，和谐共处，相映得彰，这便是淮安园林南北兼容、阴阳合一的个性特征了，因而以和谐兼容为特征的满汉全席经常在这座清宴园里烹饪，也就是顺理成章的事情了。

淮安是一座坐落在中国南北分界线上的城市，是一座南船北马舍舟登陆的城市，更是一座汇集南北之长的中庸之城。中庸是淮安这座城市的品格，是清宴园这座园林的品格，也是淮扬菜这个菜系的品格。淮安人说着半蛮半侉的江淮官话，吃着甜咸适中的淮扬菜，听着刚柔并济的老淮调，让中庸的文化在他们的血液里繁衍传承。正是这种区域特征使淮安人养成了南北并济、阴阳相补的地域性格，这也就使清宴园出现了一园之内百步之遥的两座假山，一阴一阳，一刚一柔了。也正是这种品格，创造了淮扬菜中和至美的内涵，使淮扬菜既有南方菜的鲜脆嫩清，又有北方菜的咸色浓郁，最终形成了甜咸适中、咸中微甜的庞大菜系。

清宴园和淮扬菜是一对孪生姐妹。清宴园是住的艺术，淮扬菜是吃的艺术。淮扬菜的特色成就了清宴园的风格，清宴园的造型表达出淮扬菜的内涵。

我在清宴园那两座各具南北风格的假山之间，看到一座三十多顷的中庸大度的荷花池。那碧波荡漾的湖里有无数条南方的鱼和无数条北方的鱼，混淆掺杂，平和嬉戏。它们一边逍遥漫游，一边窃窃私语。它们肯定是在喟叹这座园林里两座假山的刚柔相济，也肯定是在无语地享受这淮扬菜的中庸和美吧？

四

我每次来清宴园走到大堂时，总是为这座曾经盛极一时的从一品江南河道总督府衙深深地叹息，因为现在这座高大的总督府衙连大门都没有了，大堂前面早已盖起了几座住宅楼，弄得想进清宴园的人必须走后门，游人从后门进来由后向前行走，最后方能见到这两座本来应是龙首现在却变作蛇尾的河道总督府衙，大堂、二堂反而变成了大户人家闺房似的，深藏到这最隐秘的地方了，哪里还能看出当年总督不可一世的气派？这真可谓物是人非、今非昔比了。

天下没有不散的宴席，哪怕是中华历史上最为丰盛的大清御宴。1833 年朝庭宣布实施“盐纲改票”使淮安的盐商纷纷破产；1855 年黄河北徙，运河淤浅，漕粮不得不改由海运，使淮安又失去了全国交通枢纽的地位；1860 年春捻军攻占淮安，“广厦万千，毁之一炬”。这一年清朝政府又撤并了江南河道总督府，从此淮安的地位一落千丈，终于使清宴园里“银铸的食府流水的席”人去楼空，清宴园从此变得门庭冷落鞍马稀，几百年的封建畸形繁华从此烟消云散，几百年的历史盛宴从此席终人去。

原本驻节淮安府山阳县的漕运总督府迁到清宴园，新任漕督吴棠首先面临着经费的紧张，不得不以收取滩租等维持正常办公开销，然后又作出一项招待费节支改革的决定：不准远购奇珍异味，唯以淮产常品飨客，接待贵宾亦然。让吴总督没有想到的是，这一改革对“淮菜”体系的最终完善产生了重大影响。

清同治初，淮安的经济、政治地位已今非昔比，但崇尚美食和厨艺的古风民俗仍在，使许多原在衙署献艺的官厨为了谋生，也为了烹饪艺术，他们或屈就于“穷”衙门，或受雇于官商富家，或掌勺于名楼酒店，或自己执业开菜馆。无论在何处，“刻意求新夙志不改，争奇斗妍积习难除”。众多美食家与他们倾心结交，其中不乏高才雅士、医药名家，共同切磋，探索人间“至味”，使淮扬菜终于走过了由豪奢化、贵族化回归乡土的艰难历程。

因水而兴，随风而去，淮扬菜和清宴园重走了一遍苏北由盛而衰的人生。淮扬菜从此退出了清宴园而走向民间，清宴园从此迎来了一百多年的落寞时光。然而，作为一种文化现象的淮扬菜，并没有退出中国的社会舞台，淮扬菜像洗尽铅华的一代名媛，从官府深院向民间款款走来，摇身一变成了寻常百姓家的厨娘。

我觉得，浮华似锦的淮扬菜所承载的封建社会的畸形心态与苏北人的中庸性格，肯定不会像风一样逝去。而这种中庸品质一直与小农意识搅合在一起，所产生的平庸自满和目光短浅，又直接地影响了苏北的治水和经济的发展。

这时，我听到一曲老淮调悲悲戚戚、一唱三叹地从水榭歌台上扩散开来，悲叹的音符在河道总督府大堂的西山墙上碰了壁，撞倒了坠落在满是枯叶的石板路上，这群悲伤的音符便与那批寂寞的枯叶一起盘旋而起，将这两座高大巍峨的古代府衙层层叠叠地笼罩起来。

大堂、二堂是当年总督开会办公的地方，严格按照正部级规制建造，高大气派，威武庄严，远非一般州府能及。大堂的正南大门上方高悬着江南河道总督府署的门匾，可想而知这里的当年是何等的盛况了，那时河督升堂时肯定是门庭若市，威武壮观，一般平头百姓哪里能踏入半步？恐怕就连县处级干部想跨进这座府衙的大门都要小腿肚直打哆嗦吧？而眼下的大堂内外空无一人，门可罗雀，连一个游客都没有。那门前两尊巨大的石狮梳着当下流行的卷发，高高地端坐在那里发呆，早已失去了往日的威严。府署冷清得让我能听到如血的残阳斜射进来时，发出的轻微而疼痛的声响。

清宴园是一座落寞的园林，一座生活在回忆之中的园林。园中的所有花草树木像是一下子清减了小腰围似的思妇，高贵、颀长、清瘦，悲戚戚地伫立在方圆几十顷的园林之中。一曲清冷幽怨的老淮调从大堂、二堂的方向传播而来，无数落寞的音符便落满了凄凉的园林。就这样这座园林在凄楚的回忆之中入梦。

历史在清宴园里睡着了，发出轻轻的酣声，而淮扬菜所蕴含的文化却始终无法入眠。

超越佛境界

观音山是佛的山，安详静宓的山。

高高耸立于广东观音山最高峰的观音圣像，静静地让迷蒙的雨雾给自己渲染意境，使自己变得更加神秘威严。我和成千上万的信徒沉默于这样的意境里，悄然无声地感受着佛的磁场而变得格外虔诚。

雾是佛的背景，静是佛的外表，空是佛的意境。

一路郁郁葱葱，一路静默无语。沿着佛光路的石阶沐雨爬行，我觉得这墨绿色的画面似乎被调到了静音。我就是在这肃默的气氛中爬到了观音山的主峰，仰望着观音圣像正沉默无语地端坐在须弥莲座之上。观音菩萨肯定不想打破这寂静的氛围，只能用手语在向世人布教。她左手持净瓶，右手执无畏金刚印，肯定是引导我们穿越尘世的繁华喧嚣，抵达这荷花盛开、与世无争的佛国净土。

我觉得，这尊观音的长相似乎已经与广东的人种融为一体了，有了东莞地方的肖像特色。她高高在上、清高脱俗的气度，给这座国家森林公园里的瀑布、湖泊、岩石、树木，增添了只有东莞才具有的特色之美，更为佛创造了独具南国特色的意境。佛爱美但不好色，因为美是安宁，色却燥动。这是所有的佛全都选择在最美的风景里建庙立寺的缘由，这样肯定更有利于他们营造佛的意境。

清高脱俗是佛境界，四大皆空是佛境界，普度众生是佛境界，包容天下也是佛境界。像我这样的凡夫俗子是无法进入佛境界的，我只能静静地仰望。伫立于观音圣像下，听到黄昏里的宝刹钟声向着万簌俱寂的原始森林传播而去，钟声沉雄，落叶静寂。钟声落满秋天里的万木，然后和落叶飘零的声音交融在一起。我便期待着更多的飘落，小心翼翼地拾捡起一片金黄色叶片，它是在佛的境界里沐过的净品。

所有的山都有灵性，都有品格，都有气质，也都有喜怒哀乐。如果说观音山主峰的性格更多的是凝重，那么与之相对的仙宫岭则多了几许飘逸。

没完没了、絮絮叨叨的云雾便在这条山间小径的四处深情地缭绕。当爬到山顶我四处寻找，却既未见到高大巍峨的道观，也没有仙人道骨的高人居住，唯有一大片遮天蔽日的竹林在缠绵悱恻的薄雾之中，肩并肩地摇曳着细长的腰。

这条山径被一片又一片清高脱俗的竹林遮掩着，我爬行时便有一股阴凉飘逸之气浸入肌肤，自然令我想起刚才在山脚见到的那座浮在湖面上的八仙过海群雕。据说若干年前八位仙道云游到此，将一棵花苗滑落下来，落地生根，眨眼间就茂盛成林。他们给这片秀竹林增添了飘逸的仙气。

从山间竹林的缝隙间，隐隐地看到对面山顶上端坐于云雾之间的观音圣像。那条菩提径如一条飘舞的长练，从仙宫岭蜿蜒而去直奔观音山主峰。这条山径让观音山群的这两座山峰挽起了胳膊，形成了观音群山佛道并存、和谐共处的格局。外来的佛和本土的道，也就在这同一座名山上共存共荣，和平共处了。

观音山也是一座中庸的山。它已经超越了佛的境界，佛界加上道场，佛道合一，恰好也表露出中庸的儒家品格。观音山在骨子里是一座儒释道三教合一的山。

包容是这座独具南国特色的观音山的秉性，南国民众的大度包容在观音山得以集中的表达，她比起江南的婉约细腻多了几分大气，比起北方的粗犷豪放又多了几分精致。她将江南的婉约和北方的豪放全都汇集于一身，她将江南的细腻和北方的大气全都包容于一体。我推想，这就是观音山为什么能够让佛道并存于一山的文化根源了。

观音山的大度包容还远远不止于此，她还是一座交融古今、汇合中西的山。当我站在建于观音山半山腰的国际会展中心的广场上，看到四面青山起伏，云雾缭绕，而自己居然身处这座流光溢彩的现代化广场时，这种感受也就更加强烈了。

我推想，这座现代化大型建筑只是作为一种银白色的背景，它肯定心甘情愿地衬托与它并肩存在的那座世界唯一的黑褐色古树博物馆。在古树博物馆我便沿着一条“树说的历史”向历史的深处“穿越”。先是看到出土的五六百年前明清时代的青檀树、格木树，然后看到出土的唐宋元时期的隆兰树，接着又看到秦汉寒冷时代的青格树，最后走向热湿时期生长在四五千年前那些青皮树。

在观音山我们可以“穿越”历史，也可以从历史的深处回望现实，观音山就是这样将现实与历史完美地结合在一起。或许只有东莞才能有观音山这样包容的山，这样兼蓄的山，这样和谐的山吧。这样也就不难理解观音山这样的佛教名山，为什么还会安放一座抗日英雄蔡子培将军的塑像了。

一群山鹊在观音山那条仙泉瀑布和 36 级瀑布的上空反反

复复地盘旋着、嘶鸣着。秋雨刚过，一群随心所欲的雾也追随这群山鹊飞舞在观音山的半腰，我推想，飘荡不定的鸟们肯定是在忘情地迷恋着执着奔流的瀑布吧。

连鸟们都知道这里是天然氧吧，知道这里的空气离子含量每立方厘米达1100个，知道这里是珠三角地区空气离子含量最高的地方。这里的空气确实格外的清新湿润，好像被过滤了似的，似乎在半空中抓一把空气就能攥出几许充满氧气的水来。

眼前的这座森林公园里，各种参天大树在南国初秋温润的气候下竞显风姿，各种花草也在争芳斗艳。当然，更能吸引我注意力的，还是耸立在各种花草树木之上的巨大奇树。如果说观音山的奇花异草就是美丽如水的姑娘，那高耸入云的参天大树就是高大健壮的小伙，那么这些奇树则是观音山的祖先了。据介绍观音山已经发现了七种国家濒危奇树：粘木、白桂木、苏铁蕨、土蚕霜、金茶花、野茶树和野生龙眼，尽管这些奇树们已经皮肤枯黑，肢体粗糙，可它们的形态显得那样奇异，浑身上下充满了生命的张力。

当听说这座国家森林公园正在举办的健康文化节所表达的主题就是“倡导低碳生活，发展绿色经济”时，我才明白为什么我会突发奇想将东莞经济开发区的现代化厂房和这片原始森林联系在一起，原因是它们共同组成了“低碳生活和绿色经济”的和谐生态。

试想，作为中国经济最发达的珠三角鳞次栉比的工业带，却能和中国最原始的森林生态资源融为一体；试想，中国最现代化的城市东莞，却能和中国最古老的原始森林和谐共存，这不正能体现出观音山的品格吗？这或许就是东莞为什么能够成为中国改革开放的最前沿的文化原因吧？这或许也是虎门销烟、广州起义、改革开放这些影响中国历史进程的重大事件为什么会在广东引发的精神缘由吧？

观音山的品格是海纳百川的大包容，观音山的境界是海纳百川的大境界。

活在洪荒时代的神话里

一

无数只神话里的蝴蝶集会在现实的悲剧里，纷纷扬扬，遮天蔽日，犹如漫天大雪。这是900年前在楚州（今江苏淮安）钵池山上发生的何等凄美、何等悲壮的一幕。在那个夏天的傍晚，一位七旬老道孤独地跪坐在土山高台之巅，神色严峻地吹奏着祈祷禹王的长萧。一群身着黑长衫、头戴黑道帽的“大神”，在一旁边跳舞边敲击着手中的渔鼓。而高台之下洪水滔天，浩浩荡荡，横无际涯。高台四周成千上万只白色蝴蝶在翩跹起舞。随着委婉幽咽的萧声和古朴神秘的鼓声，白色的蝴蝶越聚越多，纷纷扬扬，遮天蔽日，犹如漫天大雪。所有的蝴蝶全都泣不成声，全都飞翔在绝望里。

这是一场奇特悲壮而又凄美宏大的祭祀仪式。这曲被称为洪泽湖渔鼓的“跳大神”乐舞，是洪荒时代一个民族面临灭顶之灾时，膜拜大禹的一种虔诚表达。

这场祭祀选择在钵池山的高台上隆重举行，是因为周围已经是一片汪洋。这座钵池山位于楚州东北之隅，南宋以前“以形似名，冈阜盘旋，凡八九里”。1128 年杜充掘开黄河后的几年里，夺淮之汹涌洪水将此山冲得仅剩下一座土丘。钵池山原为道教名山，相传周灵王之太子王子乔，在钵池山炼丹得道而飞天成仙。山上这座土台高约数丈，风景幽雅，绿树成荫，是当年周太子吹箫之处。我想，这周太子吹箫自然不能让千万百姓俯首顶拜，能够使百姓敬仰的还是因为在此曾经建造过的禹王庙。

纷纷扬扬，遮天蔽日，犹如漫天大雪。楚州的百姓惊奇地看到无数白色的蝴蝶，在高台的四周多日缭绕不愿离去，便认为这是大禹显灵。《山海经》言：“洪水滔天，鲧窃帝之息壤以堙洪水，不待帝命，帝命祝融杀鲧于羽郊。鲧腹生禹，帝乃命禹，卒布土以定九州。”大禹善于因势利导地治理洪水，制服洪灾。试想如果没有大禹“布土以定九州”之功绩，我们的祖先肯定还生活在水深火热之中吧？所以，对禹王的精神崇拜成为国人的一致选择。据《夏禹文化与中国禹庙》所言：“禹庙兴起于秦汉，盛行于唐宋，遍立于明清。”有学者在介绍南宋楚州兴建禹王庙时，还专门记载了有关蝴蝶雪的景况，并且说出现这种奇观的原因成了千古之谜。

1128 年的那场洪灾突然降临时，钵池山的四周聚集了无数飞舞的蝴蝶。蝴蝶雪弥漫在整个土山高台，几乎把整个天地变成了白色的世界。纷纷扬扬，遮天蔽日。在这神秘奇特的蝴蝶雪里，在这洪泽湖渔鼓的咚咚响声中，人们祈盼着大禹的神灵还在这里为降服水灾四处奔走。

二

据《两宋黄淮纪事》载，南宋建炎年间，黄河夺淮，每到汛期，苏北一带方圆千里一片泽国。楚州府淮阴县北乡陈姓一家五口房屋被洪水冲毁，被迫外出逃难。陈大嫂挺着大肚子，两手搀着不到10岁的两个女儿。老陈挑着一副担子，一头是坐在大木桶里的3岁小儿，另一头是全部的家当。他们一路乞讨向楚州府而来。当他们来到浊浪翻滚的淮河时，看到河面不时漂过人和牲畜的尸体。陈大嫂哭泣着对老陈说："我是你们的累赘，你领着三个孩子去逃命吧。"老陈拉着老婆的手说："那不成，我水性好，用木桶把你们一趟一趟送到对岸。"就这样，他第一趟把所有的家当送了过去，第二趟把两个女儿送了过去，第三趟让陈大嫂和3岁小儿坐在木桶里向河对岸淌去。就在他们渡到河心时，一个恶浪打过来，木桶猛地一沉，老陈死命地抓住桶边，可已无济于事，眼睁睁地看着木桶挣脱自己的手，打了一个旋转，倾倒过去。妻子惊叫了一声，3岁小儿的小手扑腾了一下，就被卷入水底。老陈声嘶力竭地哭喊起来，拼命去拉，可老婆孩子眨眼之间就被洪水吞噬了。哭泣着、嘶喊着，万分悲催的老陈又拼命游到对岸去找两个女儿，原先两个女儿站着的土丘早已被大水淹没了。老陈五雷劈顶跪倒在地，双手伸向天空号叫起来："禹王爷，我也不想活了！"说完便纵身跳进了滔滔洪水。这就是面对灭顶之灾时，一个普通百姓不由自主地想到了禹王的悲惨情景。

建炎二年（1128）冬，金人第二次攻破开封的前夕，杜充不敢迎战，唯一的对策居然是下令在李固渡扒开黄河大堤，人为地造成了这场空前大灾难。“决口以下，河水东流，经今滑县南，濮阳、东明之间，再东经鄄城、巨野、嘉祥、金乡一带汇入泗水，经泗水南流，夺淮河后注入黄海。此后数十年间，或决或塞，迁徙无定。”杜充决河并未对金军南下造成很大影响，而使得今河南、山东、安徽、苏北一带的百姓至少淹死 20 万人以上，因流离失所和瘟疫而造成的死亡数倍于此，无家可归沦为难民近千万人。从此，苏北一带每到汛期，洪水漫滩，满目浊黄，激流滚滚，涛声如雷，令人魂飞魄散。

我们民族人为的洪荒时代，就这样突然袭击地降临在原本富甲天下的苏北大地上，也就是这个洪荒时代在苏北形成了洪泽大湖。

洪泽湖位于淮河下游，原是泄水不畅的洼地，是一批浅水小湖群，古称富陵湖，两汉以后称破釜塘，隋称洪泽浦，唐始名洪泽湖。隋大业十二年（616），隋炀帝杨广从洛阳乘龙舟游幸江都，一路干旱，经过“破釜塘”时，喜逢大雨，水位大涨，他一时兴起，就将破釜塘改为洪泽浦，“洪泽”之名由此而来。也就是在杜充掘开黄河之后，黄河南徙经泗水，在淮阴以下夺淮河下游的河道入海，淮河因失去入海水道，在盱眙以东潴水，使原来的小湖扩大为百里方圆的大湖，现代意义上浩瀚无垠的洪泽湖由此形成。而为了祈盼神灵镇服洪水，洪泽湖地区的百姓纷纷选择高地，建造起无数座禹王庙、龙王庙。相传，在钵池山土山上建造的那座禹王庙就是当时规模最大、香火最旺的一座。

也就在这座正在祭祀的钵池山向北不到三里的淮河里，身怀六甲的陈大嫂和 3 岁小儿的尸体，无声无息地漂浮在水面上，陈大嫂的一只手还紧紧地攥着小儿的小手。无数只白色的蝴蝶在他们尸体的上空盘旋着。祈福消灾的洪泽湖渔鼓从钵池山断断续续地传来，似乎是在为老陈一家送葬。

三

当老道闭目跪坐着吹起了长箫，几个身着玄衣道袍的大神就煞有介事地说唱起来：“天门开地门开，洪魔水怪快躲开。你要不躲开，你就要遭灾。咳……哎，咳，哟……”大神唱到这儿闭上双眼，嘴里“呸！呸！吐！吐！”吐了几口火之后，坐在马杌子上，然后就喃喃地说起了谁也听不懂的呓语，接着又按“咚咚咚！咚！咚咚咚！咚！”的节奏敲起了渔鼓。大神左手端着鼓，右手持竹键不停地敲打，老道端坐在挂着禹王神像的神坛上，口中念念有词，喃喃吟咏，似唱非唱，似说非说，如歌如泣。伴奏的渔鼓班子则坐在一侧又念又唱，有时屈一足“商羊腿”，加上几面渔鼓的敲打声，哼呀唱呀浑然一片。在场的所有百姓早已虔诚地跪倒在地。他们全都沉浸在幻想的神话世界里。

这时，面对钵池山下滚滚洪流，所有的官民全都相信水的祸福是上天的旨意，而洪泽湖就是上天编造的一个精彩故事给人间留下的印记。

苏北一带一直流传着这样的一个神话，说泗州城里有一家姓刘的员外，家庭富裕，但没有子嗣。玉皇大帝就叫掌管星宿的张天师显灵，赐他一个儿子。张天师便让水王星下界投胎。刘员外老年得子，欢天喜地，没想到第三天开始孩子就哭闹不止。此时正好一个和尚化斋到此，不但治好了孩子的病，还对员外说：“你赶快造一条大船，要常常到禹王庙门口看看，那个石狮子如果脸一发红，就要发大水了。”一日，刘员外发现狮脸真的红了，赶紧向大船跑去。这时从西边走来一个挑着水桶的老太婆，后面一个骑着小毛驴的老头子追赶过来，高喊着他的驴要喝水，老太婆将水桶放下来给驴饮水。驴喝到桶底就不喝了，那老太婆将桶底的浑泥汁子倒在了地上。就在这时，那泥汁子顷刻之间变成了几十丈高的带着泥沙的洪水。原来，那个和尚就是张天师，这员外的小孩就是失足下凡的水王星，挑水的老太婆就是水母娘娘，那老头就是张果老。张天师叫水母娘娘把水王星常用的水送到人间，后来一想这水太多会淹死很多人的，赶紧就叫张果老拉着他的小毛驴去喝水，可谁也没想到，那喝剩下的桶底这么一点点泥汁子，会变成滔滔洪水，最后居然冲出了这么大的洪泽湖。

洪泽湖形成的神话听起来无比浪漫，千百年来早已使当地百姓坚信不疑，久而久之居然几乎没人知道是杜充掘开黄河才淹死了 20 万百姓，才形成了洪泽大湖。这里的所有人全都沉浸在这种神话的浪漫之中，祈盼着禹王、龙王能够拯救这个洪荒时代，就这样洪泽湖渔鼓也就应运而生。

洪泽湖渔鼓是湖上渔民祭祀活动时的舞蹈，距今有近 900 年的历史，它伴随南宋初年洪泽湖的形成而诞生。渔鼓作为渔民祭祀活动时的伴奏工具，在鼓面画上大红鲤鱼的图案，寓意岁岁平安，渔鼓的四周还系有铁环，每环再串系两三个小铁环，柄尾系上大红丝带。大神左手持鼓，右手执键，随着动作摇动起渔鼓，又用竹键有节奏地击打起渔鼓，鼓声咚咚，环声叮当，确有几分古朴神秘。

“天门开地门开，洪魔水怪快躲开。你要不躲开，你就要遭灾。咳……哎，咳，哟……”大神闭着双眼唱着，手里敲击着渔鼓，发出一阵阵“咚咚咚！咚！咚咚咚！咚！”这渔鼓声和着禹王庙里老道吹的长箫声，一起伴随着无数只白色的蝴蝶，在四面一片汪洋的洪水上空盘旋不已。

这里的每只蝴蝶都是一个神话。

四

面对滔滔洪水，面对国破家亡，苏北淮河两岸的民众只得将全部的希望寄托于神灵。因此，这里的神话创作也就空前繁荣起来，出现了大禹锁淮河水怪、千古第一奇妖、九牛二虎一只鸡等一大批神话经典，《西游记》《聊斋志异》后来在这里诞生也就不足为奇了。

洪泽湖流域一直流传着大禹锁淮河水怪无支祁的传说。据传大禹为了治淮，三次到过淮河的源头桐柏山。可是，每次都见到桐柏山狂风大作，电闪雷鸣，山石号叫，树木惊鸣。禹后来得知是淮河水怪无支祁在兴风作浪。这无支祁长得形似猿猴，缩鼻高额，青躯白首，金目雪牙。于是，禹和无支祁在桐柏山下展开恶战，最后擒获了无支祁，并用大铁链锁住无支祁的脖颈，然后把他压在淮河下游洪泽湖南岸的龟山脚下。禹打败了无支祁，从此淮河就再也没有水患了。

无支祁的传说在苏北一带流传很广，它被称为“千古第一奇妖”。后来，吴承恩便是在这“奇妖”的基础上创作出了孙悟空的形象。从宋元话本《陈巡检梅岭失妻记》和元明杂剧《锁齐天大圣》《西游记》以及明人宋濂的《删古岳渎经》中，我们可以看出无支祁传说演变的痕迹。鲁迅在《中国小说史略》中说：“明吴承恩演《西游记》，又移其神变奋迅之状于孙悟空，于是禹伏无支祁故事遂以堙昧也。”吴承恩正是对“千古第一奇妖”进行再创作，塑造了孙悟空这个艺术形象。

洪水神话和治水传说是整个洪泽湖区千万民众神话创作的共同话题。大禹是治水的神，自然而然地就成了擒住无支祁的“主角”。因此，禹王庙从南宋初年开始便遍布淮河两岸，也就成为情理之中的事情了。

国人需要神话让自己崇拜，起初自己虚构的神话最后连自己都信以为真了。这样也就衍生出许许多多与淮河、洪泽湖相关的神话故事和祭祀风俗来，而祭河便是其中最为重要的一项。

每当洪泽湖决堤成灾，堵决之前必定都要举行声势浩大的祭河仪式，而在清顺治十六年（1659）黄河在桃源县崔镇决堤，四乡庐舍淹没殆尽，又决洪泽湖西岸归仁堤，洪水冲过洪泽湖后，又漫入高邮、宝应、扬州，灾情十分严重。所以，这次堵决祭河更是与往常不同，居然找来一位名叫“挡得住”的年轻小伙子做“人祭”，打起了“人桩”。

那一天清晨，暴雨如注，洪泽湖西的归仁堤决口处人山人海，堤坝上搭起一座高耸入云的祭台，上面早已供上许多牺牲供品，各色旗帜在狂风中瑟瑟飘飞，无数鞭炮也已在司祭的口令下一起轰鸣，锣鼓唢呐也随之一起高奏，纸钱也在祭棚里燃烧起来，升腾起一阵阵青烟。而那位名叫“挡得住”的小伙子早已一身红衣红裤红头巾，身后还绑着一块大石头，十分英武地站立在祭台下的大堤边。只听得司仪一声号令，他纵身一跃而下，跳进了滚滚洪流之中。紧接着，他身后的几十个同样是红衣红裤红头巾、背后绑着大石头的姓挡民工，齐声呐喊着“挡得住”，也一起跳进洪水里。整个归仁堤决口，就一下子被红衣红裤的年轻人，用身体叠加成一道人坝。治河大臣见此光景，知道“人桩”已经打好了基础，赶紧命令民工们将事先备好的石块、条木、泥袋一起朝“人桩”身上堆去……

五

千里悬湖，万倾波澜，浩浩荡荡，横无际涯。和风丽日时，湖水如镜，波光鳞鳞；若狂风乍起，浊浪排空，大势磅礴；云雨既来，湖天一色，迷蒙混沌，犹如遗世隔俗。这动静嬗变，是洪泽湖的喜怒哀乐，是洪泽湖的悲欢离合，也是洪泽湖人格化秉性淋漓尽致地表达和发泄。

洪泽湖的古老和博大，积蓄着黄河夺淮后的历史沧桑；洪泽湖的深邃和嬗变，又饱含着淮河下游这片黄土地上的经济兴衰；洪泽湖的恢宏和浩瀚，更蕴含着苏北民众祖祖辈辈与命运抗争、与自然抗争流下的无数血泪，甚至献出的无数生命。

的确，隋唐北宋时期苏北的经济一度辉煌，在那 300 多年间，苏北是整个东南沿海乃至全国的经济最发达的地区。苏北的农业、手工业、商业都在全国处于领先位置，纺织、造船、矿冶、制盐、茶叶的生产均具全国之首，光徐州一州每年上缴的布匹就超过 7 万匹，远超江南诸州；盐产量占全国的 2/3；茶叶产量占全国的 1/4。苏北还是当时全国最开放的地区，海州是中国通往朝鲜、日本的重要港口，内地前往海州兴贩者往来不绝。“江淮熟，天下足”“走千走万，不如淮河两岸”，也就成为当时叫响全国的流行语。

然而，不管洪泽湖两岸的百姓怎样虔诚地膜拜禹王、龙王，杜充掘河造成的灾难，使隋唐北宋时最为富饶繁华的两淮地区毁于一旦。杜充掘开黄河之后，黄河夺淮，山阳、淮阴、盱眙、泗阳、徐州等十多个城市被淹没，成百上千的村庄被淹没。从此，苏北肥沃的土地变成了不毛的盐碱地，苏北优良的海港变成了淤泥沟，苏北发达的水利设施和手工业厂矿全部被冲毁。楚州因为经常水灾，人口跌荡剧烈，南宋时楚州的人口仅为北宋时的三分之一。因粮食经常颗粒无收，很多苏北百姓只好背井离乡逃难到江南。另一个灾难便是兵祸，苏北是南宋与金国战争的主战场，宋金两国在这里发生的重大战役就有十多次。天灾人祸加剧了苏北的人口流失和经济落后。因此说1128年杜充掘河使洪泽湖形成与扩展，是苏北从率先发达走向经济贫困的重大转折。

如果说黄河是一条父亲河，如果说淮河是一条母亲河，那么洪泽湖就是黄河强暴淮河之后生下来的一个多灾多难的女儿湖了。对于这样的一座千疮百孔、灾难深重的洪泽湖，江淮民众只得祈求神灵来保佑她的平安，洪泽湖渔鼓也就成为当地百姓喜闻乐见的祭祀祈祷形式了。

纷纷扬扬，遮天蔽日，犹如漫天大雪。900年前的那个傍晚，在钵池山高台上举行的那场凄美而悲壮的祭祀还在进行着，那位七旬老道还跪坐在高台之巅，还在吹奏着祈祷禹王的长萧。那群身着黑长衫、头戴黑道帽的“大神”，还在边跳舞边敲击着手中的渔鼓。高台之下洪水却愈加汹涌，高台四周的白色蝴蝶也越聚越多。也就在这场奇特悲壮而又凄美宏大的祭祀仪式即将结束，那曲洪泽湖渔鼓的乐舞也跳到了尾声，倾盆大雨伴着电闪雷鸣由天而降，钵池山发出一阵又一阵轰隆隆的沉闷巨响，整个山体被汹涌的洪水冲垮了，顷刻之间高台被冲塌下去。端坐在高台之巅的老道吹着最后一曲长箫，四周那些大神敲着最后一声洪泽湖渔鼓，便随着高台一起倾覆坍塌，卷入洪水。天上大雨滂沱，地上洪水滔滔，天地间一片浑沌迷蒙。

相传，成千上万的蝴蝶这时争先恐后地扑向正在倾倒的禹王庙，它们落满了庙宇，庙顶的瓦上、庙墙的砖上、庙的柱上窗上檐上全都是蝴蝶，它们将禹王庙变成一座白色蝴蝶组成的庙宇。她们和禹王庙一起，在轰鸣声、渔鼓声、洪水声里坍塌下去，然后心甘情愿地被滚滚洪流所淹没。蝴蝶们肯定是在为禹王庙殉葬，肯定是在为那个所向披靡的神话殉葬。这时有一阵洪泽湖渔鼓在远处响起，渔鼓的咚咚声响肯定不仅仅是为集体殉葬的蝴蝶祭奠亡魂，肯定是想让人们永远活在神话的世界里不要醒来。

良久，成千上万只蝴蝶的白色尸体漂浮在浑黄的水面上，随波逐流，浩浩荡荡，顶风冒雨，向着洪泽湖的深处漂泊而去。